天下の豪商と天下のワル

元禄八犬伝　二

田中啓文

集英社文庫

目次

天下の豪商と天下のワル

元禄八犬伝　二

◈第一話　三人淀屋

一

左右に立てられた太い蠟燭《ろうそく》の灯が、巨大な木彫りの恵比寿《えびす》と大黒《だいこく》の顔を照らしている。恵比寿、大黒といっても二体あるわけではない。顔の表側が恵比寿天で顔の裏側が大黒天、鯛《たい》のついた釣り竿《ざお》を持ち、米俵も踏まえている、という、一体で恵比寿天と大黒天両方を合わせた奇妙な彫刻である。けばけばしく塗り立てられているせいか、灯が揺れるたびに顔がてらてらと光り、福々しいというより不気味に思える。中央には立派な袈《け》裟《さ》を着た僧侶がひとり座しており、数珠を揉《も》み上げながら経文《きょうもん》を唱えている。顔の形が、公家《くげ》が履く沓《くつ》の底のように縦に長細い。

その後ろにはまだ少女といっていい、十三、四の町娘が畳に額をすりつけるようにしている。髪飾りや着物はいずれもひと目でわかる高価な代物で、よほどの大家《たいけ》の娘だろう。そのまた後ろの壁際には、手代《てだい》や丁稚《でっち》らしい若いものたちが、これまた蛙《かえる》のように平伏している。

「えべす……でえこく……ささもってこい……こめもってこい……おおん……おんおん……おん……がりき……ゆんば……れいれんば……うわああん……どわっはー……りろりろりろりん……りろりろりんりん……りろりろりん……」

わけのわからない文言を唱えている僧の額からは汗が滴り落ちている。

「……なにとぞ……ここなる娘をあわれとおぼしめし……その願い……かなえ……たまえ……」

つぎの瞬間、僧の全身がびくん！　と硬直した。そして、

「ありがたやありがたや……さようでございますか。では、さっそく娘に伝えさせていただきます。ありがたやありがたや……」

そして、娘に向き直ると、

「歌《うた》、と申したな。喜ぶがよい。『えべっこく』さまのご託宣《たくせん》があった。おまえの母親を助けてとらす、とのことだ」

娘は顔を上げた。その両目からは涙があふれていた。

「えべっこくさまは気難しい神ゆえ、どれだけ金を積んでもお助けいただけぬことも多い。おまえの真心が通じたのだろう。ささ、えべっこくさまにお礼を申せ」

娘は両手をすり合わせ、

「えべっこくさま……ありがとうございます！」

後ろに並ぶ手代、丁稚たちもあわてて娘に倣《なら》った。

「そもそもおまえが淀屋《よどや》の娘であろうと、わが寺は檀家《だんか》でないものの参拝、祈願はお断りしておる。此度《こたび》のことは、あいだを取り持った小間物屋の北守屋五六兵衛《きたもりやごろべえ》なるものが日頃から檀家のなかでもことに信心篤《あつ》き奇特家で、そのものの頼みゆえの異例の措置。決してよそでしゃべってはなりませぬぞ」

「わかりました。決してしゃべりませぬ」

「ところで……あれは持ってこられたであろうな」

「はい……常吉《つねきち》」

娘が後ろに控えている手代に声を掛けると、その手代と丁稚ふたりが廊下に出、千両箱を運び込んできた。僧はうなずき、

「よろしい。千両や二千両でひとの命が助かるのだから安いものだ。――では、たしかにちょうだいしたという証《あかし》にこれを……」

僧はなにかを娘の手に渡し、娘はそれをありがたそうに押しいただいた。

「店に帰ったら、それを母親の枕もとに置き、えべっこくさまの恩に感謝しつつ、経文を唱えなされ」

「私はえべっこくさまの経文を存じません」

「えべす、でえこく、笹《ささ》持ってこい、米持ってこい、と唱えればよい。その際、おまえ

の父親の淀屋辰五郎《たつごろう》と北守屋五六兵衛はかならず一座させねばならぬ。そして、そのあと、北守屋だけを残しておまえたちは全員一旦部屋を出よ」

「なにゆえでございます」

「淀屋辰五郎がわが寺の檀家ではないからだ。檀家でないものがその場にいると、霊験《れいげん》が効かぬ。あとは北守屋にひたすら『えべす、でえこく、笹持ってこい、米持ってこい』……と唱えさせよ。さすれば、半刻《はんとき》（約一時間）ほどで母親は回復するはずだ」

「まことでございますか」

「えべっこくさまを信じぬのか」

「めっそうもございません。では、早速帰りまして……」

「待て。もうひとつだけ申し聞かせておかねばならぬことがある」

「は、はい……なにごとでしょう」

「此度のことはおまえの母親の命が旦夕《たんせき》に迫っておるゆえの特例であり、家の主《あるじ》である淀屋辰五郎がわが檀家であるのが本来だ。おまえの父親を、近いうちにかならずえべっこくさまに帰依させるようにいたせ。さもなくば……」

「さもなくば……？」

「えべっこくさまのお力で回復したおまえの母親の病、ふたたびぶり返し、つぎは手遅れになるであろうぞ」

娘の顔は蒼白《そうはく》になった。

◇

砂ぼこりのひどい大坂の町を、肩を怒らせたふところ手の浪人が歩いていた。この世にはなにも面白いことはない、というような不機嫌そうな顔で、身体《からだ》を後ろに反らし気味にし、ときどき行き交う町人たちにじろりと一瞥《いちべつ》を投げかける。

「うう……砂が目に入りやがる」

顔をしかめ、ぺっと唾を吐いた。一張羅らしい黒の単衣《ひとえ》を着流しにし、腰には漆の剝げた大刀だけを差している。顔色こそ冴《さ》えないが、片頰に縦傷のついた凄《すご》みのある男前である。「さもしい浪人」こと網乾左母二郎《あぼしさもじろう》だ。またしても強い風が吹き、砂が舞い上がる。

「こいつはたまらねえ」

左母二郎は目をこすりながら路地へ入った。

「おんや……？」

彼は一軒の小さな店を見つめた。瓢箪形《ひょうたんがた》をした看板には「ぶらり屋」と書かれており、店先には大中小さまざまな瓢箪が並べられている。

「こんな店があったのか」

左母二郎は、そのうちのひとつを手に取った。一升ほど入りそうな大きさである。飲《のん》兵衛《べえ》の左母二郎はいつも酒を入れた瓢箪を肩にかけているが、数日前、それが壊れてしまった。しかたなく貧乏徳利を持ち歩いてみたが、重くて仕方ない。

「こりゃいいや。——おう、亭主」

左母二郎は店番をしているしょぼくれた顔の中年男に声をかけた。番頭、丁稚を置くほどの規模ではないから、その男が主だと踏んだのである。

「へえへえ、お買い上げでおますか」

「この瓢箪、なかなかいいな」

「こいつは上物だっせ。これだけ形のええものは滅多におまへん。丁寧にやすりをかけて、そのうえから柿渋を塗ってございます」

「なるほど、さぞかし高《たけ》えんだろうな」

「へっへっへっ……普段でしたら一朱いただきたいところでおますが、お侍さんでしたら銀《しろがね》二匁《もんめ》でよろしゅおまっさ」

「けどよ、今、持ち合わせがねえんだ。ものは相談だが、ツケにしといてくれねえか」

「えー……その……うちもこんな小さい店でおますし、お客さんがどこのお方かもわかりまへんさかい、どなたさんに限らず現金でお願いしとります」

「ほほう……」

左母二郎は顎を撫《な》でながら、

「おめえ、俺から金を取ろうってのか」

「――へ？」

「客から金を取るたあ驚きだぜ」

「は？　い、いえ、うちも商売でおますさかい、お品物を買《こ》うていただきましたらお代をいただきまへんと……」

「そりゃそうだな。――これが代金だ」

左母二郎は刀を少しだけ抜いた。ぎらり、と刃が光り、主の顔が凍り付いた。左母二郎はにやりと笑って、鍔鳴《つばな》りの音を立てると、

「じゃあ、もらっていくぜ」

瓢箪をひょいと肩にかけて店を出ていこうとすると、主が腰に食らいついてきた。

「ちょっと待っとくなはれ！」

左母二郎は、しょぼくれた亭主の案外の気概に内心驚きながら、

「うるっせえな。おめえ、命が惜しくねえのか」

「命は惜しいけど、商売もん持ってかれたら飯の食い上げや。ほんまのとこ言うたら、この不景気で三日も客が来てまへんのや。これでは女房こどもが養えまへん」

「俺の知ったことかよ。手を放せってば」

「いいや、死んでも放しまへんで」

「俺《おら》ぁ、しつっけえ野郎は大嫌《でえきれ》えなんだ。いつまでもなめた真似《まね》さらしてたら、ここにある瓢箪、ひとつ残らず叩《たた》っ斬っちまうぞ」

「あんたは知らんやろけど、この瓢箪、ひとつこしらえるのもなかなかたいへんだすのやで。まず、瓢箪に穴あけて、そこから棒を入れて中身を掻《か》き出します。そのあと水に浸《つ》けますのや。毎日水を替えて十五日ほどしたら中身がすっかり腐ってしまうさかい、それを全部取り出さなあかんのやが、これがえげつないぐらい臭いんだす。それから乾かして、漆を塗ったり、柿渋を塗ったりして、口のところに栓をしてやっとできあがりだす。詰めた酒に匂いが移らんように、と酒飲みのためにわざわざ工夫した瓢箪だっせ。それだけの手間のかかったもんを、あんた、横からひょいとタダで持っていくやなんて……そらあんまり殺生や」

　主はおいおいと泣き出し、左母二郎は舌打ちをした。いくらなんでも瓢箪ひとつ手に入れるのにひと殺しをするわけにはいかぬ。

「わかったわかった。二匁は持ち合わせがねえが、あるだけ払ってやるよ」

　左母二郎はふところから財布を取り出すと、銭をひとつかみして上がり框《がまち》にばしゃりと叩きつけた。

「ひいふうみいよう……」

亭主は一枚ずつ数えていたが、

「百十文おました。二十四文はお負けしときまひょ」

「ちっ」

「またお越し」

左母二郎はその瓢箪を肩にかけると、ふらふら歩き出した。

（仏心を出して、とんだ散財しちまったぜ。ああ……なにか手っ取り早い儲《もう》け口はねえもんかな……）

網乾左母二郎は小悪党である。ゆすり、たかり、かっぱらい、ぶったくり、かたり、いかさま博打《ばくち》……なんでもする。小罪が積み重なって江戸を処払《ところばら》いになり、大坂に流れ着いてからは、大きな仕事もせずにくすぶっている。

「生まれてから一度も働いたことがない」のが自慢で、額に汗してあくせく働いている連中を頭から馬鹿にしているところがある。

「商人《あきんど》は主に仕え、侍は上役に仕える。威張っていても所詮は生涯宮仕えの身だ。ところが俺ぁだれの下で働いてるわけでもねえ」

武士にとって「家」を守ることがなによりの務めである。家がなければ俸禄《ほうろく》をもらうことができぬ。しかし、必死になって殿さまの機嫌を取り、阿諛追従《あゆついしょう》を重ねていても、ある日突然、自分が仕えていた大名家が取り潰しになってしまったらどうしようもない。

そこに仕えていた何百人という侍とその家族が路頭に迷うのである。たとえば、先日、江戸城内で刀を抜き、高家肝煎《こうけきもい》りの吉良上野介《きらこうずけのすけ》に斬りかかった罪で取り潰しになった播州浅野《ばんしゅうあさの》家の殿さまなどは、一時の感情に流されたおのれの愚かな行為によって大勢の家臣たちの将来が潰《つい》えることなど、微塵《みじん》も気にしていなかったにちがいない。

そこへいくと、浪人には家がつぶれる心配がない。守るものがないのだから、天下に怖いものはない。自由気ままな身の上なのだ。両親も兄弟も親戚もいない。もちろん妻子もいない。おのれひとりの食い扶持《ぶち》さえ稼げればそれでよい。手習いの師匠や八卦見《はっけみ》になったり、傘張り、楊枝《ようじ》削りなどの内職をしたりする浪人が多いなか、あくせく働くのは大嫌いな左母二郎はときどきそのへんの連中を脅して金を巻き上げ、その金で美味《うま》い酒を飲み、美味い肴《さかな》を食っていた。金がないときは空腹を抱えて水を飲み、

「働くやつは馬鹿だ」

そううそぶきながらごろ寝するのが常であった。

左母二郎が向かったのは、大坂でも一、二を争う貧乏長屋が集まった一角である。三軒長屋、五軒長屋、八軒長屋などが建て増し建て増しで作られたことにより、迷路のようになっていて、知らぬ人間が迷い込んだら二度と出られない、とまで言われている。現に、迷い込んだ犬や猫はたいがいそのあと住み着いてしまう。

じつは、左母二郎の住まいはこの長屋ではない。この長屋を抜けたところにある二階

建ての一軒屋を隠れ家にしているのだが、そこに行くには一旦この長屋に入らなければならないので見つかりにくいし、万が一捕り方などがやってきても安全なのだ。

吹き込んできた風さえも迷子になりそうなほどくねくね曲がった路地を通り、ようようおのれのねぐらが見えてきた。家が傾《かし》いでいて、入り口の戸がへしゃげ、屋根の瓦はほとんどなく、ぺんぺん草が生えている。

「いつ見ても、しけた家だぜ」

そちらに向かって足を踏み出したとき、左母二郎は長屋のいちばん奥の家にだれかが入ろうとしていることに気づいた。団子鼻で、頬は丸みを帯び、福々しい顔立ちだが、太い眉毛にぎょろりとした眼《まなこ》、一文字に引き締まった唇などからは凜々《りり》しさが感じられる。

「うーん……？　あそこはたしか、丶大法師《ちゅだいほうし》の……」

首くくりがあったとかでずっと野良犬の棲《す》み処《か》になっており、「犬小屋」というあだ名までついていた家だが、今は二度ばかり仕事でからんだことがある丶大法師という坊主が住んでいる。しかし、気まぐれな坊主で、しょっちゅう旅に出ているらしく姿を見かけることはあまりない。どうやら江戸の将軍家の命令で動いているらしい。現将軍徳《とく》川綱吉《がわつなよし》は犬公方《いぬくぼう》と呼ばれるぐらい犬好きだそうだが、そのこどものひとりに「伏《ふせ》」という娘がいて、ある日、

「おおさかのじいのところにいく」

という手紙を書き残して姿を消した。手がかりは、仁《じん》、義《ぎ》、礼《れい》、智《ち》、忠《ちゅう》、信《しん》、孝《こう》、悌《てい》という八つの文字が浮かび上がる水晶玉の数珠だけだ。犬好きの綱吉は、側用人《そばようにん》柳沢《やなぎさわ》保明《やすあき》に命じて、苗字《みょうじ》に犬という字がついた剣士八人を日本中から選《え》りすぐらせ、「八犬士」と名付けて伏姫の行方を探らせることにしたらしい。ゝ大法師はその「つなぎ役」なのだが、

（将軍てえことは日本の総大将みてえなもんじゃねえか。そんなやつと紐《ひも》付きになるのはまっぴらごめんだぜ）

自由に生きたい左母二郎にとって、権威の象徴のような徳川家から指図を受けるのはいくら金を積まれてもお断りだった。それに、あの二度の付き合いで、ゝ大法師や八犬士との関係は終わった、と思っていたので、

（まあ、俺にゃあ関わりのねえことだ）

左母二郎はそのまま隠れ家を目指した。建てつけの悪い戸をこじ開け、

「今帰《けえ》ったぜ」

なかに入ると、かび臭い匂いとともに、

「ああ、左母やんか」

同居人の鴎尻《かもめじり》の並四郎《なみしろう》だ。鏡を見ながらせっせと化粧をしている。

「なんでえ、仕事か？」

「そういうこっちゃ」

並四郎は盗人《ぬすっと》である。役者にしたいほどの色白で、どこかの大家の若旦那風のいでたちだが、その実、悪徳商人の屋敷に予告状を送りつけ、どんなに警戒が厳重だろうとかならず目当てのものを盗み出してしまうほどの凄腕だ。予告状にかもめが群れ飛ぶ絵を描くところから「かもめ小僧」の異名がついており、大坂の町民たちのあいだではちょっとした人気ものである。「七方《しちほう》出《で》」という変装術の達人で、どんな顔にでも化けられるのが自慢だ。その特技を活《い》かしてたびたび町奉行所の役人たちを翻弄するので、東西両奉行所から目をつけられ、なかでも西町奉行所の盗賊吟味役与力《よりき》滝沢鬼右衛門《たきざわおにえもん》は「かもめ小僧」捕縛に執念を燃やしている。

並四郎はどういうわけか左母二郎と馬が合い、この隠れ家で一緒に暮らしている、というわけだが、町奉行所の目が光っているのでめったに仕事ができず、左母二郎同様いつもぴーぴーしている。

「いつもながら見事なもんだな、その七方出ってやつはよ。まるで別人だぜ。鼻も顎の形も変わっちまってる」

「あの手この手で顔をいじっとるさかいな」

並四郎によると、化粧や含み綿、かつらなどだけでなく、付け鼻、付け眉、付け耳、付けぼくろ、付け髭《ひげ》……付け顎まであるらしい。

「おめえのすげえのは、顔を別人のようにするだけじゃなくて、誰々そっくりにしてくれって言うと、そのとおりにできるところだ」

「へへへ……大口を叩くようやけど、今この国で七方出にかけてわての右に出るもんはおらんやろ。これでも伊藤顔面斎《いとうがんめんさい》先生の一番弟子やさかいな」

「な、なんだ？　伊藤……顔面斎？」

「左母やん、知らんか？　めちゃくちゃ有名な先生やで。もっとも盗人の世界の話やけどな」

「だろうな」

「顔面斎先生は、いろんな道具を使わんでも、ちょっとうつむいて横顔を向けるだけで、三十歳ぐらい老けて見えたり、胸もと搔き合わせてしな作るだけでええ女に見えたりした。あれは、わてらには及ばん境地やったな」

「ほかにも弟子がいたのか？」

「おるにはおったけど、みんな、下手《へた》くそばっかりや。侍に化けたつもりが、かつらの前と後ろを間違《まちご》うて見破られたりするようなやつらやった。――あ、ひとりだけけっこう優秀な弟子がおったなあ。むじなの十三吉《とみきち》ゆうやつでな、あいつのことは顔面斎先生も認めとったわ。たぶん今、日本で二番目に上手《うま》いやろ」

「一番目はだれなんでえ」

「もち、わてやがな。へっへっへっへっ……」

並四郎は気味の悪い声で笑った。

「十三吉は、七方出はともかくも、飛んだり跳ねたりするのが下手くそな男でな、そこが盗人としてはどうにもならんかった。今ごろ、どこでどうしてるのかしらんけど、あれでは到底、わてのような大盗人にはなれんわ」

そう言いながらも、並四郎の「顔」は完成に近づいていく。

「なんで？」

「その仕事とやらは、また例の八犬士がらみじゃああるめえな」

「近頃、あの連中とからんだ仕事は二件ともしくじったじゃねえか」

「仕事はうまいことといったんや。けど、最後の詰めが甘かったな」

「金が入ってこねえんじゃなんのために苦労したのかわからねえ。それもこれも八犬士と、大法師のせいだ。あいつらが出てくるとろくなことにならねえ」

「というより船虫《ふなむし》のせいやないんかな」

「俺ぁ八犬士のせいだと思うぜ」

「左母やんは船虫には甘いな」

「おめえもな」

ふたりはくすくす笑った。船虫というのはふたりの悪党仲間で、暇さえあればここに来てだらだらしている。盗み、ゆすり、たかり、美人局《つつもたせ》……悪事ならなんでもござれだが、そちらが得だと思ったら悪党の仁義などあっさり捨ててしまうので、いつ裏切るか、と油断のならぬ女である。しかし、ふたりはなんど騙《だま》されても船虫とは縁を切らぬ。やはり、これも馬が合うというやつだろう。

並四郎は化粧の手を休めず、

「それにしても、左母やん、勘がええな」

「なんだと？　まさか……」

「そのまさかだ」

二階から大声が聞こえ、階段を軋《きし》ませて下りてきたのは、大法師そのひとであった。

左母二郎は舌打ちをして、

「ちっ、またおめえか」

「そう邪険にするな。悪い話ではないのだぞ」

並四郎が顔を上げ、

「そやで、左母やん。どえらい山やで。大仕事も大仕事。わてはやる気まんまんや。おまえも手伝《てつど》うてや」

「話を聞かねえうちは承知できねえ」

、大法師は畳のうえにどっかと大あぐらをかき、

「もうじきここに犬飼現八《いぬかいげんぱち》という男が参ることになっておる。それからにしよう」

「犬飼、てえことはそいつも八犬士だな」

「そうだ。『犬小屋』に手紙を置いてきたゆえ、それを読んだら来るはずだ」

「もしかしたら、団子鼻で、頬の丸い野郎じゃねえか？」

「そのとおりだ。どこかで会《お》うたのか」

「さっき『犬小屋』に入るのを見かけただけだ」

並四郎が左母二郎の瓢簞に目をつけ、

「左母やん、ええもん持ってるやないか。その現八さんとやらが来るまで一杯いこか」

「おめえは今から仕事だろ」

「今日は物見だけやさかい、ちょっとぐらい飲んだかて大丈夫や」

「残念だったな。なかは空だ」

そう言って左母二郎は瓢簞を振ってみせた。

「『ぶらり屋』てえシケた瓢簞屋があってな、気に入ったから買ったのさ」

「買うた？　おまえが？　銭出して？　買うた？　雨でも降るんとちがうか」

「ひと聞きの悪いことを言うねえ。俺だってたまにゃあ銭出してものを買うこともあらあね」

そのとき表の戸が開く音が聞こえたので、大法師が、

「現八が来たようだな」

と立ち上がりかけると、

「みんな、いるかい？　いいもの持ってきてやったよ」

入ってきたのは船虫だった。手には一升徳利を二本下げている。左母二郎がにやりと笑って、

「さすが船虫だ。今、俺たちがいちばん欲しかったものを持ってきやがるとは」

船虫は鼻で笑い、

「なに言ってんだい。酒を欲しがってるのはいつもだろ。——おんや？　、大さんもお越しだねえ」

そう言うと、勝手知ったる水屋から湯呑《ゆの》みを四つ出そうとしたので、並四郎が、

「もうひとり、犬飼さんていうお侍が来るさかい、五つ出してんか」

皆は銘々おのれの湯呑みに酒を注《つ》ぎ、飲みはじめた。

「いい酒じゃねえか。どこで手に入れたんだ？」

ひと息で飲み干した左母二郎がそう言うと、

「なにね、あたしがさっき、酒屋のまえを通ると丁稚が水を撒《ま》いてたんだよ。マセたガキでさあ、あたしに見とれてぼーっとしちまったのか、水があたしの着物の裾にちょい

とかかったんで、そいつの首根っこつかまえて店にねじ込んでやったのさ。このお酒は詫《わ》び代わりってわけ」

「ひでえことをしやがるぜ。たまにはちゃんと銭を払ってものを買ったらどうなんだ」

「おあしがないんだから仕方ないだろ。えらそうなことを言って、あんただって銭出してものを買ったことなんかないくせに」

「この瓢箪は銭を出して買ったんだぜ。そのかわり、中身を買う金はなくなっちまった」

「へー、珍しいこともあるもんだね」

丶大法師がからからと笑い、

「相変わらず仲のいいことだのう」

戸を軽く叩く音が聞こえた。

「——お、今度はまことに現八のようだぞ」

入ってきたのは、やはり左母二郎が見かけた侍だった。

「おお、現八、ご苦労。なにかわかったか」

侍は、丶大のまえに座ると、

「いえ……今日も淀屋の界隈《かいわい》を聞き込みいたしましたが、伏姫さまにつながる噂《うわさ》などは皆無でございました。淀屋の娘や親類、奉公人などにそのような名の娘がいるとは聞いたことがない、と……」

「ふうむ……やはりおまえの聞き間違いではないのか？」

「なにをおっしゃいます、それがし、ひと一倍耳はよろしゅうございます。きっと伏姫さまは淀屋におられるにちがいない。この現八、たとえこの身がどうなろうとかならずや姫さまを救い出して上さまの期待に応えんと……」

どうやらかなりの熱血漢らしい。どちらかというと「冷めきっている」左母二郎たちは現八の熱弁を聞き流しながらちびりちびりと酒を飲んでいた。ゝ大法師が苦笑いして、

「まあ、待て。まずはこのものたちに挨拶をせよ。話はそれからだ」

「これはうかつなことでございました」

現八は左母二郎たちに向かって頭を下げ、

「それがしは犬飼現八と申すもの。お見知りおきくだされ。此度は、伏姫さま探索の密命にお力をお貸しくださるとのこと。八犬士の一人《いちにん》として礼を申し上げる。――なれど、ひとつだけもの申したき儀あり」

現八はまなじりを決して居住まいをただし、

「これより上さまご下命の大事の任務にあたるというに、昼間から酒とは看過しがたい。法師殿も法師殿だ。こやつらをたしなめぬばかりか、みずからもその輪に入るとは……血迷われたか！」

ゝ大法師は酒をあおりながらぐふふふと笑い、

「固いことを申すな。郷に入っては郷に従え、だ。おまえがなじんできた理屈はこのものたちには通じぬぞ。申したとおり、このものたちは悪党だ。悪党には悪党のやり方がある。わしらがそれに頼らねばならぬならば、まずはその色に染まる覚悟でおることだ」

「なれど、昼間から酒を飲むとは自堕落な……」

「自堕落、けっこうではないか。おまえも飲め」

大法師が湯呑みを突き出したが、現八はかぶりを振り、

「いえ、それがしは遠慮させていただきます」

そのとき、それまで黙って聞いていた左母二郎が急に立ち上がると、

「おう、てめえ。酒は嫌いかよ」

「いたって好きでございます」

「ほう……酒が好きなくせに、うちの酒は飲めねえってのか」

「そうは申しておらぬ。昼間から飲むのはひととしてどうかと……」

「なにい？　昼酒が自堕落だと？　なに抜かしゃがる。どんな話か、まだ聞いちゃいねえが、そんなカチカチ頭の唐変木《とうへんぼく》を手助けするなんて願い下げだ。——かもめ、やめちまえよ！」

「ええっ？　わて、のりのりなんやけどなあ……」

大法師は肩をすくめて、

「ほれ見よ。こうなるであろうが。――左母二郎、かかる堅物ゆえ今日のところは堪忍してやってくれ」

「いいや、堪忍ならねえ。どうあってもこの酒飲んでもらう」

現八は左母二郎を見上げ、

「飲まぬと言ったらなんとする」

「――斬る」

「面白い。酒を飲まんというだけで斬るというのか。では、斬ってもらおう。それがしも武士だ。一旦飲まぬと申した以上はたとえ首をはねられても一滴も飲まんぞ」

丶大法師は現八をにらみ、

「現八、飲め」

「いかに法師殿のお言葉であろうと、それがしは飲みませぬ」

「おまえは馬鹿なのか」

「なんですと?」

「われらには上さまから仰せつかった大事のお役目があるを忘れたか。なによりもそれが優先だ。おまえのつまらぬ面子《メンツ》など捨ててしまえ」

「………」

上さまという言葉が効いたようである。

「われら五人の固めの盃《さかずき》だ。そのつもりで飲め」

現八は湯吞みをじっと見つめていたが、

「承知つかまつった。大事のまえの小事。心を鬼にしてちょうだいつかまつる」

船虫が、

「たかが昼酒一杯飲むのに、大げさだねえ」

現八は、みずから酒を湯吞みに注いだ。船虫が並四郎に小声で、

「見たかい？　ちょろっと注ぐのかと思ったら、案外なみなみと入れたねえ」

「ほんまやな」

現八は酒を息をもつかずに飲み干すと、

「うむ、美味い。もう一杯いただこう」

そう言うと勝手に二杯目を注いだ。左母二郎が呆《あき》れて、

「おい、二杯飲めとは言ってねえぜ」

「それがしはいわゆる『飲み抜けがする』というたちでな、飲みだすと歯止めがきかぬのだ。それゆえ昼は酒を断っておった。しかし、その禁を破らせたのだから、随分と飲ませてもらうぞ」

左母二郎は座り直して、大法師に、

「八犬士てえのはいろいろな野郎がいるもんだなあ」

「柳沢出羽《でわ》殿が日本中を探して集めた精鋭だ」

「精鋭というより奇人変人の集まりだと思うぜ」

ゝ大法師は顔をしかめて、

「それを言うな」

そして皆に向かって、

「顔合わせもすんだところで、此度の一件について説明したい。鴎尻の並四郎にはすでに話したことだが、ことの起こりはここなる犬飼現八が出会《でお》うた町娘の言の葉で……」

そう言って現八を見ると、すでに五杯目の酒を美味そうに飲んでいる。頬は赤く染まり、口もとはだらしなくゆるんでいる。ゝ大法師はため息をつき、

「ならば、わしから申し上げげん。数日まえ、現八が町を歩いておると、まえから供を七、八人連れた町娘がやってきた。歳《とし》の頃は十三、四。身に着けているものは上等な品ばかりで大勢の供を連れているところからして、かなり大きな商家の娘に思われた」

先頭を歩く手代とおぼしき若いものがその娘に話しかけるのを現八はなにげなく聞いていた。

「けど、嬢《とう》さん、よろしゅおましたなあ」

「ほんに……これも北守屋はんの口利きのおかげやわ。あとでお礼しとかな」

「いえ、嬢さんのご熱心が伝わったんだすわ」

「ともかくほんまにありがたいことやわ。このふせのたまがあれば……」

現八の耳がぴくりと動いた。

（今、たしかに「ふせのたま」と申したな……！）

ふせのたま、すなわち伏姫の水晶玉のことではないか。現八は一行のあとを追いかけた。どこの娘かつきとめようとしたのだ。半町ほど行ったあたりで、いちばん後ろを歩いていた用心棒風の侍が、

「お嬢さん、どうやら妙なやつがつけてきておるようです。拙者が追い払いますので、どうぞ先にお店《たな》にお帰りくだされ」

「まあ、怖い」

侍は振り返ると現八のまえに立ちはだかった。ほかのものたちは早歩きで行ってしまった。現八は侍に、

「それがしは怪しいものではない。さきほど今の娘が手代らしき男に『ふせのたま』と申しておったのが耳に入った。それがしが探索しておるものと関わりがあるように思う。あの娘がどこのだれかたしかめるためにあとをつけたのだ。店の名を教えてくれ」

「どこの馬の骨ともわからぬものに教えるわけにはいかぬ」

「わけあって素性は明かせぬが、さる高貴なお方の命を受けて動いておる」

「そんなことは知らぬ。帰れ」

「どうあっても店の名を言うてはくれぬのか」

「くどい」

「ならば、たっておききいたす」

現八は刀の柄《つか》に手をかけた。侍はぎょっとした顔で、

「往来で白刃を抜くと言うのか。頭を冷やせ」

「おぬしの口を割らせるためだ。やむをえぬ」

そのとき、

「おい、そこでなにをしておる」

声がした方を向くと、ひと目で町奉行所の町廻《まちまわ》り同心とわかる侍がこちらに向かって歩いてくるところだった。召し捕られると厄介である。せっかく摑《つか》んだ伏姫の手がかりを追いかけることもできなくなる。現八は同心に、

「なんでもない。ちょっとものをたずねていただけだ」

「喧嘩《けんか》ではなかろうな。往来で喧嘩口論は法度《はっと》だぞ」

「ちがうちがう」

まだ不審そうな同心にぎこちなく笑いかけ、ふたたび振り返ったときにはすでに用心棒の姿はなかった。現八は、同心が行き過ぎるのを待って、その近くの店に片っ端から入り、

「さっきここを通った大店《おおだな》の娘らしい一行がどこのだれか知っているか」

ときいてまわった。どの店の奉公人たちも自分の仕事に必死でなにも見ていなかったが、小さな瀬戸物屋で店番をしていた婆《ばあ》さんが、

「あれはたぶん淀屋の三番目の嬢《とう》やんやったと思うわ」

「よ、淀屋だと……」

現八は仰天した。淀屋といえば日本一の金満家ではないか。

「名はなんと申す」

「さあ……そこまでは知らん」

淀屋は、中之島《なかのしま》から北浜《きたはま》にかけて屋敷を構える豪商である。大坂は天下の台所と言われるが、それを支える中之島の米相場、天満《てんま》の青物市場、永代浜《えいたいはま》の雑喉場《ざこば》といった卸《おろし》売《うり》市場を一手に手掛け、まさしく日本の富のすべてを握るようなありさまだった。おのれの店のまえで開いた米市場への往来を容易にするため「淀屋橋」を架け、その出費はすべて自費でまかなった。ことに先代である四代目淀屋重當《しげまさ》と当代である五代目廣當《ひろまさ》の繁栄ぶりはものすごく、諸大名に貸し付けていたいわゆる「大名貸し」の総額は二十億両とも言う。これはとてつもない額であって、日本という国を何度も買い取れるほどである。屋敷の広さはおよそ一万坪。江戸の紀伊国屋文左衛門《きのくにやぶんざえもん》も足もとにも及ばぬ豪奢《ごうしゃ》さである。さっきの娘は当代の淀屋廣當、通称辰五郎の娘ということだ。

（淀辰《よどたつ》の娘ならばあれぐらいの供ぞろいであっても当たり前だ……）

これで、切れたと思われた糸がつながった。しかし、現八がいきなり淀屋を訪れて、娘に会わせろと要求しても、鼻で笑われるだけだろう。おそらく淀屋の娘に会うのは、大名に会うより難しいと思われた。あとは、さっきのような外出《そとで》の機会を狙うことだが、供のものが多いうえに用心棒まで同行しているとなると話をするのはほぼ不可能である。だが、あきらめるわけにはいかない。

（「ふせのたま」……伏姫さまに所縁《ゆかり》のなにかとしか考えられぬ。さっきの娘が伏姫さまの知り合いなのか、いや……伏姫さまご自身かもしれぬ）

大坂に出奔した伏姫は、自分が将軍の娘であることを知らない。もしかすると路頭をさまよっていたところを淀屋に拾われ、養育されているのかもしれない……。

しかし、淀屋ともあろうものがそんなことをするだろうか。とにかくあの娘にたずねてみなくてははじまらない。

以来、現八は北浜の淀屋の周辺を毎日うろついて聞き込みをしているのだが、収穫はほぼ皆無である。わかったのは、淀屋の娘や奉公人に「ふせ」に類する名のものはいない、ということだけだ。あの瀬戸物屋の店番が間違っていたのか、と再度、確認してみたが、老婆は頑として、

「あの娘は淀屋の嬢さんや」

と言い張る。そして、最後に、

「知らんけど」

と付け加える。どうやらかなり自信がなくなってきているらしい。それでも現八はあきらめず、淀屋に日参した。しかし、客や出入りの商人、他家からの使いなどに交じってなかに入り込もうにも入り口で咎《とが》められる。そのうちに面が割れて、怪しまれるようになってしまった。もう聞き込みをするのもままならない。

「その話をわしが聞いて、これは並四郎の力を借りるべき案件と思うたのだ」

ゝ大法師がそう言った。左母二郎が顔をしかめて、

「つまらねえ話だ。淀屋に忍び込んでその娘についてあれこれ探り出せ、ってえのかい。わずかの銭と引き換えに、そんな危ねえ橋を渡らせようなんて虫がよすぎらあ。やめとけやめとけ」

並四郎が、

「それやったらわても断るところやけどな、考えてみ。淀屋ゆうたら日本一の大商人やないか。盗人としては一度は挑んでみたいヤマやで。たぶん淀屋の金蔵には、大坂城や江戸城の金蔵の何百倍もの小判が唸《うな》っとるやろ」

ゝ大法師があとを引き取り、

「わしらの手先として伏姫さまの件を探ってもらう、というのではなく、盗賊かもめ小

僧が淀屋の金蔵に入り込む……あくまでそのついでに『ふせのたま』について調べてもらいたい……そういうことなのだ。それならばおまえたちにもわれらにもたがいに利があろう」

「うーむ……なるほど……」

左母二郎は腕組みをした。並四郎が、

「どうせ淀屋は、あくどいやりかたで金儲けをしとるにちがいないで。それをわてら三人でちょいっと拝借する、ゆうことや。拝借するだけで二度と返さんけどな」

「いいねえ、いいねえ。ちょいっと拝借……いい響きだねえ」

船虫がうっとりした声でそう言った。左母二郎も、

「腐るほど金があるんだから、五千両、いや、一万両ばかりいただいても向こうも気づくめえ。——やるか」

ゝ大法師が、

「話は決まった。伏姫さまのことを探ってさえくれれば、あとは淀屋の金蔵からいくらかっさらってくれてもよいぞ。よろしく頼む」

犬飼現八が、

「盗人にそのようなことをそそのかしてもよろしいのですか。せめて九両三分二朱にとどめておいた方が……」

左母二郎が、

「けっ、そんなはした金で俺たちが動くと思うなよ」

「十両盗めば首が飛ぶのだぞ。それでもよいのか」

「どうせ俺たちゃ、捕まったら磔《はりつけ》だ。それを覚悟しての世渡りさあね。ちまちました悪事はする気にならねえ」

「それがしはおまえたちのことを心配してそう申しておるのだ」

「てめえに心配されるほど落ちぶれちゃあいねえよ。ほっといてくれ」

左母二郎と現八はにらみ合った。丶大法師が笑いながら、

「よいではないか、現八。わしらの望みは、このものたちが淀屋について調べてくれること。あとはどうなろうとかまわぬ。上さまからのお指図は、伏姫さまの行方を探すこと。たとえ淀屋が何万両盗られようと些事《さじ》に過ぎぬ。——そうだな、左母二郎」

「そういうことさ。悪党にゃあ悪党のやるべきことがあるし、おめえら将軍家の犬にゃあ犬のやるべきことがあるのさ」

それを聞いた現八の顔が紅潮し、身体が震え出したのを見て船虫は、

「やだよ。また喧嘩になるのかねえ」

しかし、現八は叫んだ。

「えらあい！　天晴《あっぱ》れな覚悟だ。そのとおりだとそれがしも思う。われらは上さまの命

令遂行に命を懸け、悪人は悪事に命を懸ける。その道によって賢し、とはまさにこのこと。上さま、見ていてくだされ。この犬飼現八、必ずや伏姫さまを見つけてみせますぞ！　ははははは……あはははは……あはははは……あとは飲むだけだ」

現八は上機嫌になり、一滴も飲まないと言っていたのが嘘《うそ》のように、五杯、六杯……と盃を重ねた。左母二郎は呆れたように、

「やっぱり変わってやがるぜ」

しかし、その口調は腹を立てている風ではなかった。二升の酒はすぐになくなり、並四郎が追加の酒を三升買ってきた。金は、大法師が、

「なんでわしが……」

とぼやきながら出したのだ。やがて現八はうかれて歌い出した。

「酔っ払いの心は酔っぱらってみなけりゃわからない。素面《しらふ》の心は素面でいなけりゃわからない。わんわん、わわん、八犬士」

わけのわからない歌を歌い、踊る現八と、手を叩きながらそれを囃《はや》し立てる男たちを見ながら船虫はため息をつき、

「肴もないのによくやるよ、このひとたちはさ……」

そう言って酒をぐび、と飲んだ。

二

江戸城二の丸にある御座之間《ござのま》で、将軍徳川綱吉は顔に苦渋の表情を浮かべて座っていた。膝のうえには一匹の子犬がいて、綱吉は無意識にその頭を撫でている。彼のまえには、お気に入りの側用人柳沢保明と駿河台成満院《するがだいじょうまんいん》の僧隆光《りゅうこう》がいるだけで、小姓《こしょう》などはいない。ひと払いをし、しばらくはだれも近づかぬよう命じてあるのだ。

「では、大坂を覆う黒き影は徳川光圀《みつくに》公の怨霊の仕業だと……」

柳沢保明が眉間に皺《しわ》を寄せてそう言った。隆光は重々しくうなずき、

「本人がそう名乗ったのだから間違いあるまい」

保明は鼻で笑い、

「光圀公の怨霊かどうかより、怨霊だの幽霊だのといったものがまことにあるのかどうかがまず疑わしい。ただの迷信ではないのか」

「出羽殿もご覧になられたであろう、護摩壇《ごまだん》のうえに広がりし虚空のなかに白い顎鬚《あごひげ》の老人が髪を振り乱し、乱杭歯《らんぐいば》を剝《む》き出して、大坂の町に覆いかぶさっていたのを……。そして、『我こそは徳川光圀が怨霊』と申したではないか」

「たしかに聞いた。なれど、あれは隆光、おまえが幻術で見せたまやかしではないの

か」

「な、なにを申される。愚僧は誠心誠意祈禱《きとう》いたしました。まやかしとは聞き捨てならぬ」

綱吉が、

「両名とも待て。余も、あの老人は亡くなられた光圀公である、と思う。今、そのわけを話してきかせよう」

保明と隆光はかしこまった。

「あの老人は、余のことを『憎い』と申したであろう。そして、紀州《きしゆう》と尾張《おわり》が憎い、とも申した。先代将軍徳川家綱《いえつな》公が急にご逝去なさり、酒井《さかい》大老は将軍家とも縁のある有《あり》栖川《すがわ》親王をいわゆる『宮《みや》将軍』として跡継ぎに迎えようとしたのを、水戸《みと》の老公が神君家康《いえやす》公より続く血筋へのこだわりから反対なされ、すでに館林《たてばやし》徳川家の当主であった余を推した。そして、余は五代将軍となったが……あのとき老公はひそかに余に取引を申し出た」

「え……？」

保明と隆光は顔を見合わせた。ふたりとも初耳の話なのだ。

「おまえを将軍にしてやるかわりに、水戸家を尾張家、紀州家と同列に引き上げてもらいたい、と申された」

綱吉はそう言ってため息をついた。

「老公は、水戸家が御三家のなかで尾張家、紀伊家に比べて家格も官位も官職も下位であることをつねづね嘆いておられた。それゆえ光圀公は検地の際、太閤秀吉《たいこうひでよし》が一間《けん》を六尺三寸と定めたのを勝手に六尺に改め、表高《おもてだか》が二十八万石であるにもかかわらず、見かけ上の石高《こくだか》を三十六万九千石とした。石高の大きい尾張や紀伊と張り合うためじゃ」

隆光が、

「それでは年貢を納める百姓衆はたまったものではありますまい」

綱吉はうなずき、

「百姓だけではない。石高が増えると、それに応じて無理な出費もかさむ。その負担は家臣たちの俸禄を削るだけでは済まぬ。じつは水戸家は徳川宗家から八万石の借金をしておるのじゃ」

保明が、

「そうまでして尾張、紀伊に張り合いたいとは……」

「老公の執念であろう」

「それで上さまはご承知なされたのですか」

「承知もなにも、あの折、余はただの館林徳川家の主に過ぎぬ。向こうは天下の副将軍をもって任ずるお方。余がなにも答えぬうちに独り決めなされ、余を無視して話を進められた。そして、余は将軍家を継いだ……」

保明は、

「そうでございましたか。――で、光圀公の上さまへの恨みとは？」

「余は、水戸家の地位を尾州《びしゅう》、紀州と同格にするという望みをついには叶《かな》えることはなかった。理由はいろいろある。あのお方は、若いころから傍若無人なふるまいが多く、癇癪《かんしゃく》を起こすとすぐに刀を抜き、吉原《よしわら》での遊興にふけり、身分の高さを笠《かさ》に着て市中で乱暴をすることもたびたびだった。しまいには辻斬《つじぎ》りを行い、罪のない町人を殺していたそうじゃ」

　隆光が、

「まさか、そこまでとは……」

「その傾奇《かぶき》振りは家督を継いだあとはやや収まっていたらしいが、今度は『大日本史』の編纂《へんさん》にその熱を注がれるようになられた」

『大日本史』は徳川光圀が家督を継ぐよりまえ、二十九歳のときに着手した史書編纂の大事業である。

「老公死してのちもいまだに完成を見ておらず、水戸家の収入のおよそ三分の一が費やされているとも聞く。老公の妄執の産物だが、その内容のほとんどが皇室の礼賛であり、日本国の王は帝《みかど》である、との考えに基づいたものだそうじゃ。また、水戸家の家訓には『朝廷と徳川家のあいだに戦《いくさ》が起きたるときは、きっと朝廷にお味方すべし』との一条があるらしい」

保明が、

「御三家のなかに徳川家身中の虫がおられるわけですな」

「そのようなお方を主とする水戸家を、尾張、紀伊と同格にすることは余にはできなかった。将軍に世継ぎがないとき、もし水戸家から将軍を迎える……ということにでもなったら徳川の天下が揺らぎかねぬ。そう思うたゆえ、余は光圀公からの再三の催促……『そなたを将軍職に就けてやったとき取り交わしたる約定《やくじょう》を忘れたか』との言葉をひたすら受け流した。次第に老公からの催促の文言は脅迫めいたものになり、ついには面と向かって罵倒された。『嘘つきめ』……とな」

隆光が、

「なんたること。いくら年長者といえど上さまに対してあまりに無礼……」

「それゆえ余も、『そのような約定を交わした覚えはありませぬ。余の目の黒いうちは、水戸家から将軍を出せるようにするつもりはありませぬ』とはっきり言い渡した。隠居なさってからも、お気に入りだった能楽者の何某《なにがし》をみずから刺し殺すなど奇矯《ききょう》なふるまいがあったと聞く。そのようなお方の言に従うことはできぬ」

保明が、

「老公はさぞ怒られたでしょう」

「そのとおりじゃ。ある日、急な登城があり、なにごとならんとお会いすると、そなたに贈り物がある、とおっしゃる。老公手ずからお持ちくだされたものゆえ受け取らぬわけにはいかぬ。その贈り物とやらを開けてみると……中身は犬の毛皮であった」

保明と隆光は仰天した顔つきになった。

「しかも、生々しく血がこびりついたままであった。いずれも白犬の毛皮で、敷物にでもせよというのか、丸く切り抜かれていた。のちに聞いたところでは、老公自身が八匹の野犬を斬り殺し、その皮を剝いだのだそうじゃ。戌《いぬ》年の戌の月の戌の日の戌の刻生まれの余が大の大の大の大の犬好きであり、将軍として生類《しょうるい》憐《あわれ》みの令を発布したことを知っていてわざとそのようなものを下されたのじゃ！　こりゃもはや当てこすりや嫌味を通り越しておる。そうは思わぬか」

保明がため息をついて、

「この保明がおりましたならば、そのような献上品、決して上さまに取り次ぐことなく老公にお返ししたものを……」

「その方はたまたま他出しておったのじゃ。——隆光、いかがした？」

隆光は蒼白な顔で、なにやら考え込んでいる。

「上さま……愚僧、少し気になることがございまするる」

「なんじゃ？」

「水戸老公の献上した犬の毛皮は丸く切り抜かれていた、と仰せになられましたが、まことでございますか」

「うむ、まことじゃ。それがどうした」

「愚僧の知るかぎりでは、犬の毛皮八枚を丸く切り取り、つなぎ合わせるというのは相手を呪う『犬神の呪法』……」

「なに？　では、ただの嫌がらせではなかった、と申すか」

「御意。その毛皮は今いずこにございます？」

「気味が悪いゆえ燃やしてしまおうか、とも思うたが、殺された犬どもが不憫《ふびん》ゆえ、この西の丸の庭の隅に埋め、そのうえに小さな石碑を建てて祀《まつ》ってある」

「なるほど……さようでございましたか。——つかぬことを伺いまするが、上さまが全国からお集めなされたあの八犬士とやら申すものども、なにゆえ八人とお決めになられましたか」

「余は、わが手足となって働くものどもが欲しかったのじゃ。隠密やお庭番と申しても、今や世襲の身分となり、この城のなかでの保身に汲々《きゆうきゆう》としておる。老中や若年寄の顔色を見ることなく、ただ余の命令のみに従う役目のものたちを集めたい、それにはどうすればよかろう……と日々案じておるとき、ある夜、余は夢を見た。八匹の犬が余のもとに集まり、余の放る餌を食い、余にじゃれつくという夢じゃ。目が覚めた途端、余は八犬士のことを思いつき、出羽に『苗字に犬の字が入った屈強なる侍を八人、全国から選りすぐれ』と命じたのじゃ」

あとを引き取って保明が、

「上さまの命を受けた身どもは、諸国にひと選びに参り、行く先行く先で苗字に犬の字が入った武士を探した。すると、不思議と武勇に優れ、信義をわきまえ、知力・胆力もあり、人情にも篤い若者たちと出くわすのだ。何年もかかるだろうと思うていたが、半年ほどで八人の犬士を見出《みいだ》すことができた。そこに伏姫さまの件が起きたゆえ、ただちに大坂に遣わすことになったのだ」

隆光は膝を叩き、

「それで合点が行き申した。上さま……当人らも自覚しておらぬと思いまするが、そのものたちは水戸老公に殺され、上さまが不憫に思うて祀られた八匹の犬どもの魂が宿りしともがらにございましょうぞ」

「なに……？」

綱吉の顔が少しほころんだ。

「そうであったか……。ならば、あの八人が揃《そろ》うたのは偶然ではなく必然……」

膝のうえで、伏姫が飼っていた子犬の八房《やつふさ》が「ぴい……」と鳴き、綱吉の手の甲をぺろぺろなめはじめた。綱吉はにたーりと笑い、八房の喉をくすぐったりしていたが、

「上さま」

保明にとがめられて顔を引き締め、咳払《せきばら》いをすると、

「余は、老公が亡くなるまで水戸家の格を上げることを拒んだ。老公はさぞかし余を恨んで死んだであろう。それゆえ、余はあの老人が徳川光圀公の怨霊である、ということが信じられるのじゃ」

保明が、

「しかし……なにゆえ老公は大坂にこだわっておられるのでしょう」

「それは余にもわからぬが……なにやら企《たくら》んでおられるのだろう。余は、老公が亡くなられたと聞いて、これで余に犬の毛皮を贈るような老人と縁が切れた……と内心喜んだが、それは甘かったようじゃな。これからこの世になにが起きるのかと思うと、とても安穏とはしておれぬ」

悄然《しょうぜん》とした綱吉に隆光が、

「上さま……怨霊と申すものはたしかに恐ろしい存在ではございますが、肉体もなく、権力もなく、うたかたのごときもの。なにか野望を抱いていても、みずから手を下すことはあたわず、生きた人間に取り憑《つ》いてそのものの心を操る以外になにかを成すことはできぬもの。相手がたとえ水戸老公の怨霊であろうといたずらに恐れず、正しく防ぎ、また攻むれば、かならずや勝ちを収めることができると愚僧は信じており申す」

保明も、

「大坂に八犬士がおるのは僥倖《ぎようこう》でございます。彼らに、伏姫さまの探索とともに水戸老公の怨霊が大坂でなにをしようとしておるのか、探らせましょう」

「うむ……そうじゃのう」

綱吉は弱々しくうなずいた。

◇

夕方、隠れ家を出た鴎尻の並四郎は淀屋の本家に向かった。七方出で飴《あめ》売りに化けている。顔かたち自体を変えてしまっているので、たとえ知り合いに会っても並四郎とはわからないだろう。今日のところはなにかを仕掛けようとは思っていない。淀屋の雰囲気が漠然とでもわかればそれでよい。しかし、

（これから天下の淀屋へ……）

と思うと気持ちの高揚を抑えることはできなかった。

淀屋橋の近くにある淀屋本家はまるで大名屋敷のような店構えであった。周囲を忍び返しのついた高い塀で囲み、その外側には堀がめぐらされている。商人の屋敷には珍しく正面には立派な門があり、左右に門番がいて、出入りしようとするものはそこで鑑札を出し、検分を受けるのが決まりであった。他家からの使い、米を運ぶ人足、蔵屋敷の

役人、米相場師、蔵元、掛屋……顔見知りであっても鑑札がなければ通ることはできない。

広い敷地の奥には蔵が四十八も並んでおり、そのすべてに金銀や珍宝が収められているという。庭も、前庭だけでも何カ所もあり、中庭は広大で、泉水、築山《つきやま》、花壇が設けられているらしい。はじめて訪れたものは、案内がなければ敷地内で迷子になるだろう。

並四郎は裏口に回った。魚屋、八百屋、酒屋、小間物屋、菓子屋……といった出入りの商人は裏口から入るのだが、そこにも番人がおり、鑑札を見せないと鍵を外してくれないので、一見《いちげん》の商人は入ることができず、つまり全員が馴染《なじ》みのものばかりなのだ。

(こら困ったなあ……)

並四郎は頭を掻いた。おそらく塀のなかにも番人や用心棒がいるだろうから、塀を飛び越したりしたらすぐに見つかってしまいそうに思えた。騒ぎになることだけは避けたい。とにかくだれかと接触しないと、得意の弁舌も使えない。そろそろ日も暮れてきた。思い切って門番に話しかけようか、と思ったとき、裏口が開いて、なかから縦長の棚のような大荷物を背負った行商人風の男が出てきた。荷物の横側には「書物いろいろあり」と書かれており、貸本屋のようである。

「お世話になりました」

男は門番にぺこりと頭を下げると、そのまま行ってしまった。並四郎は貸本屋のあと

をつけた。男は気づかず、川沿いの土手を歩いていく。ひと通りがなくなったところで追いつくと、

「おい……」

と声を掛ける。男が振り返ったところに当て身をくらわせた。

「すんまへんな。これもわての仕事だすのや。つらいつらい。おたがい仕事はつらい」

気絶した貸本屋にそうささやくと、背負っている荷物を外して、着物を脱がせる。手早く着替えて荷物を背負い、自分の着物と飴売りの荷物は近くにあった柿の木の裏に隠した。手鏡と化粧道具をふところから出すと、ちょいちょいと顔を直していく。みるみるうちに並四郎は貸本屋そっくりの顔になっていった。しかし、急な仕事なので出来上がりが不安である。

「あんまり似てへんやろけど、もう暗いさかいわからんやろ。ここは度胸決めて……」

男を土手に置かれていたべか車の陰まで引きずっていき、口をこじ開けて薬を含ませる。眠り薬だ。だが、あまり時間はない。貸本屋が意識を取り戻して騒ぎ出すまでに戻ってくるには、おそらく四半刻（約三十分）ほどしか余裕はないと思われた。並四郎はその場を立ち去ろうとしたが、さっきからの行動があまりに不審に思えたのか、一匹のぶちの野良犬が吠《ほ》えかかってきた。いつもならそんなことはしないのだが、今は犬にかかずらっている暇がない。やむなく、当たらないように石を投げて追い払った。きゃい

んきゃいんと悲鳴を上げて、ぶちの野良犬は逃げていった。並四郎はほうっと息を吐くと、ふたたび淀屋の裏門に近づき、なるべく顔を見られぬようにうつむいて、

「すんまへん」

と門番に話しかけた。

「なんや、貸本屋か。あんたで今日の出入りの商人はおわりやさかい、そろそろなかに入ろか、と思てたところや。忘れもんか？」

どうやらうまく化けられているようだ。並四郎は安堵《あんど》して、

「じつは帰りかけたんだすけど、途中で腹具合が悪うなってきて、家まで持ちそうにおまへんのや。すんまへんけどはばかり貸してもらえまへんやろか」

「それはえらいこっちゃ。入って入って。けど、早《はよ》うすませてや。わしもいつまでも待ってられへんさかい」

「おおきに、おおきに」

「はばかりの場所は知ってるやろ」

「へえ。たしか勝手口から入って右だしたな」

「入って左や」

「あ、そやったそやった」

並四郎は首尾よく淀屋に入り込むことに成功した。薄暗い庭を抜け、金銀が詰まって

いるという蔵を、

(今に見とれよ。ぜーんぶわてがいただいたるさかいな)

と心に思いながら勝手口を目指す。

(それにしてもどでかい屋敷やな……)

母屋の勝手口はすぐに見つかった。なかに入ると台所だったが、女子衆《おなごし》連中は皆出はらっているとみえ、さいわいだれもいなかった。

(うーん……参った。台所が寺の庫裏《くり》ほどもあるで……)

台所の隅の天井板を外し、そこから天井裏へと入り込む。携帯用の小さな蠟燭を灯《とも》して、奥向けの主の部屋ならばここにあるだろうとおぼしきあたりを中心に適当に各部屋をのぞいていく。細い錐《きり》で天井板に穴をあけ、そこから見下ろすのだ。乱暴なやり方だが、なにしろ時間が限られている。四つ目の部屋から会話が聞こえてきた。

「ほな、お父はん、私がこれだけ頼んでも、えべっこく寺《じ》の檀家にはなってくれへんの?」

娘の声だ。並四郎はにやりと笑い、錐でそっと小さな穴をあける。針の先で突いたような穴でも、天井が真っ暗で部屋が明るいので、目を押し当てるとかなり広範囲が見渡せるのだ。まだこどもといっていい若い娘がべそをかいている。

「あのなあ、歌。おまえの気持ちはわかるけど、うちは代々大仙寺《だいせんじ》さんの檀家やで。勝手に旦那寺を変えることは許されへんのや」

隠れ切支丹《キリシタン》の存在を忌諱《きき》する徳川家は、すべての民にどこかの寺の檀家となり、その寺から「寺請け証文」をもらうことを義務付けた。旦那寺と檀家の関係は絶対的なものであり、檀家が勝手に旦那寺を変更することはできなかった。それが唯一可能だったのは、遠くへ転居する場合であって、その際も旦那寺に「寺請け状」というものを書いてもらい、それを引っ越し先の寺に渡し、「宗門人別改帳《しゆうもんにんべつあらためちよう》」の書き換えをしてもらう必要があった。

「ほな、お父はんはお母はんの病がまたぶり返してもええの？　私が唖面坊《あめんぼう》さまに必死にお願いしたさかい、千両ほどのはした金でお布施を受け取った証の玉をいただけたのや。言いつけられたとおり、あの玉を持って帰って、お母はんの枕もとにお供えして、北守屋はんに『えべす、でえこく、笹持ってこい、米持ってこい』……と唱えてもろたら、あれほど苦しんでたお母はんが半刻ほどでけろりと治ってしもた。お父はんも見てたやろ」

並四郎の口もとに苦笑が浮かんだ。

（お布施の玉……ははあ、現八のやつ、それを「伏姫の玉」と聞き間違うたのやな。アホなやっちゃ……）

これで、忍び込んだ用件はあっけなく済んでしまった。隠れ家に戻ってこのことを告げたら、現八と、大法師《ちゅだい》はさぞかし落胆するだろう、と思うと、並四郎はにやにや笑いがとまらなかった。だが、興味を惹《ひ》かれた並四郎はなおも穴に目を押し付けた。もっとぶくぶく肥えたお大尽《だいじん》風の人物かと思っていたのだが、はじめて見る淀屋辰五郎はがっしりした体軀《たいく》で精悍《せいかん》そうな面構《つら》えの人物だった。ゲジゲジ眉毛で赤ら顔、団子鼻で頰の肉が分厚い……いわゆる悪党顔というやつだ。その傍らにいる妙齢の女性はおそらく「お母はん」、つまり、内儀だろう。

「あんた、なんとかなりまへんの？　お歌もこない言うてくれてるし、私もまたあの病になると思たら怖あて怖あて……。旦那寺の方はうちから何万両か寄進したら認めてくれはるのとちがう？」

「手切れ金やないねんから、金でうんと言わせるのはようない。それに、大仙寺の和尚《おっ》さんがたとえ『ええ』と言うたかて、お寺社（寺社奉行所）が首を縦には振らんやろ」

「お大名衆にも無理がきく天下の淀屋の頼みごとだっせ。お寺社かてご便宜を図ってくれはるのやおまへんか」

「おい、お菊《きく》……そういうことは言うたらあかん。お歌、おまえもやで。たしかにうちにはぎょうさん金がある。申し訳ないほどや。けどな、せやさかいというて、千両ほどのはした金、とか、何万両寄進したらお寺社でも動かせる、とか言うのは……これは驕《おご》りやで。歌がどうしても、と言うたさかい、千両のお布施をさせてもろたけど……わしらは町人や。この大坂にも、仕事ものうて住むところものうて、その日暮らしをしてはる方が大勢いてはる。お金がないそういう皆さんは、お医者の治療も受けられんのやで。わしは、なんとかしてそんなお方を救いたいと思うて、町奉行所やご城代を動かそうと思うとるが、なかなかうまいことといかん。そんななかで、ご祈禱に千両の万両の……それだけのお金があったらどれだけのひとが助かるやろか。わしには、よう出さん」

娘が、

「見も知らん他人さんとうちのお母はんと一緒にせんとって。なあ、お父はん……お願いやさかい、えべっこく寺の檀家になってちょうだい」

菊が、

「私からもお願いします。これまでも妙心寺《みょうしんじ》さんや東大寺《とうだいじ》さん、神應寺《じんのうじ》さんなんぞにもぎょうさんのお金を寄進させてもろとりますし……」

淀屋辰五郎はため息をつき、

「寄進するのと檀家になるのはわけがちがうやろ。それにな……そもそも檀家であるかどうかで差別するような神さんは、わしはあかんと思う」

「お父はん、そんな罰当たりな……！」

「罰当たりいうたら、金で動くような神さんの方が罰当たりやないか。もし、わしがそのえべっこくさんの檀家になったら、毎年毎年かなりの額の寄進をせなあかんやろ。それこそ何万両や。わしは、うちにあるお金は大坂の、いや、日本中の皆さんから一時的にお預かりしてるもんや、と思うとる。いずれはお返しせなならんお金や。その寺だけに差し上げるというわけにはいかんのや」

天井裏で聞いている並四郎はすっかり感心してしまった。

(淀屋辰五郎というたら銭儲けの権化みたいなクソ野郎やと思てたけど、なかなか気骨のあるやつやないか……)

並四郎はなおも聞き耳を立てた。

「ほな、お母はんの病は……」

「もしぶり返したら腕のええお医者に診てもらう」

「それはまえからずっとやってたことやないの。それで埒《らち》があかんかったから、私がえべっこくさまに……」

「大坂にはまだまだぎょうさんお医者さんがいてはる。大坂中探してあかんかったら日本中探す。——けど、お歌にお菊、旦那寺を変えることはでけん。うちの先祖に申し訳がない。聞きわけてくれ」

「もう知らん！」

歌という娘は部屋から走り出てしまった。並四郎は、ここに残って淀屋辰五郎の話を聞くか、娘を追うか迷ったが、娘を選択した。足音を頼りに天井裏を這《は》う。娘は廊下に出て、少し先にある部屋に入った。並四郎はふたたび錐を取り出し、穴をあけた。どうやら客間のようだ。小商人風の中年男が茶と菓子をまえに座っていたが、娘が入ってきた途端腰を浮かし、

「どないだした？」

「あかんわ。お父はん、どうしても旦那寺は変えられん……その一点張り。もう嫌い！」

「しょうがおまへんなあ。旦那も頑固やさかい……。けど、そうなると御寮人の病のことが気になりますなあ」

「そやねん。北守屋はんが骨折って仲立ちしてくれたおかげでようよう病が癒えたのに……お父はん、お母はんのこと大事に思てはらへんのやろか」

「そんなことはおまへんやろ。なかなかお布施に千両もぽん！　と出しまへんで。それもこれも嬢《とう》さんがお頼み申し上げたからやとは思いますけどな……」

「うちの身代からいうたら、千両なんかはした金や。たとえ万両、万々両積んでも、お母はんの命とは引き換えにはならん、というのがなんでお父はんにはわからんのやろ」

「まだまだえべっこくさまを信心なさる気持ちが薄いからだすやろな。騙《かた》りやと疑うてはるのやと思います。わてがあれだけ嬢さんに、担いの乾物屋からお武家さままでいろんなお方がえべっこくさまへの信心で命を助けられてる、て例を挙げて申し上げました

のに……」

「ええ、その乾物屋はんは、うちにも出入りしてはるのやけど、大病が嘘みたいに治った、て言うてはりました。その話を聞いて、うちもえべっこくさまを信じる気持ちになりましたのや。——堪忍やで、北守屋はん。うちもお母はんもえべっこくさまを心から信じてるんやけど……」

「まあ、しゃあない。今度、御寮人の病がぶり返したら、そのときこそ旦さんもえべっこくさまをすがる気になりはるのとちがいますか。ほんまは一刻も早う、旦那にえべっこくさまの信徒になってもらいたいとこでおますけどなあ」

「北守屋はん、私、心配やわ。お母はんがまた病気になったら……」

「そうだすなあ……唖面坊洞穴《どうけつ》上人《しょうにん》さまが、淀屋辰五郎が檀家にならんとぶり返すかもしれん、とおっしゃったのなら本復したというわけやおまへんな。気ぃつけて過ごさなあきまへんわ。わてらにでけるのは、これからも毎日、旦さんにえべっこく寺の檀家になってくれ、とお願いすること、それとご寮《りょん》さんの病気がぶり返さんようお祈りすること……それしかおまへんわ」

「北守屋はん、いつもいつも厄介かけてすんまへん。これからも私らの力になっとくなはれや。これこのとおりだす」

「なにをなさいますのや、嬢さん。わしは、嬢さんの御寮人を思う気持ちにほだされて、ほんの少しお手伝いしただけのことだす」

見下ろす並四郎は首を傾《かし》げた。

（こいつ……だれかに似てるなあ……）

しかし、思い出せない。しばらく考えていた並四郎だが、天井裏でいつまでものんびりしてはいられない。あきらめてその場を去った。

◇

「で、戻ってきたってえのかい。情けねえな」

腕枕で寝転がっていた左母二郎が言った。並四郎は、まだ眠っていた貸本屋と着物を交換し、だれにも見咎められることなく隠れ家に帰ってきたのだ。

「まったくだよ。淀屋の蔵にはとんでもない額の金銀が唸ってるんだ。大盗《たいとう》鴎尻の並四郎ともあろうものが、指をくわえて見ているつもりかい？」

船虫も太ももを露《あら》わに寝そべったまま文句を言った。赤い手ぬぐいで頭についた蜘蛛《くも》の巣を払いながら並四郎は笑って、

「まあ、そう言わんといてんか。義賊を気取る気はないけどな、弱いもんから搾り取って儲けとる悪徳商人やら、町人、百姓をいじめて美味いもん食うとる大名からならなんぼでも盗むが、そやない相手からは盗《と》らんのがわての信条や。よう考えたら、お上《かみ》がな

んにもせんさかい、私財を投げうってあの淀屋橋を架け、みんなの役に立とうとした家系の御仁やで。淀屋から盗むのはやめとくわ」

「ちっ……悪事なんてものは、相手のことなんぞ考えてやるもんじゃねえんだ。なにもかもこっちの都合なんだよ。偽善者ぶるんじゃねえや。他人の金に手ぇつけるってのは、向こうが悪人だろうと善人だろうと悪事は悪事にちげえねえんだ」

「へへへ……左母やんになんと言われようと今回は手ぇ引くわ」

「馬鹿馬鹿しい。美味い酒がたらふく飲めると思ったのによ」

　左母二郎は空になった瓢箪を放り出した。船虫がぷーっと膨れて、

「淀屋の蔵をひとつ空にすりゃ、酒どころか、生涯遊んで暮らせるんだよ。あーっ、かも公に期待したあたしが阿呆《あほ》だった。――ねえ、現八さん、そう思わないかい？」

　しかし、犬飼現八は部屋の隅でぐったりと壁にもたれて座っている。

「それがしに話しかけんでくれ。今、落ち込んでおる真っ最中だ」

「わかるけどさ、『お布施の玉』を『伏姫の玉』と聞き間違えたなんて、なかなかお茶目なしくじりじゃないか。気にしないことさ」

「うるさい！　あまりに間抜けなおのれに愛想をつかしているところだ」

「あっははは……たしかに間抜けだよ。けど、かもめが淀辰と歌という娘が話してるのをちゃんと聞き込んできたから、深入りするまえに間違いだったってわかったんだよ。

よかったじゃないか。あんたはなにもせずにここで寝てただけなんだからさ」

「ううう……傷口に塩を塗るようなことを言いおって……」

、大法師が、

「まあ、よい。そんなにたやすく伏姫さまの居場所が知れる、とわしは思うておらぬ。間違いだと即日わかるとは、まさにこのものたちに頼んだ甲斐《かい》があった、というものだ。明日からまた探索をすればよい」

現八はため息をつき、ふたたび壁にもたれてどんよりと頭《こうべ》を垂れた。、大法師が並四郎に、

「ところで、おまえが聞き込んできた話……伏姫さまとは関わりがなかったが、気になるな」

「そうやろ？　わてもずっとひっかかっとるのや」

左母二郎が、

「なんのことでえ」

「母親の病を治したかったら千両出せ、というのがそもそもおかしいやないか。どう考えてもえせ坊主とかくわせもんの祈禱師のやり口や。しかも、それで『治った』ゆうのがまたおかしい」

「治ったんだから、その啞面坊洞穴とかいう坊主に法力があるってことにならあ」

「かもしれん。けどな……こういうのはだいたいいかさまやで」

「とは俺も思う」

丶大法師が、

「母親の病を治したあと、檀家にならねば病がぶり返すかもしれぬ、としきりに改宗を勧めているのも怪しいな。親を思う娘の孝心に付け込んで、脅しているようにも思える」

船虫が、

「なるほど。今は千両だけど、檀家にしちまえばいくらでもお布施を取り放題だからねえ」

左母二郎は起き上がると、

「たしかに……なにか裏があるのかもしれねえな。一丁やるか」

並四郎が、

「やろやろ！　淀屋から盗むのは気が引けるけど、淀屋から盗もうとしとる連中から盗むのはまるで気にならん」

船虫が、

「そうこなくちゃ。――じゃあ、明日からその『裏』ってのをみんなで探ろうじゃないか」

左母二郎が顎をぼりぼりと掻きながら、

「前祝いに一杯……といきてえところだが、酒はみんな飲んじまったからな……」

「ところが左母やん……内緒にしてたけど、わて、淀屋からの帰りに酒二升買うて上がり框に置いてあるのや。あとで飲も、と思てな」

「なんだと？　よく銭があったな」

「へへへ……貸本屋と着物を交換したときに、ふところに銭があったさかい、ちょっと借りたのや」

左母二郎は舌なめずりをしながら酒を取りにいった。船虫が湯呑みを皆に渡し、全員が手酌で酒を注いだ。船虫が現八に、

「ほら、あんたも飲みなさいよ。いつまでうじうじしててもはじまらないだろ？　酒飲めば憂さも晴れるってもんだよ」

「ほっといてくれ。それがしは此度のしくじりを取り戻すために、たった今から伏姫さまの新たな探索に取りかかるつもりなのだ。酒など飲んでいる暇はない！」

そう言いかけた現八だが、酒の匂いを嗅いで考えが急に変わったらしく、

「む……まあ、なんだ……その……せっかくだから一杯だけ飲んでやってもよい」

「なにさ、そのうえからの言い方」

そう言いながらも船虫は現八の湯呑みに酒を注いでやった。

「おい、船虫」

「なんだよ」

「どうせ注ぐならもっとなみなみと注げ」

「ふん！　自分でやんなよ」

五人は銘々勝手に酒を飲んだ。七、八杯立て続けに飲み干した現八はあっという間にできあがってしまい、

「酔っ払いの心は酔っぱらってみなけりゃわからない。素面の心は素面でいなけりゃわからない。わんわん、わわん、八犬士」

またしても歌い出した。左母二郎が丶大法師に、

「こんなやつに伏姫の探索御用が務まるのか？」

「わからぬ……」

丶大法師は小さくかぶりを振った。

◇

翌朝早く、並四郎は左母二郎に、

「ちょっとえべっこく寺に行ってくるわ」

左母二郎は目をこすりながら、

「仕事となるとじっとしてられんのや」

「まだ昼前だぜ」

「昨日、淀屋に忍び込んだばかりじゃねえか」

「ちょっと様子見にいくだけやがな」

「よく働くぜ、まったく……おい、その恰好《かっこう》……」

「やっと気づいたか。そやねん、坊主に化けて潜り込んだろと思てな」

並四郎は頭髪を剃《そ》り落とし、袈裟を着て、数珠を持っている。どこから見ても修行中の若い僧侶である。顔かたちまでまるで変わっているので、知り合いに会ってもばれる気遣いはない。

「ほな、夕方までには帰ってくるわ。晩飯の支度頼むで。行ってきまーす」

そう言うと並四郎は隠れ家を出ていった。

そして……そのまま帰らなかったのだ。

数日後、

「ねえ、左母二郎、かもめは帰ってきたのかい？」

船虫が隠れ家に入ってくるなり言った。寝そべって煙管《きせる》をくわえていた左母二郎は、

「まだだ」

「どうしちまったのかねえ」

「うーん……あいつのことだ。滅多なことで下手ぁ打たねえとは思うが……」

「いくらなんでもそろそろつなぎをつける頃合いだよ」

「そうだなあ……」

「あんた、探ってきなよ」

「俺がか？」

「当たり前だろ？　ほかにだれがいるのさ」

「おめえが行きゃあいいじゃねえか」

「あたしゃ女だよ。寺に女はご法度だろ」

「尼寺ならよかったんだが……」

「なにをごちゃごちゃ言ってるんだね。かもさんが心配じゃないのかい？」

「心配といやあ心配だが……」

「じれったいねえ。まったくあんたたちゃ素直じゃないんだから……とっととえべっこく寺に行っといで！」

「わかったわかった。行くよ、行きゃいいんだろ」

　左母二郎は立ち上がると、塗りの剝げた大刀を一本腰にぶち込み、朝飯代わりに水瓶《みずがめ》の水をがぶがぶと三杯飲んで隠れ家を出た。あっちでたずね、こっちでききしながら尼《あま》ケ崎町《がさきちょう》にあるえべっこく寺にやってきた。門前に立ち、山門を見上げたが、かなり年季の入った建物である。額には「御多福山《おたふくさん》えべっこく寺」と記してある。

「なんだ……まともな寺じゃねえか」

左母二郎の予想は外れた。ごく最近にできた、いいかげんな寺だと思っていたのだ。まわりを見渡すと、前垂れをつけ、風呂敷荷物を背負った商家の丁稚らしいこどもが急ぎ足で歩いている。お使いの途中だろう。

「おい、そこの小僧」

丁稚は気づかずに行き過ぎようとする。

「おめえだよ、小僧」

丁稚は立ち止まると、

「幸三《こうぞう》さんて方いてはりますか。このお侍が呼んではりまっせ、幸三、幸三て」

「幸三じゃねえ。小僧……丁稚のことだ」

「あ、ああ、わてだっか。なんのご用だす」

丁稚は明らかに怖がっていた。左母二郎の風体から、不逞《ふてい》の浪人と思ったのだろう。

「わ、わ、わてはお金なんか持ってしまへんで。この風呂敷のなかに、お得意先から集金してきた小粒（豆板銀《まめいたぎん》）がある、なんてことは一切おまへんのでお疑いにはならんように」

「おめえの風呂敷包みの中身を当ててやろうか。得意先から集金してきた小粒が入《へえ》ってるだろう。ちがうか？」

「うわっ、なんでバレたんや！」

「そんなこたあどうでもいいんだ。おめえ、この寺のこと知ってるか」

「この寺……えべっこくさんだすか？」

「そうだ。知ってることがあったら教えてくれ。隠し立てするとひっぱたくぞ」

「ひえーっ」

丁稚は目を回しかけたが、追い剝ぎでないとわかって安心したのかぺらぺらしゃべりだした。

「わての店、このすぐ先だすさかい、このお寺のことやったらよう知っとります。ここはもともと縁徳寺《えんとくじ》ゆう大きな禅寺だしたんや。三代続いてお住持が早死にしたんでそのまま無住になってましたんやが、ある日急に、『えべっこく寺』ゆう額が掛かってましたんや」

「はあ？　どうして縁徳寺が急にえべっこく寺になるんだよ」

「縁徳寺の本山がそのえべっこく寺にまるごと売りよったみたいだす」

「坊主は全部で何人ぐらいいる？」

「三十人ぐらいだっしゃろか。坊《ぼん》さんのほかにも、なんやわけのわからん破落戸《ごろつき》みたいな連中が出たり入ったりしとりますわ」

「きな臭《くせ》え寺だな」

「病気平癒、疫病退散、健康成就に絶大な効能がある、どんな病でも治る、て言うとるらしゅうおまっせ。わても、このお寺にお詣《まい》りして病気が治った、ゆうひと知ってますわ」

「なんだと？　どこのだれ兵衛だ」

「だれ兵衛とちがいまっせ。垂兵衛《たれべえ》はんだす。うちの店の裏店《うらだな》に住んではりまして、ご商売は乾物屋やけど、えらい貧乏。去年の暮れからえらい病に罹《かか》ってどんなご名医に診せても治らんかったのに、えべっこくさんの檀家になってお布施を払い、水晶玉をもろて帰ったら、けろっと治ってしもたそうだす。ほかにもそんな話、なんぼか聞きましたで。とにかく霊験あらたからしゅうおます」

「ふーん、おかしいじゃねえか。えらく貧乏なのに名医に診てもらうだけの金がよくあったな」

「そう言えばそうだすなあ。——ほな、わてはこれで……。あんまり遅うなるとご番頭に叱られますさかい……」

「おう、手間ぁ取らしたな。——あ、おい、小僧」

「まだなにか？」

「念のため、おめえの店の名前をきいておこうか」

「へえ、唐草屋《からくさや》ゆう醬油《しょうゆ》問屋だす」

丁稚はすたすたと行ってしまった。左母二郎は懐中に入れた手を胸もとから出して顎をひねっていたが、

「ま、当たって砕けてみっか」

そうつぶやくと、えべっこく寺の門をくぐった。奥に本堂と三重の塔があり、そのまえで広い境内をひとりの若い僧が掃いている。なんの変哲もない普通の「寺」だ。ただし、長年無住になっていた、という丁稚の言葉どおり、建物はどれも半ば朽ちており、えべっこく寺が買い取ったあとに補修された形跡は見あたらなかった。

「おい、おめえ」

僧が左母二郎の方を向いた。

「ちときいてえことがある。何日かまえに新入りの坊主が来なかったか」

僧は露骨に不審げな表情になり、

「そのようなおひとは来てはおりませぬが……」

「嘘じゃあるめえな」

若い僧はむっとしたらしく、

「どうして私があなたに嘘をつかねばならんのです」

「そう怒るなよ。ここは新しくできた寺だそうだが、宗派はなんでえ」

「宗派などはございません。わがえべっこく寺は、切支丹以外のあらゆる宗派に開かれた、どなたでも、何歳からでも信心できる寺なのです」

「ふーん……で、千両積みゃあどんな病でも治してくれるってわけか」

「なんのことです」

「千両でお布施の玉をもらえるんだろ？」

僧の目が光った。

「そんな話、どこで聞かれましたか」

「さあ、どこだったかな。――ご本尊を拝ましてもらってもいいか」

「当寺の本尊えべっこく神は秘仏でございます。軽々しく見ることはかないませぬ」

「やっぱり千両出せってえわけか」

「――は？」

「なんでもねえ。ぶらぶらさせてもらうぜ」

左母二郎はその場を離れると正面にある本殿に向かった。近くに寄るとその老朽具合がよくわかる。階段も手すりも回廊の廊下もひび割れ、色あせ、汚らしいことこのうえない。階段を上がろうとすると、相撲取りのように肥えた中年僧が下りてきて左母二郎を怒鳴りつけた。

「こらこらっ、はじめて見る顔だがおまえは檀家ではないな」

「檀家でなきゃ、なかにも入れねえのか」

「当たり前だ。帰れ帰れ帰れ帰れっ！」

「さっきの坊主は、この寺はだれにでも開かれてる、とか抜かしてたが、ありゃあなにかの間違《まちげ》えか？」

「境内に入ったり、賽銭《さいせん》を入れたりするのはかまわぬが、檀家でないものの参拝、祈願はお断りしておる。よほどしっかりしたものの口利きなくば、本殿に入ることはあいならぬ。ふらりと入ってきた通りすがりのものが拝めるような安っぽい神ではない。ましてやおまえのような貧乏浪人にえべっこくさまは生涯無縁だ。手の一本、足の一本折られぬうちにとっとと出ていけ」

左母二郎はよほど刀に手を掛けようかと思ったが、ここでことを荒立てるのはよくない、と我慢をした。並四郎がどこでどうなっているかわからないからだ。

「わかったよ。帰るから、そうがみがみ言うな」

左母二郎は本堂に上がるのをあきらめ、裏手に回った。講堂と庫裏の横に宝物殿がある。入り口のまえに立っている目つきの鋭い男がいた。左母二郎は声をかけた。

「おう、おめえはここの坊主か」

男はぎくりとした様子で、

「いえ……この寺に雇われた寺男でおます」

「ここでなにをしてる」

「そんなこと、あんたに関わりおまへんやろ」

寺男は向こうに行ってしまった。左母二郎は、本殿の方から肥えた僧がこちらをちらちら見ていることに気づき、その場を離れた。

鐘楼の横を通ったとき、

(おや……?)

見覚えのあるものが雑草のあいだに落ちているのを見つけた。並四郎の赤い手ぬぐいである。左母二郎は左右を見渡すと、それをすばやく拾い、ふところに押し込んだ。

(やっぱりあいつ、ここに来てやがったか……)

だが、この広い寺のどこに並四郎がいるのかわからない。

(船虫に相談してみるか……)

左母二郎は寺から出ると、山門を振り返り、唾を吐きかけた。

(神や仏に高え金出して頼みごとするようになったらおしめえだよ。腐れ神のお陀仏《だぶつ》め)

左母二郎は、さっきの丁稚が口にしていた唐草屋という醤油屋に足を向けた。

「ごめんよ」

暖簾《のれん》をくぐると、帳場に座っていた番頭らしき男がぎくりとした顔つきになり、

「な、な、なんだすか、おまえさんは。う、うちの店になんぞご用事だすか」

左母二郎は目力を込めて番頭をにらむと、

「醤油がもらいてえ……ってわけじゃねえんだ。ききてえことがあってな」

左母二郎の外見から、ゆすりたかりに来た無頼の浪人だと思ったのだろう。まあ、そのとおりなのだが……。

「ききたいこと？　知ってることなら言いますけど、知らんことはご勘弁を」

「あたりめえだ。このあたりに……」

と言いかけたとき、

「あっ、さいぜんのお侍さん！」

見ると、さっきの丁稚が空の醤油樽《だる》を運んでいる最中だった。番頭は心底ほっとした表情で、

「なんや、長松《ちようまつ》。おまえのお知り合いかいな。ほな、なんでもきいとくなはれ。知らんことでもお教えしまっさ」

「このあたりに垂兵衛とかいう野郎が住んでるらしいが、家はどこだ」

「ああ、乾物屋の……。うちの裏の長屋の店子《たなこ》はんだすわ。ごちゃごちゃした路地の奥やさかいちょっとわかりにくいかもしれまへん。――長松、おまえ、このお方をご案内申せ」

長松は先に立って歩き出した。

「ここだす。垂兵衛のおっさん、いてるかな。棒手振《ぼてふ》りだすさかい、昼間はたいがい商いに出てはりますのや」

言いながら長松は長屋の一軒のまえに立ち、

「垂兵衛のおっさん、いてるかー!」

大声で声を掛けた。

「なんや、長松どんか。どないしたんや」

「お客さん連れてきたで」

「わてに客……? だれや」

むせかえるような乾物の匂いとともに、なかから貧相な顔つきの男が現れた。よれよれの着物にだらしなく結んだ帯という恰好で、無精髭を生やしている。左母二郎は、

「銭はなさそうだな」

いきなり浪人が立ちはだかったので男は声を上ずらせ、

「お、おう、銭はないで。一文無しの空っけつ。明日の仕入れの金もないのや。せやから、わてから取ろうとしても無理やからな」

「銭のねえものがどうやってお布施を払ったんだ?」

「ななんのことや」

「えべっこく寺の坊主にお布施を出して、病を治してもらったんじゃねえのか」

「そ、そや。治してもろたで。嘘やないで。わてはなにがあろうと嘘だけはつかん男や」

「その金、どうやって工面したんだ」

「それはまあ、その……いろいろとな」

「空っけつのくせに、よく金を払って神頼みする気になったな」

「命には代えられんやないか」

「で、いくら払ったんだ？」

「そんなこと、なんであんたに言わなあかんのや」

「言わねえのか」

「…………」

「そもそも、おめえはなんの病だったんだ？」

「…………」

「ふふ……なにも言わねえってわけか。それじゃ、言わせてみせようじゃねえか」

左母二郎はすらりと刀を抜いた。

「ひえーっ！」

垂兵衛は腰を抜かして家のなかに逃げ込んだ。

「おた、おた、おた、おたすきーっ！」

「それを言うならおたすけ、だろう」

「おたすけーっ！」

左母二郎は大股で垂兵衛を追いかけてなかに入ると、刃を一閃《いっせん》させた。しゅっ……という風を斬る音が聞こえた。つぎの瞬間、天井から吊《つ》り下げてあったアジやイワシの干物がばらばらと落ちてきた。長松は喜んで、

「うわあ、アジやイワシの舞い踊りや！」

左母二郎は刀の切っ先を垂兵衛の額の真ん中に突き付けた。

「あ、あ、あんた、無茶したらあかん」

「俺ぁ無茶が売りものなんだよ。ぶすり……と行くか？」

土間にうずくまった垂兵衛は、

「すんまへん、すんまへん、すんまへん。命ばかりはどうかおたすき、いや、お助けを」

「ほんとのことをしゃべれば許してやらあ。てめえ、えべっこく寺からなにか頼まれたな」

「へえ……申します。あそこの坊《ぼん》さんが、わてが金に困ってるのを気の毒やと思うてくれはりまして、重い病に罹ったけど、えべっこくさまを信心したらその病がたちどころ

に治った、て言い触らしたら小遣い銭をやる、て言うてくれはりましたんや。ありがたいお話で……」

「嘘を言い触らしたってわけか」

「そうだすのや。わては嘘しかつかん男でおます」

「じゃあ、お布施は……」

「一文も払《はろ》てまへん」

「病が治ったというのも……」

「はじめから病気になんぞなっとりまへんさかいなあ、神さんも治しようがおまへんやろ」

「その坊主は、どうしておめえに目をつけたんだ？」

「わかりまへん。おまえは淀屋に出入りしてるそうやな、て最初に言われましたけど……」

左母二郎は刀を鞘《さや》に収めると、

「だいたいわかった。てめえ、今度そんなことしやがったらぶった斬るからそう思えよ」

垂兵衛はがたがた震えながら、

「わかっとりま。二度といたしまへん」

「じゃあ俺ぁ帰《けえ》る。こいつぁ土産《みやげ》にもらっていくぜ」

そう言うと、あたりにばらまかれた魚の干物を四つほどつかみ、ふところに直《じか》に放り込み、悠々とその場を去った。後ろから長松が小走りについてくる。

「お侍さん、かっこええなあ。わても丁稚やめて浪人になろかなあ」

「馬鹿野郎。丁稚が浪人になれるけえ」

丁稚を追い払うと左母二郎は隠れ家へと戻った。船虫が左母二郎の顔を見るや、

「どうだったね?」

「かもめは見あたらなかったが、あの寺に行ったことだけはわかった」

そう言うと、かもめの赤い手ぬぐいをそこに放り出した。

「あの寺はたしかにやべえな。病気治癒に霊験あらたかっていう噂も、淀屋に出入りしている商人や武士なんぞに金をばらまいて、自作自演してるようだぜ」

「じゃあ淀屋を狙い撃ちってことかい? まさか、そのえべっこく寺とかいうのも淀屋から金を巻き上げるためだけにわざわざ近所にこしらえたとか……」

「そうかもしれねえな。なにしろ淀屋には莫大《ばくだい》な金が唸ってる。よそのことはどうでもいい。少々元手を注ぎ込んでも、淀屋一軒を垂らし込んじまえば十分元が取れるってことだ」

「でも、かもめのやつ……いったいどこに行ったんだろうねえ」

左母二郎は腕組みをして天井をしばらく見上げていたが、

「わかんね」

「思い切ってその寺に乗り込んで、住職の洞穴上人とかいう坊主に刀を突きつけてやったらどうだい？　恐れ入ってなにもかもしゃべるんじゃないかねえ」

「相手が多すぎて、俺とおめえだけじゃ手におえねえ。下手に暴れ込んでもややこしくなるだけだ」

「あんたは嫌がるだろうけど、ここは一番、ゝ大法師と犬飼現八……あのふたりに頭を下げて、力を貸してもらうしかないよ」

左母二郎は目を細め、

「なんだと？　俺ぁ、他人に頭を下げるのが大っ嫌えなんだ。まして、あいつらになんぞ……」

「わかってるよ。でも、手遅れになったら困るだろ」

「手遅れ？　どういうことだ」

「わかんないけどさ、あたしゃなんだか嫌ーな予感がするんだ」

左母二郎はしばらく無言だったが、

「俺もだ」

とぽつりと言った。

三

そのかもめの並四郎はえべっこく寺の地下にある牢《ろう》のなかで寝そべっていた。身体には無数の傷跡がついていた。両腕の肘から先にもっとも傷が多いのは、木刀などで叩かれるたびに顔を守っていたからだ。

（わてとしたことが……とんだしくじりや）

あの日、並四郎は僧侶に化けて寺内に紛れ込み、天井裏に隠れるか縁の下に潜るかするつもりだった。ほかの僧になるべく近寄らないようにして境内をうろつき、あちこちを検分して作戦を練る。

（うん……これやったら縁の下の方が入りやすそうやな……）

そんなことを思ったとき、本堂のなかからたいそうな袈裟を着た五、六人の僧がぞろぞろと現れた。並四郎は、彼らに見られぬように近くにあった手水舎《てみずや》の柱の陰に隠れた。どの僧もひと癖もふた癖もありそうな、はっきり言えば僧侶というより破落戸《ごろつき》に近い顔立ちの連中である。

いちばん先頭を歩いているのはえらそうにそっくり返った中年の僧だ。おそらく住職の唖面坊洞穴上人という男だろう。しかし、その顔を見た並四郎はびっくり仰天した。

（こ、こいつは……「沓底《くつぞこ》の伝三《でんぞう》」やないか！）

昔、一度だけ会ったことのある盗人である。

（修業時代、駿府《すんぷ》の駒吉《こまきち》親方のところで見かけたことあるわ……。この公家の履く沓の底みたいな縦長の顔……間違いない。まさか、盗人が改心して坊さんになったのやないやろな……）

そして、その後ろにいた男に目を移した並四郎は声を上げそうになった。

（「歯抜けの秀《ひで》」や！）

秀は、名うての道中師である。旅人に言葉巧みに近づいては金を巻き上げる。しかも、秀の後ろにいる僧は、「強欲甚助《ごうよくじんすけ》」という掏摸《ちぼ》上がりの盗人で、

（あいつは伊藤顔面斎先生のところにしばらくおったやつや。うわあ……こいつらみんな坊主やのうて悪党ばっかりやないか。なんちゅう寺や……）

そして、そのとき並四郎はとんでもないことに気づいてしまった。淀屋にいた小間物屋の北守屋五六兵衛の正体である。

（お、思い出したで！　あいつ……「イモリの五六蔵《ごろぞう》」や！）

イモリの五六蔵というのはいかがわしい薬を高い値段で客に売りつけ、金をぼったくる悪徳薬屋である。イモリの黒焼き（惚《ほ》れ薬）のようななんの効果もない薬ばかりではなく、ときには毒薬や眠り薬を扱うこともあり、道修町《どしょうまち》のまともな薬種問屋からは蛇《だ》

蝎《かつ》のごとく嫌われていた。

(処払いになった、と聞いたが、あんなところに潜んでたんか……)

これで、えべっこく寺がろくでもない寺であることは疑う余地がなくなった。なにかあくどい金儲けを企んでいるに違いない。

(この寺に何十人坊主がおるのか知らんけど、たぶん全員盗人上がりやで。よっしゃ、それやったら遠慮することあらへん。あいつらが儲けた金をわてがそっくりいただこか)

かもめの頭がカチカチと音を立てて働きはじめた。

(まずは予告状を送りつけて、それから……)

突然、凄《すさ》まじい吠え声がした。後ろから一匹の犬が飛びかかってきたのだ。

「どひゃあ」

なにがなんだかわからず、思わず声を上げた。

(ぶちの野良犬……!)

並四郎は、淀屋の近くで石を投げて追い払った犬のことを思い出した。犬は嗅覚が人間の何万倍もあるという。いくら顔かたちを変えても、匂いまではごまかせない。犬は、あのときわしに石投げたやつや! と気づいたのだろう。並四郎の衣の裾をくわえ、脚や腕に嚙《か》みつこうとする。

「あっち行け！　こら、あっち行かんかい！」

小声で、しっしっ、と追い払おうとすればするほど犬は激昂《げきこう》する。さすがの並四郎も犬にはかなわぬ。その場を逃げ出そうとしたとき、ひとりの坊主が、並四郎がえべっこく寺の僧でないことに気づいたらしく、

「おい、そこで犬と遊んでおるもの。顔を見せい」

「ははは……見せるほどの顔やおまへん」

そう言って並四郎は顔を背ける。

「貴様、うちの学僧ではないな。どこから来た」

「へえ、拙僧は四天王寺《してんのうじ》から参りました。この近くで所用がおましたのやが、ついでと言うては失礼だすけど、このえべっこく寺の評判をお聞きして、ひと目ご本尊を拝みたいとなかに入った、というだけというかなんというかその……この犬が……あははははは」

「怪しいやつ。こっちへ来い！」

背が高く、相撲取りのように体格がいいその僧はのっしのっしと大股でこちらにやってくる。並四郎は僧からも犬からも逃げねばならず、そのまま山門の方に向かったが、犬が猛烈な勢いで突進してきたので、そこにあった鐘楼に上がった。そして、鐘の周りを犬と追いかけっこするようにぐるぐる回るはめになった。

（堪忍してくれーっ。いつまでこんなことやってなあかんのや……）

並四郎は思い切って鐘の真下に潜った。そうすれば犬の目からは一瞬並四郎が消えたように見えるだろう。その隙に逃げてやれ。そう思って身体を屈《かが》めたとき、並四郎が予想もしていなかったことが起きた。落雷のような轟音《ごうおん》とともに視界が真っ暗になったのだ。なにが起こったのか、最初はわからなかった。どうやら鐘を吊り下げていた金具がたまたま折れて、鐘が落下し、並四郎はそのなかに閉じ込められてしまったらしい。

（しもた……！）

完全にお手上げである。押しても引いても分厚い鐘はびくともしないうえ、次第に息苦しくなってきた。

「わっはっはっはっ……これではまるで安珍《あんちん》ではないか」

「出してくれー。苦しいー」

「今出してやるぞ」

やがて、四方に俵が積まれて少しずつ鐘が持ち上げられていき、ようやく並四郎は外に出ることができた。さっきの僧と歯抜けの秀が半死半生の並四郎をにらみつけている。僧が、

「貴様、なにものだ」

「言うたやろ。通りすがりの四天王寺の坊主や」

歯抜けの秀が、

「そんな言い訳が通用するかい。寺社奉行所の手のもんやないやろな」

僧が、

「お寺社には鼻薬が効いてるはずだ。心配ない」

「ほな、まさか公儀の隠密……」

並四郎はへらへらと笑い、

「ちゃうちゃう。通りすがりの……」

「まだ言うか！」

秀は並四郎の頰をひっぱたいた。僧が秀の袖を引いてやめさせ、

「信者の目がある。こやつには、地下牢でじっくりと身体に聞いてやろう」

「そやな。――こっちへ来い」

後ろ手に縄でくくられ、ふたりに挟まれてよたよた歩きながら並四郎はほっとしていた。歯抜けの秀とはかつて二度ほど仕事で関わったことがあるが、彼が鴎尻の並四郎であることはばれてはいないようだ。

（よっしゃ、腹決めた。こいつらの悪事、一から十まで見届けたろやないか）

ふたりの男は本堂の裏手に並四郎を連れていった。石の板を取り除くと、そこには地下に続く階段があった。そこを下りていくと、やや広い場所に急ごしらえの牢が三つあ

った。どうやらまえの寺のときに調味料や般若湯《はんにやとう》、食料などの貯蔵に使っていた場所らしく、かすかに味噌《みそ》の匂いがした。歯抜けの秀は僧に、

「ほな、重岩《じゆうがん》はん、あとは頼むで」

「心得た」

秀が部屋を出ていったあと、重岩と呼ばれた僧は壁に立てかけてあった木刀を手にすると、

「どこのだれか言う気になったか？」

「何べんも言うとるやろ。通りすがりの四天王寺の坊主やねん」

重岩は木刀を並四郎の背中に振り下ろした。よほど力のある男のようで、すぐに木刀がへし折れてしまう。

「ふーむ……貴様、ひょろひょろに見えてわしの責めに耐えるとは……ただものではないな」

「ただものや」

「いや、ただものではなかろう」

「ただものやって。――あんた、せやけどもの凄い力やな。もしかしたら重岩ゆうのはしこ名とちがうか？」

「む……ようわかったな。いかにも拙僧、かつては勧進相撲で大関を張ったこともある。

土俵のうえで相手を傷つけたゆえやむなく引退して出家したが、今でも力ではひとに負けぬわい」

「そうだすか？　たいしたことないように思いますけどな」

「なんだと？　これでも食らえ！」

「うんぎゃあああっ」

そんな拷問が何日も続いた。打たれるのは並四郎ひとりだが、拷問担当の僧は重岩だけでなく昼夜で何交代かする。つまり、二六時中だれかが側にいて見張っているわけだ。大小便も桶《おけ》でするように命じられているため、地下から出ることができぬ。一日に二度、食事と水の差し入れがあるが、量も少なく、身が持たぬ。ずっと腹が減っている。

そのあいだ並四郎は、かたくなに「通りすがりの四天王寺の坊主」と言い続けた。そのたびに拷問担当の僧はカッとするらしく、木刀が鉄棒になり、しまいには鞭《むち》になった。打たれるたびに並四郎はわざと大げさに悲鳴を上げた。

（こらあかん。このままやったら死んでまうがな。なんとかせな……。左母二郎につなぎをつけんとなあ……）

大盗の異名を取る並四郎だが、つねにひとの目があるうえ、縛られた状態で脱出するのは至難の業である。さすがに呑気《のんき》な並四郎も、これはヤバいかな……と思いはじめたある日、重岩がやってきた。

「さあ、今日もおなじみの責めをはじめようか。わしもそろそろ飽きてきた。いいかげんに白状したらどうだ。おまえは公儀の回し者なのか」

「せやから通りすがりの……」

びしっ。

「ぎゃあああっ」

そのとき、階段をべつの僧が下りてきた。

「おい、しばらく責めはやめろ」

「どうしてだ」

「淀屋の娘が来ている。悲鳴を聞かれるとまずい」

「おう、そうか。北守屋がうまくやったみたいだな」

「そういうことだ」

「わかった。淀屋の連中が帰ったら教えてくれ」

連絡を伝えにきた僧は地上に戻り、重岩は手持無沙汰な様子で床几《しょうぎ》に腰を下ろして煙管で煙草《たばこ》を吸いはじめた。

◇

「お願いでございます。なにとぞお母はんをお救いくださいませ」

淀屋辰五郎の三女の歌が、えべっこく神の巨大な彫像のまえで頭を下げている。その後ろには手代や丁稚たち数人が控えて、これまた頭を床にすりつけている。払子《ほっす》を持って正面にどっかと座しているのは住職の唖面坊洞穴上人だ。

「お上人さまの法力で一度はすっかりよくなりましたお母はんの病気ですが、昨夜まではなんともなかったのに、今朝、北守屋さんが小間物を持ってきはって、いろいろ並べながらお茶を飲んでいたら急に具合が悪うなりました。まえよりもひどいぐらいです。北守屋さんが、早うえべっこく寺に行ってお上人さまのお慈悲にすがりなさい、と申されますので、取るものも取りあえず急いでやって参りました。こちらにお布施の千両もお持ちしております。なにとぞ……なにとぞ今一度、布施の玉をお下げ渡しくださいませ」

洞穴上人はじっと歌を見つめていたが、

「ならぬ」

「――えっ」

「ならぬ、と申したのだ」

「それはどうしてでございます」

「おまえがわしの言いつけを守らぬからだ。先日、布施の玉を渡したときに申したはず。本来は淀屋の当主である辰五郎がわがえべっこく寺に帰依し、祈禱を受けにこねばならぬが、おまえの母の病重きがゆえに特例をもっておまえを代理としたのだ。あのとき、わしは近いうちに淀屋が当寺の檀家になるようにいたせ、さもなくばまた母親の病ぶり返し、手遅れになるぞ……と申したのを忘れたか。この不信心ものめ」

歌はぼろぼろと涙を流し、

「申し訳ございません。あれからいろいろと父を説き伏せようとしましたのやけど、頑固で首を縦に振りません。旦那寺を変えるやなんて先祖に顔向けができん、とか申しまして……」

「そのことをえべっこくさまはお怒りだ。此度はわしにもどうすることもできぬ。千両持って帰りなされ」

歌は必死に食い下がり、

「あの……あの……お布施の額を増やして、一万両ほどご寄進すればいかがでしょう」

「なに？　おまえは神仏を金で動かそうと言うのか。たしかに淀屋にとっては一万両もはした金かもしれぬが布施の多寡の問題ではない。たとえ十万両積まれても、檀家にならぬかぎりはえべっこくさまは動かぬ」

「お願いです、どうかお力をお貸しくださいませ。父は、近いうちにかならず説得いたしますゆえ……」

「おまえはこのまえもそう申したぞ。ここな罰当たりめが！」

歌には返す言葉もなかった。

「で、淀屋辰五郎は病気がぶり返したことについてなにか申しておるのか」

「はい……」

歌はしばらく無言でいたが、

「大金を払うて、大坂一のご名医に診ていただく、と……」

「ふふふ……ならばそういたせ。えべっこくさまの霊験とその名医とやらの腕のどちらがうえか、比べてみるがよい」

「い、いえ、えべっこくさまの方がうえに決まっております」

「そう思うならば父親に檀家のこと承知させよ。三日のうちに辰五郎本人がここに来て、檀家になる旨申さねば、おまえの母は病で命を落とすものと思え。よいな」

歌は絶望のあまり、泣き崩れた。

◇

「先生、どないだすやろか」

淀屋辰五郎が心配そうに言った。内儀のお菊は布団に寝かされているが、高熱があるらしく額や頬は赤く火照《ほて》っている。唇だけは紫色で、意識もほとんどないらしい。ドジヨウ髭の医者がお菊の脈を取りながらかぶりを振り、

「かなり危ない状態ですな」

「先生のお診立ては……」

「わかりかねます。ああでもないこうでもないと手を尽くしてはみましたが、どの薬も効き目がなかった。これ以上は薬の合わせようがない」

「大坂一のご名医とお聞きしてお頼み申しましたが、病名もわからんとは……」

「似た病はいろいろござるが、そういうものによう効くはずの薬を出しても効かんのです。何日か様子を見て、熱が運よく下がったら、有馬《ありま》へでも湯治に行ってもろて……」

「そんな悠長なこと言うとるうちにお菊は死んでしまいます。なんとかしとくなはれ！」

「すまんが、ほかの医者に頼みなはれ。では、わしはこれで……」

医者はあわただしく去っていった。淀屋辰五郎はがくりと頭を垂れ、

「これで五人目か……。医者に見放されたらどうしようもないわい。大坂に医者はごろごろおるが、どいつもこいつも藪《やぶ》医者ばっかりやないか。くそしょうもない！」

そこへ歌が入ってきた。化粧が涙でぐちゃぐちゃになっている。

「お父はん……お願いやさかいえべっこくさまを信心して！」

「なんや、おまえ。また、寺に行っとったんか。そんな暇があるのやったら、医者を探せ。お菊の病を治してくれる名医をな」

「朝からいろんなお医者さんが出たり入ったりしてるけど、どのお方も首を横に振って帰っていくやないの。あとはもう、神さまにおすがりするほかない、てお父はんもわかってるのやろ」

「うーむ……」

「えべっこく寺の洞穴上人さまは、三日以内にお父はんが檀家になったらお母はんの命を救うてやる、とおっしゃってはります。お母はんのことが大事やったら、すぐにでもえべっこくさまに行ってってちょうだい」

淀屋辰五郎は腕組みをすると、かたわらの菊を見つめてため息をついた。

◇

「船虫ちゃーん、おるか？」

隠れ家に、禿頭《とくとう》を光らせた中年男が入ってきた。彼は、その場にいる一同を見渡すと、

「おお、今日は大勢来ておるな。左母二郎に、大法師《ちゅだい》……そちらのお武家は見たことがないな」

「犬飼現八と申す。お見知り置きを……」

男は一升徳利を三本差し出すと、

「土産だ。皆で飲もう」

そして、船虫の隣に座り、

「わしは馬加大記《ばかだいき》という医者で、船虫ちゃんの想《おも》い人《びと》だ」

船虫が目を吊り上げて、

「くだらない軽口を叩いてる場合じゃないんだよ。かもめがたいへんなんだ」

馬加大記は医者としての腕はあるのだが、大酒飲みで、ある大名の御典医を務めていたとき、鍼《はり》を打つ手が震えて、その大名を血だらけにしてしまい、解雇された。そののちは医者崩れとして悪党の仲間入りを果たし、今は新町《しんまち》の廓《くるわ》の敷地にある小屋に住み、薬の横流しなどで稼ぐかたわら、無料で芸子《げいこ》や舞妓《まいこ》の診察をしてやっている。「馬加」はまことは「まくわり」と読むのだが、皆が「ばか」と言うので本人も「ばか」と名乗っている。

「そういえば並四郎がおらぬな。どうした?」

船虫は手短に説明をした。

「夕方までには帰る、と言ってたのにもう六日目だよ。なにかあったにちがいないよ」

左母二郎が暗い顔で、

「俺ぁどうしても嫌だったんだが、こうなったら仕方がねえ。耐えがたきを耐え、忍びがたきを忍んで節を曲げ、今、このふたりに助力を願ったところだ」

船虫が鼻で笑って、

「あんたの言い方は、天が落ちてくるみたいに大げさだねえ」

「なんとでも言いやがれ。俺にとっちゃあ、頭を下げて他人にものを頼むなんて天が落ちてくるのと同じだ」

「頭なんて下げてないじゃないか。そっくり返ったままだろ」

「心のなかで下げてるのさ」

〽大法師が、

「わしらも、伏姫《ふせひめ》さま探索の御用を務めねばならぬ身だが、並四郎はいわばわれらのために犠牲になったようなもの。上さまもお許しくださるだろう」

馬加大記は大笑いして、

「わしも手を貸そう。なにをすればよいのだ」

左母二郎が、

「馬加先生にゃ、淀屋に入り込んでもらいてえな」

「淀屋？　あの豪商の淀屋か。どういうことだ」

左母二郎は淀屋の内儀の病のことやそれを祈禱で治すえべっこく寺のことについて、手短に馬加大記に伝えた。

「病が祈禱や法力で治るものならば、医者は全員廃業せねばならん。おそらくなにかあるな。――よし、一度淀屋に行ってみよう。あと、淀屋とえべっこく寺の仲介をしておる北守屋とかいう小間物屋も怪しいな」

「そういうこった」

左母二郎は、大法師と犬飼現八に向き直ると、

「俺の考えじゃ、かもめのやつぁえべっこく寺のどこかに押し込められてるんだと思う。闇雲に探し回っても見つからねえと思うが、あそこの坊主をひとりとっ捕まえて、痛めつけ、口を割らせるつもりだ。そいつを手伝ってくれ。かもめの居場所さえわかりゃあこっちのもんだ。正々堂々と乗り込んで、派手にぶちかましゃあいい」

現八が渋い顔で、

「悪人かどうかもわからぬのに、僧侶を痛めつけるというのはひとの道に外れる行いではないか?」

船虫が肩をすくめて、

「まただよ。あんた、頭が固いね。カチカチだね」

「なんとでも言え。それがしは石頭で通っておる」

「かもめはもう六日も帰ってこないんだよ。杓子定規《しゃくしじょうぎ》なこと言ってる場合じゃないんだ。そもそもかもめがこういうことになったのは、あんたが『ふせ』と『たま』のことを調べたいから淀屋に忍び込んでくれ、とあいつに頼んだからじゃないか。よくもまあ、薄情なことが言えるね」

「それとこれとは別だ」

左母二郎が船虫に目配せして、

「やりたくねえってもんを無理にやらせるこたあねえ。――ま、せっかく馬加先生が酒を持ってきてくれたんだ。今日のところは飲もうぜ。飲むだけ飲んだら出陣だ。――ほれ、見てくれ。いいものがあるぜ」

言いながらふところから干物を取り出した。馬加大記が舌なめずりをして、

「こりゃあいい。さっそく炙《あぶ》ろう」

そう言うと、カンテキに火を点《つ》けた。すぐにいい匂いが漂いはじめた。船虫が一同の湯呑みに酒を注いだ。干物は黄金色にふっくら焼き上がった。皆はそれぞれ熱々の干物をむしりながら、酒を飲んだ。現八は、

「よい酒だ。これならいくらでも飲めるな」

二杯、三杯と飲み干していく。やがて、湯呑みに十杯ほどの酒で顔を真っ赤にした現八はえへらえへらと笑いながら、

「ああ、いい気持ちだ。酒に酔うたら善人も悪人もない。われらは仲間だ。友どちだ。酔っ払いの心は酔っぱらってみなけりゃわからない。素面の心は素面でいなけりゃわからない。わんわん、わわん、八犬士」

左母二郎がすかさず、

「おい、現八」

「なんだ、左母二郎」

「俺の頼みを聞いてくれるか？」

「あったりまえだ。友どち同士ではないか、水臭いぞ」

「じゃあ、えべっこく寺に行ってくれるか」

「もちのろんだ。さ、行くぞ！」

立ち上がると、ひとりで先に出ていってしまった。

「単純なおつむ……。こうなるとは思ってたけど、ちょいと飲ませすぎたかねえ」

船虫はにやりと笑った。

◇

左母二郎たちは二手に分かれることになった。馬加大記と船虫は淀屋に、左母二郎と、大法師、犬飼現八はえべっこく寺に向かった。

馬加大記は一旦家に戻ると、薬箱を船虫に持たせ、淀屋へとやってきた。淀屋の店先にはいつもの活気がなく、ひとの出入りは多いが、どことなくどんよりした気配が漂っていた。

「おーい、だれかおらんのか」

馬加が声を張り上げると、番頭らしき男が近寄ってきて、

「どなたかは存じまへんが、お店は今いろいろと取り込んどりまして、またにしてもらえまへんか」

「その取り込みごとというのはお内儀の病だろう。わしは大坂随一の名医、馬加大記だ。ああ、ちょっと診てしんぜよう」

そう言って上がり込もうとした。

「あ……ちょ、ちょっとお待ちを。困りますがな。どこのどなたかもわからんお方を奥へ通したらわてが旦さんに叱られます」

「いやいや、大事ない」

「わてには大事だす。あんさんがもしお金目当てのいんちき医者やったら旦さんに大目玉をくらいます」

「大目玉どころかほめられるぞ。もし、わしをこのまま帰したら、その方が主に叱られるはずだ」

「ほな、旦さんに伺《うかご》うてきますさかいに少々こちらでお待ちを……」

「そんなことを言うておる暇があるのかな。わしが聞いた話では、お内儀の病はかなり重いそうだ。手遅れにならぬうちに取り次いだ方がよくはないか?」

「ははは……申し訳おまへんが、うちは天下の淀屋だっせ。朝から大坂一と称されるご

名医に何人も来てもろとります。失礼ながら、わては馬加……というようなお医者の先生の名前は聞いたことおまへんし、お身なりも……」

「じゃかましい！　そうか、わざわざ来てやったというに、そういうことであれば、帰ることにする。せっかくお内儀の命を救う機会やったのに惜しいことだのう」

馬加大記が帰りかけたとき、

「お、お待ちくだされ、えーと……馬加先生」

振り返ると、大柄でゲジゲジ眉毛の悪党面、太い腕には剛毛が生えた男が立っている。

「なにか用かな」

「わしはこの店の主、淀屋辰五郎と申します。今、聞けば、先生は大坂一のご名医とのこと。わが妻の病、治してくださりますやろか」

馬加大記はしめしめと内心ほくそえみ、

「それは診てみぬとわからんが、やってみる値打ちはある」

そう言うと番頭にあっかんべーをして、ずんずん奥へと入っていった。薬箱を持った船虫がそれに続いた。番頭が辰五郎に、

「なんや胡散臭《うさんくさ》い医者だすけど、かましまへんやろか」

「今は藁《わら》にでもすがりたい。ダメでもともと。診ていただこやないか」

「そ、そうだすか……」

番頭は急いで馬加大記のまえに回り、

「こちらへどうぞ」

と奥のひと間にふたりを案内した。なかには布団が敷かれ、塩梅《あんばい》の悪そうな女が寝かされていた。その枕もとに若い娘と中年の商人風の男が座っている。

「先生、これがわしの家内の菊でおます。こっちにおるのが三女の歌と出入りの小間物屋の北守屋五六兵衛はんだす。——お菊、こちら、馬加大記先生。大坂一のご名医やそうや。たまたま噂を聞いて来てくださったのや」

しかし、内儀は苦しそうに顔をしかめるだけで返事はしない。北守屋は呆れたように、

「また大坂一のご名医だすか。大坂一ゆうさかいおひとりかと思てたら、何人いてはりますのや」

「かまへんやないか。ぎょうさんいてはった方がわしとしてはありがたいがな」

「それよりえべっこくさまを信心しはる方がええのとちがいますか。医者に見放された病人を何人も救うておられると聞きましたで」

馬加大記がふたりのあいだに割って入り、

「では、診せてもらうぞ」

そう言うと菊の脈を取った。目を閉じ、念を凝らすようにじっと脈どころを探していたが、やがて、

「ほほう……これは……」

そうつぶやいた。北守屋が小声で、

「ほんまにわかっとるんかいな」

馬加は、

「しっ。静かにせよ。今肝心のところだ」

北守屋は舌打ちをした。馬加は、

「ご主人、たらいはあるかな？」

「たらい、だすか？　へえ、おますけど」

「ここへ持ってきてもらいたい」

辰五郎は手を叩いて女子衆を呼び、たらいを持ってこさせた。馬加は船虫に薬箱を開けさせ、なかから紙袋に入った薬を取り出し、

「これをお内儀にたっぷりの白湯《さゆ》とともに飲ませなさい」

「お診立てがつきましたか！　なんの病でおます？」

「これは、病やないな」

「えっ？」

北守屋が、

「旦さん、こんなどこの馬の骨かわからん医者の薬なんぞご寮《りよん》さんに飲ません方がええ

のとちがいますか」

　馬加は辰五郎に、

「それと、さっきからぱあぱあしゃべっておるこの男を部屋から出していただきたい。この治療は家族だけで行うべきものゆえな」

　北守屋は気色《けしき》ばみ、

「な、なんでや！　わてはずっとご寮さんのお世話をしてきたのやで。えべっこく寺との仲立ちもした。いわば家族同様や。そのわてに出ていけとは納得いかん。――旦さん、こんな医者の言うこと聞いたらあきまへんで」

　辰五郎はしばらく考えていたが、

「すまんな、北守屋。少しのあいだほかの部屋に行っといてくれるか」

　北守屋は刺すような目つきで馬加大記と船虫をにらみつけたが、淀屋の言葉に従わぬわけにはいかぬ。一礼すると部屋を出ていった。馬加はうなずき、菊の上体を起こして背中を支えた。歌が湯呑みに入れた白湯に薬を溶かし、

「お母はん、新しいお薬だす。飲んどくなはれ」

　菊は半分ほど飲み、ひと息ついて、そのあと一気に飲み干した。

「どない？　お母はん、気分ようなった？」

　菊は応えず、胸のあたりをしきりに撫でていたが、やがて、

「ううっ……うううう……」

呻《うめ》き声を上げて苦しみ出した。淀屋も驚いて、

「どないした、お菊！　苦しいんか？」

「ううう……ああ……ううう……」

「先生、どういうことだす。薬が効くどころか逆に悪うなってますがな」

「心配いらん。——お船、たらいをお内儀のまえに置いてくれ」

船虫が言われたとおりにすると、菊はそのたらいに激しく嘔吐《おうと》しはじめた。ほとんどなにも食べていなかったので、戻したのは水のようなものだけだ。歌が驚いて泣きながら母親の背中をさすっている。しかし、馬加大記は動じることなく、

「これでよいのだ。お内儀は病ではなく、毒かなにかを飲まされたらしい。今飲ませたのは吐き薬と解毒の薬だ。解毒の薬を飲ませるだけでももとに戻るのやが、まず先に胃の腑《ふ》の中身をすっかり吐ききり、そこに解毒の薬を染み込ませれば効き目が倍になる。こうなることはわかっていたので、家族だけにせよと申したのだ」

菊は大きな息を吐くと、

「ああ……苦しかった……。けど、なんや急にすーっとしたわ。たぶんもう大丈夫や」

その表情は明るさを取り戻していた。歌は母親に抱きつき、

「お母はん！　よかった……」

辰五郎は馬加大記に向き直って両手を突き、

「先生には感謝しかござりまへん。先生こそ大坂一のご名医だす。ありがたいありがたい。こんなありがたいことはない……」

「むははは……こういうことは普通の医者にはわからぬ。毒も薬も用いよう、ということを知らぬとな」

「しかし、いったいだれが家内に毒を……」

言いかけて、辰五郎はハッと廊下の方を見た。

「そうか。そない言うたら、まえにえべっこく寺から布施の玉をもろうてきたとき、寺の住職は、北守屋を残してほかのものは一旦部屋を出ろ、と言うとった。あれは、解毒の薬を飲ませるためやったのやな……」

「あんたが檀家にならんかったから、もう一度毒を飲ませたのだろう。ひどいことをするものだ」

歌は真っ青になり、

「あの北守屋はんと洞穴上人さまがそんな悪いひとやったなんて……信じられません」

馬加大記は、

「まあ、証拠がないゆえ罪に問うのはむずかしかろう。それに、寺は寺社奉行の管轄だから町方は手が出せぬ」

淀屋は拳を握りしめ、

「お寺社が許してもわしは許さんで。だれぞ、北守屋を呼んどいで！」

廊下をばたばたと走る音が聞こえ、襖《ふすま》が開いた。さっきの番頭だ。

「茂平《もへい》、北守屋がそのあたりの部屋におるはずや。連れといで。ひとりで行ったらあかんで。手代何人かと一緒に行きなはれ」

「それが旦さん、北守屋はもういてまへんのや」

「なんやと？」

「たった今、えべっこく寺の使いや、ゆう男がやってきて……えらいことだっせ」

そのあと番頭が話した内容は、船虫と馬加大記を仰天させた。

「なんだってえ？　そんなことって……」

船虫が大声を出したが、番頭は続けた。

「北守屋はそれ聞いて大あわてで店から出ていきよりました。いやあ、わても驚きましたわ」

馬加大記と船虫は真っ青になって立ち上がり、

「では、わしらはこれでおいとまいたす」

「とんでもない。家内の命の恩人だす。お薬代もお支払いしてまへんし、今夜はおもてなしさしとくなはれ」

「薬代は無用。もてなしもけっこう。じつはつぎの病家に行かねばならぬのだ」

ふたりはあたふたと店を出ていった。その背中を見送った淀屋辰五郎は、

「うーむ……あの御仁こそ真《まこと》のご名医。医は仁術とはよう言うたものや」

感心したようにそう言った。

◇

話は少しさかのぼる。えべっこく寺にやってきた左母二郎、現八、、大法師の三人は山門のまえでしばらくなかの様子をうかがっていたが、ひとりの若い僧が境内を掃いているのを見た左母二郎が、

「さっきの野郎だ。あいつにしようぜ」

そう言うと、、大法師になにやら耳打ちをした。、大法師はうなずき、その僧に近づいていった。

「もうし、そこのお方。愚僧は犬々寺《けんけんじ》の、大と申すもの。今日参ったのはほかでもない、淀屋の名代として参上したのだ」

「え?　淀屋の?」

「さよう。淀屋辰五郎殿よりこちらのご住職への伝言を持って参ったのだ。どうぞお取次ぎをいただきたい」

若い僧は掃除の手を止め、

「さきほど淀屋の娘御がお詣《まい》りでしたが、そうですか、とうとうご決心なされたのですな。それは重畳《ちょうじょう》。すぐに当寺住職、啞面坊洞穴上人にご面会いただきましょう。どうぞこちらへ」

「いや、ちょっとお待ちくだされ。そのまえに、少しご相談したき儀がありましてな、今後についての大事なことでござる」

「それはいったいどのような……」

「ここではひと目に立つ。そこの大銀杏《おおいちょう》の陰で、ゆっくり話をしたい」

「は、はあ……」

丶大はその僧を強引に銀杏の木の裏に連れていった。

「なんのお話でございましょう」

「じつは数日まえ、知り合いの僧が『えべっこく寺にお詣りする』と言い残して、いまだに戻ってこないのだが、なにか心当たりはござらぬか」

僧は顔色を変え、

「い、いえ……なにも……。あ、そうだ。わ、私はいろいろ仕事がございまして、これで失礼させて……」

「まあまあ、そう言わんで……」

、大法師はその僧の腕を摑んだ。

「なにをなさる！」

そのとき、左右から、左母二郎と現八が現れた。僧は、左母二郎の顔を見てさっきのことを思い出したらしく、

「しまった。謀られた……」

「おう、俺の相方が来てるはずなんだよ。どこにいるのかとっとと吐いちまいな」

「そのようなお方は……」

「来てねえってのかい。ふふん、それなら……」

左母二郎は刀を抜き、僧の喉に突き付けた。

「俺ぁ出し惜しみしねえのが信条でね、すぐに抜いちまう」

「ぶ、仏門に仕えるものを脅すとは不届き千万」

「脅してるわけじゃあねえんだよ」

そう言うと、左母二郎は刀の切っ先をぐい、と僧の喉に押し付けた。

「ひいっ……血、血、血だあ」

「喉を刀で突いたんだ。血が出るのは当たり前だろ。つぎはこれをぶっ刺すと……」

「うわあっ、やめろ！」

「俺の相方の居場所を言いな」

そのとき、落ち葉を踏みしめてこちらに近づいてくる足音が聞こえた。若い僧はその方向に顔を曲げると、

「ああっ、重岩さん、お助けください！　こいつら、あの男の仲間です！」

相撲取り上がりの重岩は憤然として、

「貴様、さっき本殿に上がり込もうとした浪人だな。やはり仲間だったか」

「ほほう……てえことはやつはやっぱりこの寺のどこかにいるってわけだ」

重岩は、かたわらに積み上げてあった丸太の一本を摑むと、風車のごとく振り回して左母二郎に襲い掛かった。思わず左母二郎は若い僧から離れて飛び下がった。砂ぼこりが巻き上がり、丸太がぶつかった周囲の木がめきめきへし折れていく。重岩は、なおも丸太をぶんぶん回しながら、

「周然《しゅうぜん》、皆を呼んでこい！」

若い僧は本殿に向かって走り出した。犬飼現八も刀を抜き、丶大法師は錫杖《しゃくじょう》を構え、重岩を三方から囲む。しかし、重岩はまるで屈することなく、丸太を頭上で激しく回転させている。風が台風のように唸っている。丶大法師が、

「仲間が来ると厄介だ。——やるか」

「おう！」

「そ、それは……」

三人は同時に重岩に斬りかかった。

「ちょこざいな！」

重岩は左母二郎目掛けて丸太を叩きつけた。間一髪飛びのいたが、土くれが四散し、地面には大きな穴ができた。

「こいつ、化けもんだな」

重岩は返す刀ならぬ返す丸太で現八の刀を弾《はじ》き飛ばし、そのまま雄たけびを上げながら、大法師に向かって暴れ牛のように突進した。さすがの丶大法師も錫杖で丸太を払ってなんとかかわすのが精いっぱいだった。左母二郎が咄嗟《とっさ》にしゃがみ込み、砂を摑んで重岩の目に叩きつけた。

「うがあっ……卑怯《ひきょう》な……！」

重岩は丸太を取り落とした。

「卑怯もくそもあるけえ！」

左母二郎が、両目を押さえてのたうち回る重岩の背中に斬りつけようとしたとき、

「重岩さん！　皆さんを連れてきましたよ！」

そういう声がした。左母二郎は舌打ちをして、

「まずいな……」
五、六人の僧体の男たちが手に手に刀や槍《やり》、刺股《さすまた》、匕首《あいくち》などを持って走ってくるのが

見えた。、大法師が左母二郎に、

「どうする。一旦引くか」

現八は、丸太に当たったらしく肩を押さえて顔をしかめている。

「そうだな、ここは……」

左母二郎が言いかけたとき、なにかがひらひらと空から落ちてきた。紙のようである。何枚も何枚も、どこからか降ってくる。左母二郎が拾い上げてみると、そこには、
えべっこく寺ご住職洞穴上人殿、御差し支えなくば明晩丑《うし》の刻貴寺の宝物蔵より善男善女より集めたる布施千両を頂戴すべくそちらに見参いたしまする。かもめ
という文章が記されていた。瓦版のようにして刷られているようだ。僧侶たちも紙を手にして驚きの声を上げている。

「どういうことだ」

「かもめ小僧に目星をつけられるとは……」

「えらいことだ。至急、住職にお知らせせねば」

口々に騒ぐ僧たちから左母二郎一行はそっと離れ、どさくさにまぎれて逃げ出した。

◇

「あいつ、なに考えてんだろうねえ、まったく！」

船虫が不貞腐《ふてくさ》れたように言った。男のようにあぐらを掻き、一升徳利に直に口をつけてぐびぐびと酒を飲んでいる。

「あたしたちがこんなに心配してるっていうのにまったく……無事なら無事って言ってくれりゃいいじゃないか。あの馬鹿かもめ！　馬鹿並四郎！　馬鹿盗人！」

ゝ大法師が取りなすように、

「気持ちはわかるが、あまり馬鹿馬鹿と言うてやるな。おそらく寺に入り込んですぐにまんまとやつらの仲間になれたので、帰るに帰れなくなったのであろう。よいではないか、これで並四郎が生きておることが確かめられたのだから」

「ふん！　なんだい、ゝ大坊主……さっきから聞いてりゃ、あんた、やけにかもめの肩持つねえ」

「そういうわけではないが……」

「まさかあんた、かもめからいくらかもらってるんじゃないだろうね。なんとか言えよ！」

荒れる船虫に閉口した、ゝ大法師が左母二郎に、

「おい、左母二郎、なんとかしてくれ。わしの手には負えぬ」

左母二郎はかもめが撒いたという紙を見つめ、

「おかしいじゃねえか。あの野郎、これまではこんな具合に予告状を刷りものにしたことなんかねえだろ。手書きした一枚を放り込むだけだった。どうして今度にかぎって引き札《びら》みてえにバラ撒いたんだ?」

「そんなこと知るもんかね! あたしゃ許さないよ」

現八が苦笑して、

「おまえの『許さない』というのは、『金をもらわないと許さない』という意味だろう」

「あったりまえだろ。百両や二百両じゃダメだ。千両まるまるもらわないとね!」

左母二郎が、

「淀屋の娘が寄進した千両が手付かずのままならな。けどよ、かもめの野郎、マジでひとりでやるつもりなのかな。今頃、町奉行所は大騒ぎになってるだろうぜ」

「さあね、あたしゃ知らないよ!」

船虫は、また酒をぐびりと飲んだ。

四

「ついに来たか！」

大坂西町奉行所の盗賊吟味役与力滝沢鬼右衛門は大声でそう言うと、手を叩き合わせた。隣にいた同心が驚いて跳び上がったほどの大きな声だった。長く伸ばした揉み上げ、羊羹《ようかん》のように太い眉、分厚い唇、将棋の駒のように角ばった顎……いかにも「鬼」右衛門の名にふさわしい顔立ちだ。毛深い性質《たち》で、手の甲、胸、腹なども毛むくじゃらである。

西町奉行所は大坂城の京橋口《きようばしぐち》近くにある。その与力溜《だ》まりで鬼右衛門はえべっこく寺で撒かれたというかもめ小僧の予告状を手に震えていた。

「明日こそやつとの決着をつけるときだ。かならずこの手でふん縛ってやるぞ」

ひょろりとした顔の同心若部十郎太《わかべじゆうろうた》が、

「あの……滝沢さま。申し上げにくいのですが……」

「なんだ」

「滝沢さまはお頭《かしら》の命で、かもめ小僧の召し捕りのお役目から外されたのではありませんか？」

滝沢鬼右衛門は、かもめ小僧の捕縛に執念を燃やす与力である。しかし、これまでうまくいったことはただの一度もない。そのたびに瓦版が面白おかしく書き立てるため、町奉行所が町人たちの嘲笑の的になるので、西町奉行の北条氏英《ほうじようじひで》は鬼右衛門のかもめ小僧の捕縛の任を解いた。しかし、鬼右衛門は「あきらめる」という言葉を知らぬ男だった。

「はははは……あんなことは、お頭も本気で申されたのではない。ほんの座興だ」

「そうでしょうか」

「そうに決まっておる。この滝沢鬼右衛門ほどかもめ小僧について知識を持つものはおらぬ。やつのこれまでの盗みの手口などはすべてこの頭に入っておる。あの男を召し捕れるものは大坂広しといえどもわしのほかかない」

「ならば、今までどうして召し捕れなかったのでしょう」

「たわけ！　つまらぬ質問をするな！」

鬼右衛門は予告状をぐしゃり、と握り潰し、

「行くぞ」

「どちらへ」

「えべっこく寺に決まっておるだろう」

「行ってらっしゃいませ」

「馬鹿者！　おまえも同道するのだ」

「えーっ」

若部は露骨に嫌そうな顔をした。

◇

えべっこく寺の本堂のなか、廊下を抜けたところにある小部屋で七、八人の男たちが車座になって酒を飲んでいる。カンテキのうえにはイワシの塩焼きが並べられ、香ばしい匂いを放っている。皆、頭を剃り、袈裟を着てはいるが、まるで山賊の集まりのようである。ひとりだけ僧体をしていないのは、北守屋五六兵衛ことイモリの五六蔵である。さしずめ盗人一味の幹部が集まった、というところだろう。

「かもめ小僧がうちを狙うとは驚いたな。だれかかもめ小僧と知り合いのものはおらんか」

唖面坊洞穴が言った。一同がかぶりを振ると、

「うーむ……困ったのう。かもめ小僧といえば音に聞く大盗人だ。この寺は盗人が忍び込む場所ではなく、盗人の巣窟なのだ、とやつに教えてやらねば、千両盗られてしまう」

強欲甚助が、

「わしは掏摸《ちぼ》から盗人に商売替えしたときに、しばらく伊藤顔面斎ゆう七方出の名人のところで変装を習《なろ》うてたことがあるのやが、見込みがない、ゆうてクビになった。そのとき、かもめ小僧も一緒に習うとったのやが、会うたびに毎度毎度顔がちがうさかい、

ほんまの顔がどれなのかいまだにわからん。とにかく相手とそっくりの顔になってしまうのや」

歯抜けの秀が唸って、

「それはすごい。そいつがここにまぎれていてもわからん、ということだな」

「そういうこっちゃ。顔面斎先生もかもめのやつには一目置いとった」

「ほかにもそれぐらい化けるのが上手い弟子はいたのか」

「いやあ、かもめ小僧がダントツやったな。二番目は、むじなの十三吉ゆうやつで、こいつも上手かったけど、体術が得意やのうてな、高いところに上るのが苦手なんや。最後に会うたときは、えらい借金があるとか言うてぼやいとった。七方出の技を使《つこ》うて寄席《よせ》にでも出た方がええのやないかなあ」

「かもめ小僧とはかなり差ができたもんだな」

そのとき突然、洞穴上人こと沓底の伝三が膝を叩き、

「よいことを思いついたぞ!」

強欲甚助が、

「へへへ……頭領が思いつくことやったら、よいことやのうて悪いことやおまへんのか」

伝三はその言葉ににやりとした。

「淀屋辰五郎を檀家にするのには失敗した。これ以上なにを言うてもやつはきかぬだろう。そこでだな……」

イモリの五六蔵の方を向いてある「計画」を披露した。

「なるほど。それやったら淀屋辰五郎を檀家にせんかて、淀屋の財産取り放題だすな。さすが頭領、悪知恵がおますなあ」

歯抜けの秀が、

「けど、かもめ小僧がその話に乗ってくれますかね」

「盗人は盗人同士だ。淀屋の財産すべてを乗っ取れるのだから、こんな美味《おい》しい話はあるまい」

「千両はどないしまんのや。かもめ小僧にやるんだすか」

「おう、くれてやるとも。淀屋の全財産に比べれば、千両なんぞははした金ではないか」

「そりゃそうだ。——二十億両なんて新町でどれだけ派手に豪遊しても生涯使い切ることはできんだろうな」

歯抜けの秀がうっとりとした顔で言うと、

「心配するな。金の使い道はわしがちゃんと心得ている」

「なにに使いますのや」

「軍資金よ」

そう言って笑う沓底の伝三の背中からは、黒々とした「気」が立ち上っているのだが、一座している盗人たちはだれもそのことに気づいていない。

「お上人さま！」

重岩が本堂に飛び込んできた。沓底の伝三は顔をしかめ、

「騒々しい。なにごとだ」

「西町奉行所の盗賊吟味役、滝沢とかいう与力が参っております」

「山門を閉ざしておけ、と申しただろう。かもめ小僧の件については町方の手は借りぬ、と言うて追い返せ」

「それが、どうしてもお上人さまに会わせろと聞かず、我々も手を焼きまして……とにかくもうじきこちらに参ります」

「なんだと？　やむをえまい。とにかく酒を隠せ」

「えーっ！」

しかたなく皆は徳利や湯呑みなど、酒を飲んでいた痕跡を隠した。やがて、滝沢鬼右衛門と同心の若部十郎太がやってきた。若部は鼻をひくつかせて、

「なにやらよい匂いがいたしますな……」

鬼右衛門は若部をにらみつけ、

「いらざることを申すな」

そして、上人と相対して座り、

「ご住職とお見受けする。拙者、西町奉行所盗賊吟味役与力滝沢鬼右衛門と申すもの。かもめ小僧からの予告状の一件について相談いたしたく参上した次第。早速本題に入らせていただくが、明日に備え、本日夜より町奉行所の与力・同心・捕り方など十数名をこちらの寺に宿泊させ、警固に当たらせたく存ずる。無論、明日は東町にも応援を頼み、もっと人数を増やし、手抜かりなきようにいたしまするが、ご住職以下寺の方々は万事われらの指図に従《したご》うていただきたい。よろしくお願いいたす。それと、かもめ小僧が目をつけた千両箱というのはいずれに……」

「あいや待たれよ。滝沢殿、いつわれらが町奉行所に警固を頼んだと申すのだ」

「――は？」

「貴殿がどうやって予告状を入手したかは知らぬが、われらはかもめ小僧などと申すつまらぬ盗賊は歯牙にもかけておらぬ。えべっこく神の法力によってこの寺は守護されておる。町方の手は借りぬ」

「いや、かもめ小僧をつまらぬ盗賊とあなどるのは禁物でござる。これまで、我々の水も漏らさぬ厳重な警戒を幾度となく突破して参った。また、盗人といえど刃物なども所持しておるやもしれず、素人《しろうと》が手を出すのははなはだ危険……」

「くどい。町方の不浄な役人どもに境内を踏み荒らされるのは迷惑千万。寺院は寺社奉行の管轄だ。お寺社の許しは得ておるのだろうな」

「い、いや……それは……」

「ならば帰ってもらおう。明日も境内に一歩も踏み入ることまかりならぬ」

鬼右衛門は憤激して、

「われらはかもめ小僧からあんたがたの千両を守ってやろう、と申し出ておるのだ。それを拒むとはわけがわからん！」

「だから、守ってくれ、と言うてはおらぬ、と申しただろう。帰れ帰れ」

ほかの僧侶たちも声を合わせた。鬼右衛門は目を白黒させ、

「こどもの使いではないのだ。帰れと言われて、はい、そうですか、と帰るわけにはいかぬ。町方役人にも意地があるのだ」

洞穴は鼻で笑い、

「そんな意地はドブにでも捨ててしまえ。わしの知ったことではない」

「なにを！」

立ち上がった鬼右衛門は十手を引き抜き、洞穴に突き付けた。若部が鬼右衛門の袖を摑み、

「滝沢殿、いけません」

「うるさい、どけ！」

鬼右衛門は若部を突き飛ばすと、にやにや笑いを浮かべている住職に向かって、

「ようわかった。この寺には入らぬ。だが、寺の周りを町奉行所のもので取り囲ませてもらう。それならよかろう」

「勝手にせい」

「では、ご免」

一礼して部屋から出るとき、鬼右衛門は振り返り、

「寺方にカンテキとイワシはまずいのではござらぬかな」

洞穴は蒼白になった。酒や湯呑みは隠したのだが、カンテキを忘れていたのだ。鬼右衛門は、最後に一本取った、という顔で悠々と帰っていった。

◇

町奉行所に戻った鬼右衛門を待っていたのは、西町奉行北条氏英からの呼び出しだった。

「滝沢、えべっこく寺に参ったそうだな」

「ほほう、お頭は早耳でござりまするなあ」

「なにゆえそんな真似をする。おまえはかもめ小僧召し捕りのお役目から外したはずだぞ」

「それはわかっております。それがしはかもめ小僧を召し捕るためではなく、千両を守るために参るのです。今も、えべっこく寺の住職に、寺のなかは寺社の管轄ゆえ、われらは寺の外側を囲むだけで寺内には一歩も入らぬ、と約定をかわして参りました」

「それはよい心掛けだ。近頃、神社仏閣での事件に町奉行所の介入が多発しているとのことで、寺社奉行から大坂城代を通して東西両町奉行所に、寺院などへの手出し無用、とのきつい御指図があったばかりだ。このまま寺社と町奉行所が険悪になると、たとえば悪事を犯したものが寺や神社に逃げ込んだとき、引き渡してもらえぬことにもなりかねぬ。くれぐれもえべっこく寺のなかに入るでないぞ」

「かしこまりました。――ということは、それがしが捕り物に加わるのはかまわぬのでござるな」

「まあ、しかたない。申したことは守れよ。おまえの役目はあくまで千両の警固だ。かもめ小僧の召し捕りではない。下手に手を出してまたしくじって、瓦版に書き立てられるのはもうごめんだ」

「武士に二言はござらぬ。――ところでお頭、そのえべっこく寺というのはもともと縁徳寺なる禅宗の寺だったのを、唖面坊洞穴上人と申すものが買い取り、開山として一宗を開いたと聞き申した。宗門改めのうるさき昨今、そのような面妖な宗派をよう寺社奉行が認可しましたな」

「おまえもそう思うか。——じつはわしも妙だな、とは思うておったのだが、大坂城代の土岐《とき》殿から伺うた話によると……」

北条氏英は声を潜めると、

「どうやら水戸さまのゴリ押しらしい」

「水戸さまが、なにゆえ……」

「そこまではわしも知らぬ。とにかく町奉行所としてはあまり近づいてはならぬ案件のようだ。心得ておけよ」

「ははっ」

鬼右衛門は頭を下げた。

◇

「腹減ったなあ……」

並四郎はへこんだ腹を撫でて独り言を言った。どういうわけか、僧たちが飯を持ってきてくれないのだ。しかも、あれだけ日課のように行われていた拷問もない。だれもやってこないのだ。それはそれでさびしいものである。そして、ときおりどたばたという常ならぬ足音や怒鳴り声が地上から聞こえてくる。

「どういうことや。わてのことなんか忘れてしもたんかいな。それやったらそろそろ放免してくれたらええのに……」

するると、久しぶりに重岩という巨漢の僧が下りてきた。しかし、並四郎には目もくれず、壁に立てかけてあった槍や刺股、金棒といった得物《えもの》を丸ごと抱え、ふたたび階段を上がっていこうとしたので、

「おーい……飯食わせてくれー」

重岩はちら、と並四郎を見やり、

「今はそれどころではない」

「なんぞあったんか？」

「かもめ小僧から予告状が来たのだ」

「ええーっ！」

「明日の夜、やつが千両箱を盗みに来る。わしらはそれに備えておるのだ」

「うわー……そらたしかにえらいこっちゃな」

「わかったか。わかったならしばらく騒ぐな。飯はだれかに届けさせる」

そう言うと、重岩は出ていった。並四郎は首を傾げ、

「だれかがわての名前を騙って予告状を出した、ゆうことか？　そんなことするやつ、左母やんと船虫ぐらいしか考えられんけど、あいつらに千両箱盗むような芸当はでけんやろ。もしかすると、わてがこの寺に監禁されとると思て、わてを助けるために……う

ーん……」

考えてもわかろうはずがない。並四郎は牢の錠をそっと触り、

「そろそろ本気でここを出る算段をせなあかんなあ……」

そうつぶやいた。

◇

翌日の夜になった。

様子を見るためにえべっこく寺にやってきた左母二郎と船虫は、寺の周囲を囲んでいる捕り方たちの人数のあまりの多さに驚愕《きょうがく》した。彼らが持つ御用提灯《ぢょうちん》の灯《あか》りで寺は昼間のように明るい。、大法師《ちゅだい》と現八は、並四郎が無事であることがわかったので来ていない。

「こりゃすげえな」

「あそこにほら、鬼がいるよ」

船虫は山門を指差した。鬼右衛門は閉ざされた山門のすぐまえに床几を置いてそこに座り、腕組みをして門をにらみつけている。町奉行所の役人や捕り方たちをまた取り囲むようにして、物見高い野次馬たちが群れをなしている。町奉行所の、というより、滝沢鬼右衛門の失敗を見届けようというのだ。なかにはかもめ小僧が鬼右衛門に召し捕ら

れるかどうかを賭けている連中もいるらしいが、ほとんどが鬼右衛門がしくじる方に張っているらしい。左母二郎たちはそんな町人たちに交じっているのだ。

「あんまり近づくとヤベえから、俺たちはこのあたりで高見の見物といくか」

そう言うと左母二郎は瓢箪を肩にかけたまま、口で器用に詰めを外し、ぐびり、とひと口飲んだ。

やがて、丑の刻（午前二時頃）が近づいてきた。鬼右衛門は立ち上がると、いらいらと門前を歩き回りはじめた。しばらくすると、寺のなかから大砲を撃ち込んだような凄まじい大音響が聞こえてきた。そして、焦げくさい臭いが漂ってきた。

「なんだ。なかでなにが起きとるのだ。——開けろ開けろ！　開門せよ！」

鬼右衛門は門を叩いたが、開かれる気配はない。鬼右衛門は同心若部十郎太に、

「丸太で門をぶち破れ」

「よろしいのですか？　住職は、境内には入るな、と……。お頭からも厳命されておられるはず」

「かまわぬ。責めはわしが負う。大坂の町を火事から守るのは町奉行所の務めだ。寺だろうと神社だろうと関係ない」

「なるほど」

若部は手下《てか》たちに丸太で門を破るよう指図した。べか車に乗せられた太い丸太が運ば

れてきて、大勢によって抱え上げられた。

「やれえっ！」

鬼右衛門は軍配を振る。三度目の突撃で閂《かんぬき》が折れ、門が左右に開いた。

「開いたぞ。突入だ！」

捕り方たちが雪崩《なだれ》を打って寺内に入り込んだ。

◇

その少しまえ、洞穴上人をはじめとするえべっこく寺の僧全員が宝物殿の周りに集まっていた。

「町方の連中の様子はどうだ」

洞穴がひとりの僧にきくと、

「この寺のぐるりをびっしりと囲み、蟻《あり》の這い出る隙もございませぬ」

「そうか。やつらを一歩も寺に入れるでないぞ」

「ですが、上人さま……あれほど固められていては、かもめ小僧が入り込むこともできぬのではありませぬか」

「うーむ……これまでかもめ小僧は町方を出し抜き、狙った獲物はかならず手に入れてきた。しくじりは一度もない。われら盗人の手本のようなやつだ。どういうやり方で来るかはわからぬが、自信があるからこそ予告状を出したのだろう。とにかく時刻までここで待っていよう」

「で、かもめ小僧が来たら捕えるのですか」

「そんなことはせぬ。千両はやつにやり、盗賊同士話し合うのだ。そして、昨日申した計略に乗ってもらう。千両はその手付けだ」

「なるほど。盗んでもらえばよいならこっちは楽だ」

「それゆえ、町方に入ってこられては困るのだ」

「けど、どういうやり口で来ますのやろな。塀を越すにしても捕り方があれほどぎょうさんおったらすぐに見つかるやろし……」

「空から飛んでくるかもしれぬ」

「いや……やつは七方出の名人だ。もしかするとわしらのひとりに化けて、もう入り込んでおるのかもしれんぞ」

皆は気味悪そうに互いの顔を見合った。

「そろそろ刻限だのう」

洞穴がそう言ったとき、突然、目のまえの宝物殿の内部からなにかが爆発したようなとてつもない音が轟《とどろ》き渡った。ものの焦げたような臭いもする。

「いかん……宝物殿が火事だ！」

「水をかけろ！」

洞穴上人が錠を外し、宝物殿の扉を開くと、黒煙が濛々《もうもう》と噴き出してきた。皆が右往左往するなか、山門がいきなり開き、滝沢鬼右衛門を先頭に町奉行所の捕り方たちが突入してきた。洞穴は舌打ちをしたがどうにもならない。滝沢鬼右衛門が、

「火事を鎮めに参った。そこをどかれよ！」

「町方の手は借りぬと申したはず」

「失火は天下万民の迷惑。町奉行所の領分だ」

「貴様はかもめ小僧を捕えたいだけであろう」

「それがどうした」

鬼右衛門は洞穴上人を突き飛ばし、宝物殿に入り込んだ。あわてて洞穴もあとを追う。そして、ふたりは呆然《ぼうぜん》と立ちすくむことになった。火事などにはなっておらず、黒い煙が充満しているだけだ。

「しまった。火薬ではない。ただの煙玉だ……！」

洞穴は地団駄を踏んだ。鬼右衛門は宝物殿の棚に置かれた一枚の紙に目をとめた。そこには、
御役人衆御役目御苦労なれどけふもうまうま盗めたかもめ

と記されていた。鬼右衛門が洞穴に、

「千両箱はどこだ」

洞穴は首を亀のように左右に振ってあちこちを探したが、

「な、ない……！　千両箱がない！」

「まことか」

「うむ……この棚のうえに置いてあったのだ。今の騒ぎのあいだに盗まれたにちがいない」

「よし、まだ遠くへは行っておるまい。——皆のもの、寺のなかを徹底的に調べ上げろ。猫の子一匹見逃すな。よいなっ」

「勝手なことを申すな。火事でないとわかったうえは、町方は出ていけ」

「そうはいかぬ。この滝沢鬼右衛門、刀にかけてもかもめ小僧の探索をやめぬぞ」

同心の若部が、

「いけませんよ、滝沢殿。お頭から厳しく言われておるのをお忘れですか。我々下のものにもとばっちりが来ます。ここは出ていった方が無難かと……」

「なにを言うか！　かもめ小僧召し捕りの千載一遇の機会ではないか。わしは出ていかぬぞ！」

「寺のなかは寺社奉行の管轄です。かもめ小僧を我々が捕えられなくても、落ち度にはなりません」

「落ち度などどうでもよいのだ！　わしはかもめ小僧をこの手でひっ捕えたい。それだけだ！」

「迷惑です。——おい……」

若部が顎をしゃくると、手下がふたり、鬼右衛門を左右から取り押さえた。

「こ、こら、何をする！　わしは与力だぞ！　手を放せ、馬鹿もの！」

「とりあえず一旦、寺から出ましょう。そして、頭を冷やしましょう」

若部が言うと、ふたりの手下は鬼右衛門を引きずるようにして山門に向かった。

「困ったお方だ」

若部がそう言って、洞穴上人に一礼し、みずから御用提灯を掲げて行き先を照らしたとき、

「あーっ！」

鬼右衛門が大声を出した。寺の西側の塀沿いに植えられた松の木の下に置かれた千両箱らしきものが、御用提灯の灯りのなかに浮かび上がったのだ。ふたりの手下も驚いてそちらを見、一瞬力が緩んだのを幸いに鬼右衛門はふたりを振り切って走り出した。洞穴上人たち僧侶や町奉行所の役人、捕り方たちもそれに続いた。

千両箱は地面に放り出されるような形で松の木の根もとに置かれており、そのかたわらにひとりの若い男が仰向《あおむ》けに倒れていた。どうやら千両箱を抱えて松の木に登り、そこから塀のうえに飛び移ろうとして足を滑らし、墜落して後頭部を打ったもの、と推察された。

滝沢鬼右衛門はその場に両膝を突いた。身体がわなわなと震えている。

「こ、この男がかもめ小僧なのか……。わしが夢にまで見たあの大盗かもめ小僧なのか……」

若部同心が、

「千両箱を持っていたことからして、そうでしょうな」

「わしはついにやったのか。かもめ小僧をこの手で捕えたのか……」

「捕えた、というか、勝手に気絶していただけではありますが、まあ、捕えたことにしておきましょうか」

「この感動……わしはやり遂げたぞ。ついに宿敵かもめ小僧を……ううう……うううう……」

鬼右衛門は男泣きに泣き出した。そして、立ち上がり、

「皆のもの、よっく聞け！　長年大坂の町を騒がせたる大盗かもめ小僧を、今ここに、西町奉行所与力滝沢鬼右衛門が……」

見得を切るような仕草をして、

「召し捕ったりいい！」

いつのまにか境内に入り込んで見物していた野次馬たちのあいだにどよめきが広がった。それは、彼らの期待していたものではなかった。皆は、かもめ小僧がまんまと町奉行所を出し抜くところが見たかったのだ。

「縄かけて、引っ立てい！」

鬼右衛門は鼻高々で若部に命じた。若部は若い男の頰をぴしゃぴしゃと叩き、

「おい、起きろ」

男はうっすら目を開けた。

「おまえはかもめ小僧なのか？」

若い男は、同心らしき人物が目のまえにいるので仰天したらしく、カクカクと首を縦に振った。手下が男を立たせると、すぐさま縄を打ち、縛り上げた。鬼右衛門は意気揚々と山門に向かって歩き出した。

洞穴上人が、

「やはりたいしたものだな、かもめ小僧の七方出の技は……」

歯抜けの秀が、

「あいつがだれかおわかりですか」

「知っておるのか」

「知っておるもなにも……」

秀は洞穴に耳打ちした。

「うーむ……やはりかもめ小僧はすでにわしらのなかに入り込んでおったのか……。それならば、だれに見られていても堂々と宝物殿に煙玉を仕掛けられるわけだ」

洞穴上人は引かれていくかもめ小僧の後ろ姿をじっと見つめていたが、

「やるしかないな……」

そうつぶやいた。

◇

夜が明けると、大坂市中の瓦版という瓦版は、一斉にかもめ小僧の捕縛の件を書き立てた。それらは飛ぶように売れた。

「あのかもめ小僧がなあ……」

「とうとう捕まりよったか」

「年貢の納めどき、ゆうやつや」

「滝沢鬼右衛門はさぞかし威張ってけつかるやろ」

「なんか腹立つなあ」

「かもめ小僧が大店から金をうまうまと盗んで、滝沢鬼右衛門が悔しがる……ゆうのが楽しみやったのに」

「かもめ小僧、どないなるのやろ」

「お仕置きはまちがいないやろなあ……」

あちらもこちらもかもめ小僧の話題で持ち切りであった。

「たいへんなことになったねえ……」

隠れ家に戻った船虫が青ざめた顔でそう言った。左母二郎は苦り切った表情で、

「うーむ……まさかかもめの野郎が捕まるとは思わなかったぜ。一世一代のしくじりだな。俺たちに手助けを頼まずにひとりでやろうとするからだ」

「けどさ、かもめがあんなドジ踏むかね」

「踏んだんだからしかたねえ」

「どうするのさ」

「決まってるだろ。助けにいくのさ。あいつは天満の牢に入れられ、吟味を受けるはずだが、十両盗めば首が飛ぶってのに、あいつがこれまでにやらかした額は首がいくつあっても足りねえほどだ。死罪は免れめえ。ぐずぐずしてると手遅れにならあ」

「じゃあ天満の牢を破るってのかい。命がけの大仕事になるよ」

「俺ぁひとりでもやるぜ」

「水臭いねえ。あたしも付き合うよ。――、大法師と現八も手を貸してくれるだろ?」

「それが、あいつらは伏姫探索の役目に戻る、とか言って犬小屋から消えちまった。ま、それでいいのさ。あいつらと俺たちゃ所詮住む世界がちがうんだ」

「けど、ふたりじゃ無理だよ」

「そこは頭を使うのさ」

　隠れ家を出た左母二郎が向かったのは、あの「ぶらり屋」という瓢箪屋だった。

「いらっしゃ……ああ、あんたかいな。もう勘弁しとくなはれ」

「今日は、買いものに来たんじゃねえんだ。おめえんとこに、売りものにならねえ瓢箪はねえかと思ってな」

「売りものにならん瓢箪だすか。そら、おまっせ。水に浸《つ》けて種取ったり、磨いたりしてる途中でひび割れができたり、口が欠けたりするもんもおますさかい……」

「そいつを全部俺にくんねえ」

「そんなもん、なにしまんのや」

「いいじゃねえか、なにに使おうと。おめえも捨てる手間が省けるだろ」

「そらそやけど、そんなもんでも割って柄杓《ひしやく》にしたり、こどもさんのおもちゃにしたりでけんことはおまへんのや。なんぼかで買うとくなはれ」

「金はねえんだよ」

「またかいな……。断ったら『叩っ斬る』だっしゃろ」

「よくわかってるじゃねえか」

主はため息をつき、

「わかりました。持ってってとくなはれ」

「つぎ来るときは銭を払ってやるよ。このまえの瓢簞、なかなか気に入ってるんだ」

「もう来んとってください。頼んますわ」

「そう毛嫌いするなって」

左母二郎は瓢簞をごっそりとべか車に積み込んだ。

五

「貴様はかもめ小僧と呼ばれておる盗賊だな。まことの名はなんと申す」

与左衛門町《よざえもんちょう》の牢屋敷のなか、玄関を入ってすぐのところにある穿鑿所《せんさくじょ》で、若い男に向かって吟味役与力藤原金太夫《ふじわらきんだゆう》が言った。牢屋敷詰合役白川一郎兵衛《しらかわいちろべえ》と盗賊吟味役滝沢鬼右衛門も立ち会っている。しかし、男は答えない。

「今一度たずねる。かもめ小僧というのは盗人としてのあだ名であろう。まことの名を申せ」

「わしは……かもめ小僧やおまへん」

男はぼそりと言った。滝沢鬼右衛門はカッとして、

「この期におよんでしらを切るつもりか！　えべっこく寺の松の木の根もとにて盗み出した千両箱とともに気絶していたのがなによりの証拠。そのうえ、貴様は同心が『おまえはかもめ小僧なのか？』とたずねたとき、はっきりとうなずいたではないか」

「あのときは頭を打ってぼーっとしてましたんや。わしはかもめ小僧やないんだす。かもめ小僧が千両箱を盗んださかい、それを追いかけて、取り返そうとしたら、頭をどつかれたんだすわ」

「嘘をつけ！　往生際が悪いぞ。かもめ小僧というのはそんなやつだったのか。わしはもっと……貴様のことを敵ながら天晴れな賊だと考えていたが、それはわしの買い被《かぶ》りだったのか」

鬼右衛門は胸ぐらをつかんで男を揺さぶった。しかし、男は黙ったままだ。鬼右衛門は男を床に叩きつけるようにして放すと、

「お頭に責めのお許しをもろうてきてくれ」

藤原にそう言った。牢屋敷における拷問には、本来は老中の許しが必要であるが、大坂から江戸までの伝達には非常に日数《ひかず》がかかる。それゆえ鞭打ちや石抱き程度の責めは日常的に行われていた。自白を促すためであるから、町奉行も黙認していたのだ。藤原

金太夫が、

「まあ、待たれよ。まずはえべっこく寺より寺社奉行を通して町奉行所に千両箱を盗まれたが未遂に終わった旨の訴え出がなければ、正式な吟味は始められぬ。えべっこく寺の住職に訴状を出すように言うてもらいたい。とりあえず今日はここまでにして、このものを牢に入れよう」

鬼右衛門は少し考えていたが、

「いや……ご両所にたっての頼みがある。牢に放り込むまえに、この穿鑿所でしばらくのあいだわしとこの男とふたりきりにしてもらいたい」

「なにゆえだ」

「わしは長年、かもめ小僧召し捕りに執心してきた。思えばたいへんな苦労につぐ苦労であった。それがやっと果たせ、こやつの顔をはじめて見ることができた今、わしはこやつとじっくり話し合ってみたくなったのだ。追うものと追われるもの、召し捕るものと召し捕られるもののあいだにいつのまにか心が通っていたような気がしていた。しかし、今この男を間近で見ていると、それはわしの勘違いだったのか、とも思えてきた。こやつがこれまでに行ってきた盗みの数々についていろいろ話すことで、こやつが心を開くかもしれぬと思う。どうせ死罪は免れぬのだ……」

藤原と白川は顔を見合わせた。藤原が、

「もし、お頭に知れたら、われらも処罰されるかもしれぬが……」

「頼む。このとおりだ」

　鬼右衛門は頭を下げた。

「――わかり申した。滝沢殿にこのものお任せいたそう。ただし、一刻だけでござるぞ。囚人を牢に入れぬのは規則に反しますからな」

「それと、穿鑿所からは出ぬことだ。よろしいかな」

「かたじけない」

　鬼右衛門はもう一度頭を下げた。藤原と白川は牢屋敷を出、西町奉行所へと戻っていった。鬼右衛門は男に向き直り、

「これでふたりだけだ。――かもめ小僧、おまえはどうせ磔《はりつけ》獄門になるのだ。腹を割って話そうではないか。酒でもあればよいが、牢屋敷ではそういうわけにも参らぬ」

「…………」

「おまえはこれまで町奉行所をあざ笑うような真似を続けてきたが、その驕りが命取りになったな。猿も木から落ちるのたとえどおり、ついにこういうことになった。だが、わしは素直に喜べぬ。人生の張り合いがなくなってしまったような気になってな……」

「あの……お役人さま、わしはほんまにかもめ小僧やあらへんのだす」

　鬼右衛門はため息をつき、

「まだ嘘八百を申すか……。おまえにはがっかりだ。わしはおまえとはどこか心がつながっていると思うていたが……」

「嘘八百やおまへん。まことのことを申しとります。わしが盗人やったのは昔のことだすが、生来の博打好きで、あちこちの賭場に具合の悪い借金があるうえ、商いをしくじって一文無しのからっけつ。酒癖が悪いさかい、嫁はんとこどもも愛想をつかして出ていきよった。そのうえ貸元に、金を返せなんだら簀巻《すま》きにして大川《おおかわ》へ放り込む、と脅されて踏んだり蹴ったり。ツキをもらおうとえべっこく寺にお詣りしたとき、なんや見たことのあるような顔ばかりやな、とようよう見たら、あそこの寺の坊主どもは皆、盗人だすのや」

「そんな馬鹿なことがあるものか。助かりたい一心からであろうが、僧職にあるものを盗人呼ばわりはよろしくない」

「ほんまだすて。こんな連中が集めたお布施やったら盗んだかてかまへんやろ、と思て、かもめ小僧の名を騙って予告状を出しましたんや。じつはかもめ小僧はわしの兄弟子に当たりますのやが、名高いかもめ小僧の名を使うたらきっと大騒ぎになるさかい、そのどさくさに盗んだろと思いましたのや。けど……あきまへんなあ。昔取った杵柄《きねづか》と思たけど、重い千両箱を持って木から落ちてしもた。へへへ……わし、もともと高いとこが苦手で、それで盗人から足洗《あろ》うたんだすわ」

「お、おい、おまえ……まことにかもめ小僧ではないのか」

「さっきからずっと言うとりますがな。かもめ小僧やない、て。わしは、むじなの十三吉というもんだす」

鬼右衛門の顔色が変わった。

「これはえらいことだぞ。やっとかもめ小僧を召し捕ったと思ったらひと違いでした……ではすまぬ。西町奉行所はじまって以来の失態になる。うわわわわ……どうしたものか……」

「どうしたもんだっしゃろなあ」

「他人事《ひとごと》のように申すな！　すべておまえのせいではないか！」

「えらいすんまへん」

「謝ってももう遅い。どうせおまえも千両盗んだ罪で磔だ」

「ええっ？　そら殺生だっせ。わしは盗んだわけやない。未遂だすがな」

「知るか！　おまえのことより、わしの今後が心配だ……」

そのとき、牢屋敷の門の方から無数の太鼓を乱打しているような騒々しい音が聞こえてきた。

「待てっ！　待たぬか！」

「こらあっ、ここは牢屋敷だぞ！」

門番らしきものたちの叫び声も聞こえる。そして、馬のいななくような声も……。

「馬……？　まさか……」

鬼右衛門が立ち上がろうとしたとき、なにかが玄関から猛烈な勢いで飛び込んできた。それは一頭の馬で、何十個もの瓢簞を紐で引きずっている。それがガラガラガラ……とけたたましい音を立てまくるのだ。馬は、鬼右衛門のまえで棹立《さおだ》ちになった。

「うひゃああっ」

鬼右衛門は尻もちをつき、前脚の蹄《ひづめ》で蹴られるのを避けようと顔を腕でかばった。手綱を持っているのは船虫だ。その後ろには覆面に顔を包んだ左母二郎が船虫の腰を抱くようにして座っている。左母二郎はひらりと馬から飛び降りると、身体を沈め、刀を鞘走らせた。居合いである。鬼右衛門の帯、着物などがただ一太刀《ひとたち》で断ち斬られ、鬼右衛門は下帯だけの姿となった。左母二郎はそこにいた男を抱え上げて馬に乗せた。

「行くよーっ！」

船虫は見事な手綱さばきで馬の向きを変え、玄関から外に走り出た。左母二郎は、なにが起きたかわからずにいる滝沢鬼右衛門を尻目に、馬を追って門の方に向かった。ふたりの門番が棒を持って馬に打ちかかるのを、左母二郎は一瞬の早業でその鳩尾《みぞおち》を突き、昏倒《こんとう》させた。返す一刀で馬に結びつけられた瓢簞の紐を残らず切り離し、本町橋《ほんまちばし》を渡ったところで馬を捨てた。東横堀《ひがしよこぼり》の土手を下りると、そこには小舟が待っていた。笠を目深にかぶった船頭は馬加大記である。

「うまくいったようだな」

「なんとかな」

舟は岸を離れ、南の方角へと向かった。

「ひいっ、汗だくだぜ」

覆面を脱いだ左母二郎は手ぬぐいで汗をぬぐうと、

「さあ、かもめ、いろいろ聞かせてもらおうか。こんな大ドジ踏んだわけをな」

言いながらひょいと男の顔を見て、

「おい……おめえ、かもめじゃねえな」

その男の顔に、左母二郎は見覚えがあった。

「おめえ……えべっこく寺の寺男じゃねえか！」

「へ、あんさんとは一度お目にかかりましたなあ」

「どうなってるんだ……」

左母二郎たちは混乱した。

「ややこしいことしてしもてすんまへん。わしは、むじなの十三吉という元盗人だす。かもめ小僧の兄《にい》さんとは兄弟弟子になりますのや」

「かもめの野郎から聞いた覚えがあるぜ。たしか顔面斎とかいうところで七方出を習っていたとか言ってたな」

「そのとおりでおます。金がまるでのうて困り果てて、つい出来心でかもめの兄さんの名前を使い、えべっこく寺に予告状を出しましたんやけど、見事に失敗しまして、役人に捕まってしもたんだす」

左母二郎は舌打ちして、

「とんだくたびれ儲けじゃねえかよ！　馬鹿馬鹿しい！」

船虫が、

「じゃあ、本物のかも公はどこにいるんだろ。——あんた、知らないかい？」

十三吉がかぶりを振ったとき、棹を操っていた馬加大記が、

「む……いかん！」

「どうしたんだ？」

「あの舟がまっすぐこっちに突っ込んでくる。このままだとぶつかってしまうぞ」

むじなの十三吉が震えあがって、

「町奉行所の捕り手やおまへんやろな」

左母二郎が刀の柄に手を掛け、船虫がふところの匕首を握りしめたとき、向こうの舟の舳先《へさき》がこちらの舟の横腹に衝突した。舟は大きく揺れ、馬加大記は危うく川に落ちかけた。向こうの舟に乗っているのは数人の坊主で、その先頭には重岩の姿があった。重

岩は左母二郎に向かって、

「また会うたな。その舟に乗っているかもめ小僧をこちらに引き渡していただこうか」

「俺《おら》ぁ引き渡したってまるでかまわねえんだがな」

左母二郎の言葉が終わらぬうちに、重岩はひと抱えもあるような大きな石を左母二郎たちの舟に放り込んだ。

「なにしやがんでえ！」

重岩はにやりと笑い、大石をつぎつぎと投げ込んでくる。馬加大記が、

「このままでは沈むぞ！　十三吉をあいつらに渡せ」

十三吉は立ち上がると、みずから重岩たちの舟に乗り移った。重岩は満足げにうなずくと、

「これでよい。では、後始末にかかるか」

そう言うと、左母二郎たちの舟の船べりを摑み、

「うがあっ！」

絶叫一番、持ち上げた。舟はひっくり返り、左母二郎たち三人は東横堀に投げ出された。

「うははは……うぬらは今日から土左衛門《どざえもん》と名を改めるがよい。さらばだ！」

哄笑《こうしょう》とともに去っていく重岩たちの舟を、左母二郎たちは川のなかでボウフラのよ

うに浮き沈みしながら見送るしかなかった。

◇

「なに？　おまえはかもめ小僧ではない、と言うのか！」

えべっこく寺の一室で、啞面坊洞穴上人こと沓底の伝三が怒鳴った。

「へえ……そうだすねん。この話、何べんせなあかんのやろなあ……。わしは、むじなの十三吉ゆう元盗人で、金に困ったあげく、かもめ小僧の名を騙ってこの寺へ予告状を送ったんでおます」

強欲甚助が、

「むじなの十三吉やと？　嘘をつけ。わしの知ってる十三吉はそんな顔やなかったぞ」

「これは七方出で顔を変えとるさかいや。ほら、見ててや……」

十三吉がちょっと顔をいじり、化粧を落とし、含み綿を吐き出すと、まるで別人になってしまった。一同は瞠目《どうもく》した。甚助が、

「十三吉、わしや。強欲甚助や。覚えてるか？」

「ああ、覚えとるで。あんたがこいつらの仲間になっとるとはなあ……」

沓底の伝三が、

「おまえもかもめ小僧に負けず劣らず、変装は得意のようだな」

「いやあ……かもめの兄さんには遠く及びまへんわ」

「おまえに頼みがあるのだが、きいてもらえるか」

「それは頼みやのうて脅しだすがな……」

そのあと伝三が話した「頼みごと」の内容を聞いたむじなの十三吉はがくがくと震え出した。

「やらぬと言うなら、おまえの命はないものと思え」

十三吉はしばらく考えていたが、

「わかりました。わしも、そろそろ昔に戻って、太く短く生きようと思てたところだす。その大役、お引き受けしまひょ」

◇

「ひーくしっ！　ひーくしっ！　ひーくしっ！」

船虫が三回続けてくしゃみをした。火鉢がないので三人でカンテキの周りに集まってしゃがみ、着物を乾かしているのだ。

「あの重岩って野郎、今度あったらただじゃおかねえ」

左母二郎が鼻水を啜《すす》りながらそう言った。

「寒い、寒い、風邪《かぜ》をひいてしまうわい」

馬加大記の唇は紫色だ。船虫が、

「医者が風邪ひいちゃ話にならないだろ？　こういうときはどんな薬を飲めばいいんだい？」

「薬？　そんなものあてになるか。こういうときは身体のなかから暖を取らねばならぬ」

「というと？」

「酒だ。酒はないのか」

「ねえよ。昨日の晩、あるだけ飲んじまった」

そのとき、隠れ家の入り口が開いた。三人はびくっとして身構えたが、船虫がすぐに、

「なーんだ、丶大《ちゅだい》法師に現八かい。脅かすんじゃないよ」

丶大法師が、

「どうした、お三方。ずぶ濡《ぬ》れではないか」

左母二郎が、

「話せば長えんだ」

「では、これでも飲みながら聞こうではないか」

そう言って丶大法師が差し出したのは一升徳利が二本だった。馬加大記が身を乗り出し、

「これこそわしが今一番欲しているものだ。ありがたい！」

五人は、土間から板の間へ上がった。馬加が湯呑みを並べ、酒を注いだ。丶大法師が、

「並四郎が捕えられたと聞いて、あわててやってきたのだ。どういうことだ？」

左母二郎がことの次第を話した。

「では、まことのかもめ小僧はどこにおるかわからんのだな」

「俺の読みじゃあ、あのえべっこく寺のどこかにいると思うんだが……」

現八が湯呑みを干し、

「よし、やるか！」

「手伝ってくれるのか」

「乗りかかった舟だ。しまいまでやらんと気が収まらぬ」

左母二郎は苦笑いして、

「いや……舟はもうたくさんなんだ」

丶大法師は、

「そういえば、聞いたか？」

「なにを？」

法師は眉根を寄せ、低い声で言った。

「淀屋辰五郎がかどわかされたそうだ」

◇

すきっ腹を抱えた鴎尻の並四郎が牢のなかでごろ寝していると、階段を下りてくる足音が聞こえてきた。見ると、ふたりの僧がぼろぼろの着物を着たひとりの中年男を連れている。

「ここに入っとれ！　よいか、逃げようなどという考えを持たば、おまえの嫁やこどもがどうなるか……わかっておろうな」

しかし、中年男はもはや答える気力もないようで、おとなしく並四郎の隣の牢に入ると、ため息をついて壁にもたれかかった。牢に鍵をかけた僧に、

「おーい、わてのこともちょっとはかもてんか。かもめ小僧の予告状の件はどないなったんや」

僧たちは顔を見合わせ、

「おまえには関わりのないことだ。知らずともよい」

「そう言わんと。教えてえな」

僧たちは答えず、ふたたび上がっていこうとしたので、

「わての飯、忘れてへんか？　腹減ってしゃあないねん。なんぼ拷問してもええから、飯食わしてえな」

「今はそれどころではないのだ」

「なんで?」

「言えるか!」

「それやったら、そろそろわてを解き放ってくれ。もう、わてのことなんかどうでもええのやろ」

「そうではない。おまえの責めは、この一件が片付いてからゆっくり行う、と頭が申しておられた」

「ほんまにもう……」

ふたりの僧は地下から出ていった。

ぶつぶつ言いながら並四郎はひょいと隣の牢を見た。中年男は、ぐったりと壁にもたれている。その顔を見て、

「あ、あ、あ、あんたは……!」

男はうっすら目を開けた。

「わしのこと、知ってはりますのか」

「あんた、淀辰……淀屋辰五郎さんやないか」

「そのとおりだす。根っからお見受けせんお方だすけど、どこぞでお目にかかりましたかいな」

「へへへ……その、天井裏からちょっとな」

「はあ……？　それに、あちこちえろう怪我《けが》してはるけど……。顔も腫れ上がってるし、血の塊がこびりついてますがな……」

「その、拷問をちょっとな。──いや、そんなことはどうでもええねん。なんであんたがこんな牢に入れられたのや」

「わしにもようわかりまへん。うちに出入りしとる北守屋五六兵衛という小間物屋がわしの家内に毒を盛ってた、とわかったさかい、訴状を書いて、町役とともにお上に訴え出ようと家を出たら、途中で六、七人の破落戸《ごろつき》に囲まれましてな、わしひとりだけが駕《か》籠《ご》に押し込められ、ここへ連れてこられた……というわけだすのや。すぐに身ぐるみ剝がれて、こんな汚らしい着物を着せられました。なんでかわからんけど、なかのひとりに顔をじーっと見られて気持ち悪かったけど……いったいぜんたい、ここはどこだすか」

「ここは、えべっこく寺ゆうお寺の地下牢や」

「えっ、えべっこく寺……」

「そや。えべっこく寺は霊験あらたか、とか抜かしとるが、じつは住職をはじめ坊主全員がひと皮剝いたら盗人やら掏摸《ちぼ》やら騙りやら道中師やら……悪党ばっかりなんや」

「やっぱりそうだしたか。じつはうちの家内が……」

辰五郎は、内儀が患いついていたのは出入りの商人北守屋五六兵衛に毒を盛られていたせいであり、馬加大記という医者のおかげで助かった、といういきさつについて話した。並四郎は手を叩いて喜び、

「あははは……馬加先生の手柄かいな」

「そうだす。ご存じだすか。大坂一の名医だっせ」

「名医かどうかは知らんけど、よう酒飲む医者や。北守屋五六兵衛ゆうのもほんまはイモリの五六蔵ゆう悪徳薬屋や」

「ひええ、そうだしたか。道理で毒の扱いにも慣れとるわけや。――そういうことに詳しいあんたはいったい何者だす？　なんでこんなところに入れられてはりますのや？」

「ははは……まあ、その話は置いとこか。――たぶん悪党どもは、あんたをえべっこく寺の檀家にして、お布施という名目で淀屋の財産をごっそりいただこう、ちゅう気やったんやろな。けど、それが失敗したさかい、こうして乱暴な手段に出たのやろ」

「わしをかどわかして、身代金を取ろうとしとりますのやろか。そういうことがあったときは脅しに屈せず、即刻お上に届け出るように、と日頃から家内や番頭には言い聞かせとりますさかい、たとえわしが殺されることになろうと金は出さんはずだす。わしが駕籠に押し込められたのは町役も見てたのやから、もうお奉行所は動いてくれてると思います」

並四郎は、

（この御仁、わてが思たとおり、なかなか気骨のある商人やな。見ると聞くとでは大違いや……）

内心そう思いながら、

「お上なんか頼りになるかいな」

「そうでもおまへんで。西町奉行所の滝沢ゆうお方が、この寺に盗みに入ったかもめ小僧を見事召し捕りはりましたがな」

「ええぇっ！」

並四郎はひっくり返りそうになった。

「寺男になりすまして入り込んでたらしいんだすが、千両箱担いで松の木に登ろうとして落っこちて気絶したところを召し捕られたと聞いとります。大盗かもめ小僧もたいしたことおまへんなあ」

「だれや知らんけど、ろくなことさらさんなあ。かもめ小僧の名を汚しよって……」

「なんか言いはりましたか」

「い、いや……なんでもない」

「ところが、天満の牢に入れられたところを仲間が取り戻しにきよったらしゅうおます。馬に乗ったふたり組が暴れ込んで、まんまと救い出したとか」

「ふーむ……」

（左母二郎と船虫やろか。それとも……）

とにかくここにじっとしていてはわからないことだらけだ。

「あいつらは身代金を取るよりももっとえげつないことを企んどる気がする。なんとかしてここを出たいのやが、あんた、鑢《やすり》とか匕首とか爆裂弾とか持ってないか？」

「お上に訴え出に行くときに、そんなもん持っていきますかいな」

「そやろなあ……」

並四郎は腕組みをして牢の太い格子を見つめた。

◇

「この大たわけが！」

西町奉行北条氏英は、平蜘蛛のように平伏していた滝沢鬼右衛門を思いきり蹴飛ばした。鬼右衛門は鞠《まり》のようにごろごろと転がり、壁際でやっと止まった。そして、その場でふたたび平伏した。

「かもめ小僧を牢から奪われた、だと？　町奉行所の面目丸つぶれだ！　聞けば、おまえはかもめ小僧を牢に入れず、穿鑿所にとどめていたそうだな。牢の規則に違反しておるではないか！　おまえのせいだおまえのせいだおまえのせいだ！」

「まことに、まことに、まことに申し訳ございませぬ。なれど、あの盗賊は……じつはかもめ小僧ではなく、その名を騙る偽ものであったことが判明いたしました。それゆえかもめ小僧を奪われた、というわけではなく……」

「よけいに悪い！　つまり、西町奉行所は偽のかもめ小僧からの予告状と見抜けず、東町からも多数動員しておいて、大手柄だなんだとさんざん騒いだあげく、まことはかもめ小僧ではなかった……ということだな。明日の瓦版にまたぞろ馬鹿だの阿呆だのと書かれるはずだ。どうしてくれる！」

「もう書かれております。先ほど号外が出ておりました。——ですが、たとえ偽ものであっても千両盗み出した盗人を一度は捕えたのですから手柄は手柄……」

「言うな！　なにが手柄だ。たまたまそやつが気絶したのを捕えただけではないか。しかも、牢から奪い返されるとは……ああ、もう腹が立つ！　今ごろ、本ものかもめ小僧はさぞかしわれらの醜態を笑っておることだろう」

「かもしれませんな」

「他人事のように申すな！　滝沢、おまえをかもめ小僧探索の役目から外す。わかったな」

「お頭のお言葉ではございますが、それがしほどかもめ小僧のことを熟知しておるものはほかにおりませぬ」

「大口を叩くな。本ものと偽ものの区別がつかなかったではないか」

鬼右衛門は憮然《ぶぜん》として、

「では、なにをすればよろしいので？」

「先ほど、淀屋辰五郎がかどわかされた、という報《しら》せがあった。おまえはその件を担当せよ」

「淀屋辰五郎が？　それはまた、大胆なことを企てる輩《やから》がおりますな」

「うむ。おそらくは身代金目当てだろうが、淀辰の身になにかあったら、日本中の大名家に影響する。手抜かりがあってはならぬぞ」

「ははっ。この件をうまく解決いたしましたなら、かもめ小僧探索のお役目に戻していただけますな？」

「む……そうだな……」

そのとき、廊下から声がかかった。

「申し上げます」

氏英に仕える用人であった。

「なんだ」

「ただいま淀屋から使いのものが参りまして……」

「辰五郎の身になにかあったか」

「はあ……それがその……」

「早う申せ」

「辰五郎が店に戻ってきたそうでございます」

氏英と鬼右衛門は顔を見合わせた。

◇

話は少し前後する。その日の夕刻、淀屋の店先にひとりの男が立った。

「ただいま」

男は暖簾をくぐると、番頭に声をかけた。男の顔を見た番頭は仰天し、結界から出て土間へ走り下りると、

「旦さん、お帰りやす。まあ、ようご無事で……。さっきお奉行所へ届け出に行くだんどりを皆で話しおうてたところでおます」

淀屋辰五郎は微笑《ほほえ》みかけ、

「はい、おかげさまでこうして戻ってこられました」

内儀の菊と娘の歌も奥から現れ、辰五郎に取りすがって、

「あんた……怪我はないか？　叩かれたり、蹴られたりしたのやないか？」

「これこのとおり、どこもなんともないわ」

「お父はん……！」

歌はただただ泣きじゃくっている。辰五郎は娘の肩を優しく抱きながら、

「心配かけたが、もう大丈夫や。けど、ちょっと疲れた。奥に行かせてもらおか」

辰五郎は廊下を進みかけたが、

「あ……わしの部屋はどこやったかいな」

菊が、

「あんた、なにを言うてはりますの。ご自分の部屋を忘れるやなんて……」

「どえらい目に遭《お》うて気が鎮まってないのや。堪忍してんか」

「そら、そうだすやろけど。——こっちだっせ」

菊の先導で辰五郎は居間へと入った。

「どっこらせ、と……」

辰五郎は床の間を背にして分厚い座布団のうえに座り、

「熱い茶を一杯おくれ」

菊が不審げな顔で、

「あんたはいつも、わしは猫舌やさかいぬるい茶しか飲まんのや、と言うておいでやけど、今日は熱い方がええのんか？」

「あ……ああ、そやったな。けど、熱い茶は疲れをとるというさかい……」

辰五郎は女子衆が淹《い》れた茶を、

「おおけに、はばかりさん」

と言ってひと口飲んだ。番頭が、

「旦さん、いったいなにがあったんだす。町役の話では、ごろん棒に囲まれて駕籠に押し込められたとか……」

「そやねん。急なことで抗《あらが》うこともならず、猿轡《さるぐつわ》をかまされたさかい声も上げられず、なされるがままやった」

「それが、なんで解き放ちになったのでおましょう」

「不思議なことが起きてな……。そのときわしは、助かりたい一心で、『えべっこくさま、お助けください！』と心のなかで念じたのや」

歌が、

「あれほど嫌《きろ》うてはったえべっこくさまを念じたんだすか？」

「わしにもなんでかわからん。とにかく咄嗟に出てきたのが、観音さんでもお大師さんでもお釈迦《しやか》さんでもなく、えべっこくさまやった。すると、駕籠が止まったさかい、おそるおそる外に出てみたら、なんと釣り竿を持ったえべっさんと木槌《きづち》を持った大黒さんが悪い連中をやっつけとるやないか」

「ほ、ほんまだすか……？」

「わしが嘘言うかいな。思わず目を閉じて手を合わせたのやが、つぎに目ぇ開けたときはえべっさんと大黒さんの姿も、悪い連中の姿もなかった。それで、あわてて帰ってきた、というわけや」

歌が、

「それやったら、やっぱりえべっこくさんはインチキやのうて、霊験あらたかなんやろか……」

菊も、

「北守屋のことを疑《うたご》うて悪いことしましたかいな。もしかしたらあの馬加とかいうお医者の先生の方こそ悪もんやったのかも……」

淀屋辰五郎は、

「そやな。北守屋にはまた出入りしてもらうとしよか。——だれぞを町奉行所に走らせて、わしが無事に戻ったことを報せとくれ。それとな、わしは此度のことで深く反省した」

「なにをだす?」

「えべっこくさまをちらとでも疑うたことを、や。わしは、えべっこく寺の檀家になることにした」

一同は仰天した。

「おまえたちが驚くのももっともやが、まずは二万両ばかりを寄進して、あのならず者どもから救うてくれたことのご恩返しをしたい。その後も、檀家としてどんどん寄進させていただくで」

「旦さん、あまりお布施にお金を使い過ぎたら、うちの身代が……」

「アホ言うな。淀屋橋というあの大きな橋を私財を投じて架けた淀屋や。二万両、三万両でぐらつくような身代やないわい」

「そらまあそうだすけど……」

この家において辰五郎に反対できるものはいない。

「ほな、番頭。おまえがえべっこく寺へ行って、わしが檀家になる、という旨伝えてきてくれ。ええな」

「へ、へえ……」

こうして淀屋辰五郎はえべっこく寺の檀家になった。同時に、えべっこく寺から洞穴上人を筆頭に数十人の僧が淀屋にやってきた。

「これはこれはお上人さま、ようこそお越しくださりました。もう二度とえべっこくさま以外の神仏は敬わぬ覚悟でおます」

大広間で彼らを迎えた辰五郎は、上人のまえに両手を突いた。その後ろには菊や歌、番頭以下奉公人たちがずらりと並んでいる。ここは「淀屋の夏座敷」といって、天井や壁にギヤマンの水槽をはめ込み、そこに金魚を泳がせるという趣向がほどこされていた。

「うむ。おまえの翻意、わしもうれしく思うぞ。その信心の気持ちを忘れるでない」

「へへーっ」

辰五郎は平伏し、

「なにをしておる。皆さま方をもてなさぬか！」

奉公人たちは、「浮瀬《うかむせ》」をはじめ一流の料理屋から取り寄せた山海の珍味と酒を運び込んだ。番頭が辰五郎に、

「お坊さま方だすのに、魚や酒をお出ししてもかまいまへんのか」

「かまへんかまへん。えべっさんを見てみ。鯛を釣っとるやないか」

「はあ……」

「さあ、歌と菊、おまえたちも皆さんにお酌をしてさしあげるのや。気の利かんやつらやな」

母子は、ひとが違ったような辰五郎の態度にとまどっていたが、しかたなく洞穴上人の横に座って酒を注いだ。

「うむ、さすがによい味だ。甘露甘露」

坊主たちは上機嫌である。肴をむしゃむしゃと食い、酒をがぶがぶと飲み、すぐに酔っぱらって茹《ゆ》でダコのように真っ赤になった。もろ肌脱ぎになって踊り出す僧もいる。

座敷が大乱れに乱れはじめた。洞穴上人は酌をしている歌の腕を掴んで撫でさすったり、顔を押し付けたりした。

「やめとくなはれ」

歌は上人の腕を振り払うと、母親のところに逃げ出した。洞穴上人は辰五郎に、

「ふっふっふ……嫌われたか。だが、焦ることはない。これからいくらでも料理はできよう。愉快だのう。これもえべっこくさまのご利益だ。──辰五郎、一杯飲むがよい」

「え？　私にもお流れをちょうだいできますのか。ほな、飲ませてもらいます」

辰五郎は大き目の盃から酒をきゅーっと飲んだ。

「えべっこく寺の檀家にしていただき、胸のつかえが下りたような思いだす」

「これからよろしく頼むぞ」

「へえ、この淀屋辰五郎、精いっぱいのことはさせていただきます」

やがて、辰五郎は中座して、厠《かわや》へ立った。用を済ませ、厠から廊下に出たとき、後ろからだれかがついてくる気配を感じて振り返ると、それは歌だった。

「お父はん……」

「どないしたんや、歌」

歌は辰五郎をじっとにらみつけると、

「あんたはお父はんやない。お父はんに化けただれかや」

辰五郎はしばらく薄笑いを浮かべてたたずんでいたが、

「なんでわかったのや」

「顔も声も、着物もなにもかもそっくりや。けど……お父はんはお酒飲まれへんのや。一滴なめただけで顔が赤くなる。盃に一杯なんかとても飲めるはずがない」

「ははは……そうか、そこまで気が回らんかったわ。これは困ったな。こんなに早う見破られると……わての七方出もまだまだや」

辰五郎の声ががらりと変わった。

「わても、娘と嫁はんを殺す、て脅されてこんなことやってんねん。悪う思わんといてや」

そして、するすると歌に近寄ってきた。逃げ出そうとして後ろを向くと、そこに立っていたのは北守屋五六兵衛だった。

「嬢《とう》さん、どちらに行きなはるのや」

悲鳴を上げようとした歌の口を左手で塞ぎながら、北守屋は右の拳を鳩尾《みぞおち》に突き入れた。歌は気絶し、廊下にぐったりと横たわった。辰五郎は広間に戻ると、ひそかに重岩を手招きして、

「運んでほしいものがあるのや」

そうささやいた。

◇

地下に通じる階段をみしみしいわせながら下りてくるのは重岩だった。肩に若い娘を担いでいる。重岩は娘を三つ目の牢に放り込んだ。その顔を見た淀辰は絶叫した。

「歌！　歌やないか！」

「お父はん……！」

歌の頰にかすり傷があることに気づいた辰五郎は重岩に、

「歌になにかしたら、わしが許さんからな！」

「言うことをきかぬから少しひっぱたいただけだ」

重岩の後ろから北守屋五六兵衛ことイモリの五六蔵が顔をのぞかせ、

「旦さん、牢屋に入れられてなはるのに許すも許さんもおまへんやろ」

「わしも天下の淀屋辰五郎や。なんとしてでもここを抜け出し、お上に訴えて出る。貴様らの悪巧みを潰してみせる」

「ひひひひひ……あんたは淀屋辰五郎やないのや」

「なんやと……？」

「淀屋辰五郎さんはちゃーんと店にいてなはる」

並四郎がうなずいて、

「なるほど……だれかを淀辰そっくりに化けさせて、店に入り込ませたな。もしかしたらかもめ小僧を名乗った偽もんとちがうか？」

重岩は顔をしかめて、

「おまえは頭が回りすぎる。——まあ、いいか。どうせおまえら三人はもうすぐ死ぬことになる」

辰五郎は、

「そんなことさせるかい！」

イモリの五六蔵はにやりと笑い、

「これはしゃあないことや。なにしろ世の中に淀屋辰五郎はふたりいらんからな。どっちかに消えてもらわんと……」

「歌……歌も殺すつもりか！」

五六蔵は歌をなめるような目で見まわすと、

「替え玉に気づきよったさかいなあ。ほんまはこんな上玉、島原《しまばら》か新町にでも売り払うたらええ金になるのに、頭は『あかん』て言いなはる。淀屋の財産が全部手に入るのやから、そんなはした銭はいらん、あと腐れのないようにせえ、というわけやが……ああ、もったいないなあ」

重岩が、

「今夜、頭たちは淀屋に泊まるらしいさかい、明日戻ってきたら三人まとめて殺すてはずや。それまでに辞世の句でも考えとれ」

そう言うと、ふたりは階段を上がっていった。辰五郎は娘に向かって、

「歌……歌！　心配いらんぞ。わしがかならずおまえを助けたるさかいな」

「お父はん……私、怖い」

並四郎も、

「大丈夫や。わても手伝うたる」

「あなたはどなたはん……？」

「そんなことより、淀屋の店でなにがあったのか教えてくれ」

歌は、一部始終をふたりに話した。並四郎は、

「あんたが見ても辰五郎さんそっくりやったか？」

「はい……なにからなにまで瓜《うり》二つで、私もお母はんも店のもんも、はじめはだれも疑いませんでした。飲めへんはずのお酒を飲んだのに気づかんかったら、今でも疑ってなかったと思います」

「そんな凄い変装ができるやつと言うたら……あいつしか思いつかんな」

「あいつ、とは？」

辰五郎がきくと、

「日本で一番の七方出師はかもめ小僧やけど、二番目がおるのや。むじなの十三吉ゆうやつでな……。あいつの腕ならお内儀も店のもんも得意先も淀屋辰五郎やと信じて疑わんやろから、淀屋の財産は全部えべっこく寺のものになってしまう。急がんとなあ……」

並四郎は歌に、

「あんた、まさかと思うけど、鑢とか匕首とか爆裂弾とか持ってないわなあ」

「持ってます」

「ええーっ！」

「偽もののお父はんを問い詰めるとき、怖かったんで、自分の部屋から懐剣を持ってきたんです。取り出す機会はなかったけど……ここに連れてこられたときもバレませんでした」

そう言うと、ふところから護《まも》り刀を出した。五寸ほどの小さなものである。歌はそれを辰五郎に渡し、辰五郎が並四郎に渡した。

「おお、これはええわ。なんとかなるかもしれん」

並四郎はさっそく自分の牢の格子に切れ目を入れはじめた。しかし、作業をはじめてすぐに重岩とイモリの五六蔵が下りてきたので、懐剣を床に置き、そのうえに座って隠した。

「頭がのう、今日のうちにおまえらを始末せえ、と言うてきた。わしのせいではない。

悪う思うなよ」

　重岩がそう言うと、五六蔵もうなずいて、

「向こうは淀屋の大広間で飲めや歌えの贅沢三昧《ぜいたくざんまい》しとるゆうに、こっちはこんな汚れ仕事とは情けない。この娘、殺すまえにわてらもお楽しみを……」

「やめておけ。頭に知れたらこっぴどく叱られるわい」

「黙ってたらわからんがな。――おい、おまえ……」

　五六蔵は並四郎が入っている牢の格子のすぐ下に目をやり、

「なんや、その木屑《きくず》は。――おまえ、立ってみい」

「脚が痛いさかい立ち上がられへんのや」

「うだうだ言うな！　立たんかい！」

「いやベーっ」

　並四郎があかんべえをすると、激怒した五六蔵は重岩に、

「重岩、こいつを立たしてくれ」

「よっしゃ」

　重岩が並四郎の牢の錠を外してなかに入り、並四郎の身体を持ち上げようとした瞬間、並四郎は尻の下に手を突っ込んで懐剣を摑み、重岩の左の鎖骨のあたりに思いきり突き刺し、引っこ抜いた。

「うおっ……うおおおっ！」

重岩は野獣のように叫び、三度ほどぐるぐる回ると、牢からよろめき出、左肩を押さえながらその場にへたりこんだ。並四郎も続いて外に出ると、イモリの五六蔵に向かって、

「おのれのことは知ってるで。道修町の嫌われもん、イモリの五六蔵や」

「なんやと。わてを知ってるということは、やっぱりおまえ、お上の回し者か公儀の隠密……」

五六蔵は壁に立てかけてあった槍を摑むと、並四郎に向かって突き出した。並四郎は体をかわしながらその槍を蹴り上げ、槍の穂先が天井を向いた隙にするすると近づいて五六蔵に平手打ちをかました。

「アホやなあ、こんな狭いところで長い槍なんか振り回して……素人は素人ゆうことや」

「なんやと……！」

五六蔵は槍を捨てて匕首を抜いた。頭に血が上っている五六蔵がしゃにむに斬りかかってくるのを右に左に受け流す。しかし、並四郎は自分が長いあいだ拷問を受けていたうえ、空腹でふらふらだったことを忘れていた。次第に脚が重くなり、眩暈《めまい》がしてきた。そこへ、重岩が左肩から血を流しながらも算盤《そろばん》責めに使う大きな石板を頭のうえまで持

ち上げて襲い掛かってきた。

「こやつ、この石板で頭をかち割ってくれる！」

「やめろ……やめなさいって、そんな乱暴なこ……あ、ヤバい」

凶暴な獣のような重岩の暴れっぷりに押されて、並四郎は壁際に追い詰められた。五六蔵が歌の牢の鍵を開けてなかに入り、歌の喉に匕首を突き付けると、

「娘の命が惜しかったらその刃物を捨てんかい！」

「しゃあないなあ……」

並四郎は苦笑しながら懐剣を床に落とした。

「素直やなあ。——さあ、どいつからいてこましたろか」

三人に順番に視線を送っていたが、やがて、並四郎に目を止め、

「やっぱりおのれや。——覚悟せえ！」

と匕首を振りかざした。その途端、

「痛ててて っ！」

歌が五六蔵の腕に嚙みついたのだ。

「放さんかい、この女《あま》！」

五六蔵は歌を蹴り上げた。並四郎が、

「やめろ！　やめてくれ！　わてはおとなしゅうするさかい、その子に乱暴な真似はせ

んとってくれ」

そう言うと、床に大の字になって仰向けに寝転がった。

「ほほう、ほなお望みどおりおまえから殺したる。重岩、こいつの脚を押さえとけよ」

「ま、待ってくれ、五六蔵どん」

そう言ったのは重岩だった。肩からの出血はますますひどくなっていて、あたりは血の海のようになっている。

「このままではわしは……死んでしまう。医者を呼んでくれ」

五六蔵は舌打ちをして、

「だれも寺のなかに入れるな、て頭が言うてはったやろ。医者に診てほしかったら自分で行け。わてはここを離れられん」

「そ、そうか……」

重岩は肩を押さえ、ぶるぶる震えながら地上への階段を上っていった。

六

「ふーむ……正面から入るのは無理のようだな」

えべっこく寺の山門のまえで、提灯をかざしながら左母二郎が唸った。同行しているのは現八、船虫、大法師《ちゅだい》、馬加大記の四人である。山門は固く閉ざされ、『当面のあいだ参拝の儀はお断りする』という張り紙が貼られていた。町奉行所の突入時に折れた門も修繕されているようだ。すでに日は暮れている。船虫は、

「裏門も同じだろうね。梯子《はしご》でも掛けて、塀を乗り越えようか」

そのとき、山門のくぐり戸が内側から開いた。左母二郎たちはあわてて門の横に身を隠した。出てきたのは重岩だ。ぼろ布のようなもので肩を押さえ、苦しそうにあえぎながら歩いている。くぐり戸を閉めるのも忘れている。

「しめた。入ろうぜ」

しかし、馬加大記がかぶりを振り、

「医者としてあの出血はほうってはおけぬ。医者にたどりつくまでに死んでしまうやもしれぬ」

現八も、

「そりゃそうだ。敵も味方も命の尊さに変わりはない」

と同調した。左母二郎は舌打ちをして、

「ちっ、かっこつけやがって。早くしろよ」

馬加は重岩に向かって、

「もし、そこのおひと」

「なんじゃい！」

重岩は顔をしかめて振り向いた。

「あいや、わしは医者だが、あんた、その出血では死んでしまうぞ。わしが診てやるからそこに腰をかけなさい」

「いや、そういうわけにはいかん」

「いいからいいから」

「ほっといてくれ」

じれた左母二郎が暗闇からずいと現れ、

「診てやるって言ってんだからおとなしく診てもらえよ！」

「おかしいと思ったら、貴様らだったのか。わしを罠《わな》にかけたな！」

「そうじゃねえよ。このおっさんは本ものの医者さ。死にたくねえならおとなしく治療してもらえ」

重岩は聞かず、太い腕を振り回して暴れ出したが、そのせいで出血はますますひどくなり、ついには昏倒してしまった。馬加がすぐに血止めをして、

「わしはこの男を診ているから、あんたたちは並四郎を探しにいってくれ」

「おめえが仏心を出さなきゃ、こいつから居場所を聞き出せたのによ」

「ははは……すまんすまん」

左母二郎たちはくぐり戸をくぐって境内に入った。

◇

歌が、匕首を振り上げたイモリの五六蔵と並四郎のあいだに割って入り、

「このひとだけは助けてください。赤の他人やのに、私とお父はんを助けようとしはったんです」

「せやから、三人ともあの世行きにすることになっとんのや。順番を待たんかい」

そのとき地上からだれかが下りてくる足音が聞こえてきた。

「重岩が戻ってきたんかいな」

そうつぶやきながら振り返った五六蔵の鼻先に刀が突き付けられた。並四郎が顔を上げ、

「左母やん、遅かったな！」

「これでも急いだ方だぜ」

五六蔵は悔し気に、

「仲間が来てしもたか。――ようこの地下牢がわかったな。重岩がしゃべったんか？」

「そうじゃねえ。血の跡をたどってきたらここに続いてたんでな、簡単に見つかったぜ」

「くそっ……」

五六蔵は四人の顔を見渡していたが、船虫に目を止め、

「お、おまえ、淀屋に来た医者の薬箱持ってた女やな！」

「あらまあ、よく覚えてること。やっぱりいい女の顔は忘れようにも忘れないもんだねえ」

船虫は艶然と笑った。並四郎が左母二郎に、

「こいつはイモリの五六蔵ゆうて、悪徳薬屋や。叩き斬ったかてかまへんワルやで」

「ひいいっ、お助け！」

五六蔵は両手を合わせて左母二郎を伏し拝んだ。左母二郎は刀の柄頭を五六蔵の額に打ちつけた。五六蔵は目を回して伸びてしまった。左母二郎は並四郎の顔をしげしげと見て、

「随分とひでえ目に遭ったようだな。あとで馬加先生に診てもらえよ。――今、一番してほしいことはなんだ？」

「飯が食いたい……」

歌は、五六蔵が持っていた鍵で淀屋辰五郎の牢を開けた。辰五郎は歌と抱き合ったあと、

「皆さん方にはお礼の述べようがおまへん。心からありがたく思うとります」

「馬鹿野郎！　俺たちゃそんなんじゃねえんだ。金で動く、ただの悪党よ」

「そんなことおまへん。この淀屋、いずれ皆さんにご恩返しを……」

「やめてくれ！　そういうことをされるのが一番嫌えなんだ」

「ど、どうしてでございます？」

「自由がなくなるからさ。施しはまっぴらだ。俺ぁ自分のやり方で銭を稼ぐのさ」

「はあ……」

並四郎も、

「商人の金蔵を狙う盗人が、商人から金をもらう……ゆうのはわてでも嫌やな。盗人は盗んでなんぼやさかい」

そのとき、丶大法師が言った。

「おい、さっきの五六蔵という男がおらぬぞ」

「しまった。隙を見て逃げたな」

現八が、

「おそらく淀屋にいる仲間たちにご注進に行ったのだろう。我々も追いかけよう」

皆は地上への階段を駆け上った。山門の方に向かおうとする左母二郎たちに、並四郎が言った。

「ちょっとだけ待ってくれ。ひと仕事したいんや。すぐにすむ」

「そんなふらふらしてるのに大丈夫かよ」

「ああ、盗人としてけじめをつけなあかんのや」

並四郎は低い声でそう言った。

「そうけえ。じゃあ、止めねえ。——俺もやりてえことがあるんだ。淀屋さんとお嬢さんにもついてきてもらおうかな」

皆は本堂に入った。左母二郎は提灯を掲げた。その灯りのなかにえべっこくさまの奇怪な影が浮かび上がった。

「とんだはりぼてだぜ。くだらねえものをこしらえやがって……」

歌が、

「こんなものをありがたがっていたのが恥ずかしゅうおます」

左母二郎は身体を低く沈めたかと思うと、大きく跳躍しながら空中で刀を抜き払った。えべっこくさまの首が床に落ち、ごろごろと転がった。

「ちっ……図体《ずうたい》はでけえが、中身はからっぽだ。——行くか」

左母二郎は刀を鞘に収めると、先に立って本堂を出た。ちょうどそこに千両箱を抱えた並四郎もやってきた。

「なかを検《あらた》めたら、かなり目減りしてるわ。三百両ほどしか残ってない。——この金は淀屋の嬢《とう》やんがお布施として持ってきたもんやけど、今はあの連中のもんや。わてがもろてもかまへんわな」

　辰五郎が、

「へえ。わての手を離れた金だす。盗るなとほかすなと好きにしなはれ」

　皆が笑いながら山門に着くと、そこには馬加大記と重岩が待っていた。重岩は馬加の治療によって多少は回復したらしく、その場に両手を突き、涙を流しながら、

「わしは目が覚めた。おまはんらにひどい仕打ちをしたわしを救うてくれるとは……おまはんらは神か仏だ。それに引き比べておのれが情けない。あんなやつを首領と仰いでいたのが恥ずかしいわい」

　重岩は並四郎のまえに土下座をして、

「おまえには、八つ裂きにされても仕方ないことをした。どうかおまえの刀でわしの首を落としてくれ。頼む……」

「へへへ……あんたの拷問は堪《こた》えたけどな、みんなそれぞれいろいろあって、いろいろあって、いろいろあって……なんとか生きとんのや。気にすんな」

　重岩は号泣しはじめた。

「おごおおおおーっ、おごおーっ」

「やかましいな、あんたは……」

「おごおおーっ、わしを許してくれるのか！」

鼻水を垂らしながら獣のように嗚咽《おえつ》する重岩に、

「もう夜やさかい、静かにしとき。ほな、わてらは行くさかい……」

まだ啜り泣いている重岩を置いて七人はその場を離れた。道を急ぎながら淀屋辰五郎が左母二郎に、

「もしかすると役に立つことがあるかもしれまへんさかい、言うときますわ。淀屋橋というあの橋はうちの先祖が自費で架けたもんだすけど、代々家長に伝わる秘伝がおましてな……」

そして、あることを告げた。

「ほう……そいつぁ使えるかもしれねえな」

左母二郎はにやりと笑った。

◇

淀屋の座敷は乱れに乱れていた。坊主たちの多くは泥酔して障子や襖を壊したり、いびきをかいて眠っていたり、畳のうえに反吐《へど》をついていたり……と傍若無人なふるまいをしていた。しかし、淀屋辰五郎と洞穴上人はいまだ座布団のうえで酒を飲んでいる。勝利の美酒をできるだけ長く味わっていたい、ということかもしれない。菊が辰五郎に、

「あんた……さっきから歌がいてまへんのや。どこに行きましたのやろか」

「放っとけ。あいつもいつまでもこどもやない。こういう宴席が気に入らんのやろ」

「けど……」

「やかましいな、おまえは。酒が不味《まず》うなるさかい向こうに行け」

部屋の隅の方では番頭はじめ奉公人たちがびくびくしながらなりゆきを見つめている。

「旦さんはどないしたんやろ」

「お酒なんか一滴も飲みはらへんかったのに……」

「あんな大きな盃《りよん》でぐびぐびと……」

「それに、ご寮さんやわてらに無茶なことばっかり言わはるし……」

ため息をつく奉公人たちを尻目に淀屋辰五郎と洞穴上人は酒を飲み続けている。そのとき、後ろの襖が開き、北守屋五六兵衛ことイモリの五六蔵が走り込んできた。

「頭、えらいことだっせ！」

洞穴上人は声をひそめて、

「馬鹿もの！　頭と呼ぶな。お上人さまと言わぬか」

「それどころやおまへん。淀辰と娘、それにあの公儀隠密みたいなやつに逃げられました。たぶん、ここへ来まっせ」

「なに？　それはいかん。こやつが偽ものだとバレてしまう。この座敷に入るまえに見つけて殺してしまえ」

その言葉が終わらぬうちに、廊下から入ってきたのは……。

「だ、旦さん！」

番頭が声を上げた。それは淀屋辰五郎そのひとだったのだ。

「旦さんがふたり……どないなっとるんや」

「番頭、だまされるな。そいつは偽ものや」

「ちがう。わしが本もの。そいつこそ偽ものや」

菊がおろおろと、

「どっちがどっちか、私にも見分けがつかんわ」

「アホか。着物をよう見い。わしがあんなボロボロの着物を着るか！」

「おまえが着てるのはわしから剝ぎ取ったもんやないか！」

歌が、

「お母はん、こっちのボロボロの方がほんまのお父はんだっせ！」

淀屋辰五郎と淀屋辰五郎は座敷の真ん中で取っ組み合いの大喧嘩をはじめた。そこへ、

「待て待て！　その喧嘩、わしが預かった！」

そう言いながら入ってきたのが……。

「うわあ、またひとり旦さんが増えたがな！」

三人目の淀屋辰五郎が現れ、座敷は騒然となった。洞穴上人は刀を抜き、

「こうなったら本もの以外のふたりを斬り捨てるしかない。おい……本ものはどいつだ」

三人とも手を挙げる。洞穴上人は腹立たしげに、

「着物を見ればわかる。——おまえが本ものだな。ということはあとのふたりには死んでもらう」

彼は酔っぱらってごろ寝をしている僧たちを叩き起こすと、

「起きろ！　起きぬか！」

「あ、頭……なんぞおましたか。——あれ、飲みすぎたんかな。淀屋が三人に見える」

「三人おるのだ！」

洞穴上人はなかのひとりを指差すと、

「あいつ以外のふたりを殺してしまえ」

「なんやわからんけど承知しました」

僧たちは目をこすりながら刀を抜き、ふたりの淀屋に向かって詰めかけようとした。

「そうはさせねえぜ」

襖を蹴破って入ってきた男に洞穴上人が、

「なにものだ」

「さもしい浪人網乾左母二郎……」

その後ろには、大法師、犬飼現八、船虫が並んでいる。洞穴上人はふふんと笑い、

「たった四人か。——やってしまえ！」

一斉に斬りかかってきた僧たちのまえで左母二郎は低く身構え、先頭のひとりが近づくのをぎりぎりまで待ってから伸びあがると同時に刀を抜いた。僧は腕を斬られて倒れた。

「気を付けろ、居合いを心得ているぞ」

ほかの僧たちの脚がぴたりと止まった。菊と歌、奉公人たちは悲鳴を上げながら廊下に避難した。左母二郎は座敷を右へ左へとひた走り、襲いかかる坊主どもを床に這わせていく。、大法師は錫杖を振るい、向かってくる僧たちを突き飛ばし、薙《な》ぎ倒し、叩き伏せた。現八は正規の稽古を積んだ武芸者らしく、正眼《せいがん》の構えから相手をひとりずつ峰打ちで的確に倒していく。船虫も逆手に持った匕首を巧みに操り、僧たちに手傷を負わせていく。

しかし、多勢に無勢である。次第に左母二郎たちは劣勢になっていった。イモリの五六蔵が奥の座敷に駆け込み、戻ってきたときには手に短筒を持っていた。火縄には火が点いている。

「まえに旦さんに自慢されたことがあるのや。こういうときに役立つとはな……」

言いながら淀屋辰五郎に狙いをつけ、

「おまえら、辰五郎を殺されとうなかったら刀を捨てんかい！」

左母二郎たちは顔を見合わせた。並四郎の化けた淀辰が、

「しゃあないわ、左母やん。言うとおりにしよ」

「ちっ」

左母二郎は刀をその場に投げ捨てた。ほかのものも同様にした。

「ははははは……頭、勝負はついたみたいだっせ」

五六蔵が洞穴上人にそう言いかけたとき、

「うおおおおおっ……！」

凄まじい咆哮《ほうこう》とともに巨大な岩石のようなものが座敷に飛び込んできた。それは、猪《いのしし》のように駆け回り、短筒を持ったイモリの五六蔵を見つけると、彼に向かって突進した。顔面は紅潮し、鬼のような顔つきになっている。——重岩だ。

「ば、馬鹿な真似はよせ。来るな、来るな来るな……うわあっ」

五六蔵は思わず弾《たま》を発した。重岩は胸に弾を受けてもその突撃をとめず、五六蔵を床の間まで追い詰めると、太い床柱を両手で摑み、めきめきめき……とへし曲げた。

「た、助けてくれっ」

五六蔵は叫んだが、重岩はへし折った柱を五六蔵の頭に叩きつけ、折り重なるようにしてその場に倒れた。それを見た左母二郎は一瞬苦い顔をしたが、すぐに洞穴上人に向

かって、

「もうじきここに町奉行所の役人たちが押しかけてくる。てめえらはもうおしめえだ」

「な、なにっ」

「ここに来る途中で、淀屋辰五郎は偽ものでえべっこく寺が淀屋を乗っ取ろうとしてる、てえ一部始終を書いた投げ文を放り込んでおいたのさ。せいぜい末期の酒を味わいやがれ。——あばよ」

左母二郎とその仲間たちは身を翻して淀屋の座敷から去った。僧たちが洞穴上人に、

「頭、どないします？」

「逃げた方がよろしいのとちがいますか」

そうたずねながら洞穴上人の顔を見て、皆は仰天した。洞穴上人は白目を剝いたまま佇立《ちょりつ》しており、その身体の毛穴からは黒い蒸気のようなものが立ち上っている。そして、それが頭のうえで渦を巻き、黒雲のように天井近くまでを覆っている。そのなかに、ひとりの白髪の老人の姿があった。

「淀屋の財産を奪い……わが望み叶えるがための軍資金にしようと思うたに……八犬士とやらに邪魔されて……果たすこと叶わぬとは……口惜《くちお》し……口惜し……ああ、口惜しや……」

そのような声が聞こえたかに思えた。

「頭……頭……沓底のお頭、しっかりしとくなはれ！」

僧たちに背中を叩かれて、はっと我に返ったらしい洞穴上人は、

「わしは……いったいなにを……」

「立ったまま寝てたらあきまへんで。まもなく捕り方が押し寄せてきまっせ」

「なに？」

「逃げる暇はおまへん。捕まったら皆、縛り首か遠島だす。なんとかしとくなはれ」

沓底の伝三は座敷の障子を開け放った。御用提灯がひたひたと近づいてくるのが、遠目には無数の蛍《ほたる》のように見えた。

「やつらは土佐堀川《とさぼりがわ》の南側の岸づたいに動いてるようだな」

「どないしまんのや」

「よし、わしらは淀屋橋を渡って北へ……中之島に逃げよう。橋を渡ってすぐのところに水戸家の蔵屋敷がある。あそこなら経緯《いきさつ》を話せば匿《かくも》うてくれるかもしれぬ」

「そうしましょ、そうしましょ。一刻も早う……」

坊主たちは我先にと座敷を出ていった。

◇

西町奉行所の捕り方たちは、淀屋に到着した。滝沢鬼右衛門が店に乗り込み、

「辰五郎はおるか」

出てきた本ものの辰五郎に、

「投げ文があった。えべっこく寺の坊主どもはおるか。ひとり残らず召し捕ってやる！」

「それが、たった今出ていったところでおます」

「しまった。逃げられたか……」

「なんでも、水戸さまの蔵屋敷に向かうとか申しているのを小耳に挟みました」

「くそっ……そうなっては町方には手も足も出せぬ。もう間に合わぬか……」

地団駄を踏んで悔しがる鬼右衛門に辰五郎が、

「あの……お役人さま、ご相談がございます」

「なんだ、早う申せ」

「あの淀屋橋という橋には秘密がおまして……」

そのあと辰五郎が話したことを聞いて鬼右衛門は目を倍ほどに開き、

「そりゃまことか」

「へえ。代々の秘伝でおます」

「うむ……ならば早速やってみよう。——船を手配しろ！」

鬼右衛門は同心の若部十郎太にそう言ったが、辰五郎が、

「船ならうちの船を使うとくなはれ。何十艘《そう》でもすぐに支度できまっせ」

「至れり尽くせりだな」

鬼右衛門は感心したように言った。

◇

その頃、沓底の伝三たち数十人の坊主はちょうど淀屋橋の南詰に差し掛かっていた。

「これを渡れば逃げ切れるぞ。皆、急げ！」

夜の土佐堀川にどたどたという足音が響き渡った。

「ふふん……来やがったぜ」

左母二郎たちは、橋のすぐ近くの木の後ろからその様子を眺めていた。そこへ淀屋辰五郎がやってきた。

「おめえは本ものだな。——で、どうだった？」

「お役人衆は船に乗られました」

「俺たちも、アレを撒いたぜ」

「ほな、やりまっせ」

辰五郎が右手を挙げると、橋のたもとに待機していた屈強な男ふたりが斧《おの》を振り上げ、橋桁の一部を叩き壊した。

「頑丈そうな橋じゃねえか。たった二カ所壊したぐらいじゃなにも起こるめえ」

「よう見といとくなはれ」

まもなく橋脚が小刻みに振動しはじめた。その振動はたちまち橋全体に広がり、かつ、次第に大きくなっていった。

「な、な、なんだ？」

「橋が……揺れてる！」

坊主たちは立っていられずしゃがみ込んだり、欄干にしがみついたりしたが、振動はますます激しくなり、ついには橋板の一部が崩落しはじめた。メキメキという音とともに欄干や橋脚に亀裂が走る。

「あ、あかん……橋が……落ちる！」

「逃げろ！」

逃げようにも、動くことができないほどの揺れなのだ。そして、橋脚が何本も折れ、橋全体が南側に大きく傾いた。橋板もほとんどが落下し、僧たちも土佐堀川へと墜落していった。

「ううう……助けてくれ。わしは泳げんのだ！」

「わてもや！」

「死ぬうっ」

暗い川のなかでもがく坊主たちを左母二郎は冷ややかに見下ろし、

「おーい、てめえら、周りを見てみろよ。瓢簞がいっぱい浮かんでるだろ。助かりたかったらそいつにしがみつくんだな」

僧たちは必死で瓢簞を探してそれにつかまった。左母二郎は淀屋辰五郎に、

「これでよかったのか？　おめえさんの先祖が作った橋だろ？」

「大事おまへん。また架けたらよろし。金だけはおますさかいな」

辰五郎はこともなげにそう言った。左母二郎が辰五郎の顔のままの並四郎に、

「金と言やあ千両箱はどうした？」

「たしかさっきその木の横に……。ああ、あったあった」

千両箱の蓋を開けた並四郎は、

「ふわあっ！」

「大声を出すなよ。どうしたんだ」

「な、ない！　たしか三百両ほど入ってたのに……一両しかない」

ゝ大法師が、

「そう言えば、船虫はどこだ」

並四郎は歯嚙みをして、

「くそっ、あのガキ……またやりよった」

そう言って一両小判をつまみ出した。左母二郎はその小判をひょいと横合いから取り上げると、

「もらっとくぜ」

「えーっ！」

並四郎は悲しそうな目でその一両を見つめると、川のなかに視線を移した。瓢簞につかまって浮いている僧たちに、滝沢鬼右衛門たちの乗った船が御用提灯を掲げながら近づいていくところだった。

◇

「いらっしゃ……またあんたかいな。もう来んとってくれ、て言いましたやろ」

「ぶらり屋」の主は目を吊り上げた。

「そう言うなよ。さっきはありがとよ。あの瓢簞、役に立ったぜ」

「なんの役に立ったのか知らんけど、そうたびたびタダで瓢簞持ってかれたら商売あがったりや」

「タダじゃねえ。あとで払うって言っただろ」

「嘘言いなはれ。払う気なんかおまへんやろ」

「たしかにそういうつもりだったんだが、気が変わったんだ。――ほい」

左母二郎はなにかを瓢簞屋の店先に投げた。

「こ、こ、これ、一両やおまへんか」

「いらねえんなら返せ」

「だれが返しますかいな。おおきに……おおきに。また来とくなはれ」

左母二郎はなにも応えず、店をあとにした。

◇

日本一の豪商淀屋は、この数年後に公儀によって闕所《けっしょ》処分となった。表向きは、町人にあるまじき驕りゆえの贅沢三昧を咎められたことになっているが、じつは大名貸しの借金が膨れ上がって返済に苦しむ大名家を救うためだったと言われている。しかし、本当の理由は別にあった。

　このあとも水戸家は淀屋の財産を乗っ取るための画策を繰り返した。もし、二十億両という莫大な財産が水戸家の手に渡ったら、将軍家にも対抗する力を持つことになる。やむなく綱吉は淀屋を取り潰したのだ。しかし、事前に通告しておいたため、淀屋は先立って暖簾分けをし、財産の一部をそちらに移したので実質的には存続することができた。

◈第二話

仇討ち前の仇討ち

一

網乾左母二郎《あぼしさもじろう》は不快そうに顔をしかめながら通りを闊歩《かっぽ》していた。口には長い楊枝《ようじ》をくわえている。

「面白くねえ……！」

「なんで俺が、うどんを食った銭を払わなきゃなんねえんだ」

彼は今しがた、はじめて入った「まとも屋」といううどん屋で安いうどんを食ったあと、いつものように店主を脅かして勘定を踏み倒そうとしたのだ。しかし、東町奉行所の定町廻り《じょうまちまわ》り同心とその手下《てか》がたまたまそこを通りかかり、店主がそのふたりに泣きついたので、しかたなく左母二郎は金を払った。たかだか十六文だが、払うつもりのなかったものだけに腹が立ってしかたがないのだ。

（銭がねえときに、どうして銭を払わなきゃいけねえんだ）

左母二郎は一文でも金が惜しかった。払わずにすむ金は払わないし、払わなくてはいけない金もできれば払いたくない。ふところが暖かいときでもその考えは同じだった。つまり、さもしい了見が身に染みてしまっているのだ。

浪人というのは、大名家が取り潰されることによって生ずる。左母二郎がこうして食い詰めているのものもとどのつまりは将軍が悪い……ということになる。日頃は、仕官するようなやつはカスだ、俺は自由に生きる……と気取ったことを言っている左母二郎だが、金がないと途端に「浪人」という身分でいることへの不平不満を口にしはじめる。

（綱吉《つなよし》ってのはひでえ野郎だぜ。気に入らねえ大名をどんどん改易にしやがる。旗本や御家人《ごけにん》にも容赦がねえ。だから浪人が増えるんだ……）

公儀は浪人に対して厳しい政策を取った。天領であるここ大坂では浪人というだけで「怪しきもの」「不逞《ふてい》の輩《やから》」と目をつけられ、なにかしでかすとすぐに召し捕られた。武士なのに、町方の詮議を受けるのも屈辱的である。

（さっきの町方同心……浦島仁三郎《うらしまにさぶろう》とか言ってたが、十手をちらつかせて「貴様のごとき痩せ浪人の一匹や二匹、いつでもぶち込めるんだぞ」と抜かしやがった。あああ、腹が立つぜ！）

目つきが鋭く、眉毛に白髪が交じっていた。あの面《つら》ぁ忘れねえぞ、と左母二郎は思った。うどん屋の亭主の方はやけにおどおどした男で、

「利の薄い商売だすのや。頼むさかい払《はろ》とくなはれ」

と憐《あわ》れな声を出しながら何べんも頭を下げた。

(ああいう情けねえやつも気に入らねえんだ。踏み倒されるのが嫌なら包丁持ってかかってきやがれってんだ)

理不尽な腹立ちが次第に高まっていたとき、目のまえの店からひとりの若者が急に飛び出してきて、左母二郎にぶつかった。若者は抱えていた風呂敷包みを地面に落とし、なかのものが多数、あたりに飛び散った。どうやら竹を割ったもののようだ。

「なにしやがんでえっ!」

左母二郎は怒鳴りつけたが、よく見ると相手はまだ十代半ばぐらいの年恰好《としかっこう》であった。顔立ちが幼いこともあって、「少年」といっても通用しそうだ。しかし、左母二郎にはそんなことは関係がない。内心、

(しめた……)

と思ったのだ。

「すいません、お許しください。急いでいたものですから……」

謝罪を繰り返しながら竹を割ったものを必死で拾い集めようとしている。

「おう、ひとにぶつかっておいて謝るだけかよ。出すものを出しやがれ」

「出すものとは……?」

「決まってるだろ? 銭だ。ひとに粗相をしたときは銭払うのがあたりめえだろうが」

少年は厳しい表情になり、

「あなたはゆすりたかりの類ですか？　ちょっと当たったぐらいで、どうしてお金を払わなければならないのです」

図星を指されて左母二郎は激昂《げきこう》した。

「なんだと、このガキ！　痛《いて》え目に遭いたいか」

少年は凜《りん》とした態度で、

「見ればあなたもご浪人であるご様子。私も浪人です。お互い侍同士なら喧嘩《けんか》両成敗という法がございます。いわれなき金の授受は感心しません」

そう言われて左母二郎ははじめて気が付いた。少年は刀をたばさんでいるではないか。

「それに……金の持ち合わせがないのです。払いたくても払えません」

「そんなはずは……」

ねえ、と言いかけて左母二郎ははっとした。少年の着物はありとあらゆるところにつぎはぎが当たっていて、ぼろぼろであった。少しでも引っ張るとちぎれてしまいそうなほどで、

「ふーむ……こりゃひでえ。雑巾よりひでえな……」

左母二郎が唸《うな》っていると、

「用がありますので、ご免」

頭を下げると、今出てきたばかりの店のなかに入ろうとした。左母二郎はその腕を摑《つか》み、

「待てよ、まだ話は終わっちゃいねえんだ」

「ぶつかったことはお詫《わ》びしました。お金はないので払えません。これ以上なんの話があるんです」

「謝り方が気に入らねえんだよ」

左母二郎は、期待していた詫び料を取れなかったむしゃくしゃもあって、しつこくその少年にからんだ。

「どうすれば納得してくださるのです」

「土下座しろい」

「え……？」

「この場に手ぇ突いて、ぶつかって申し訳なかった、と頭を下げろ。そうすりゃ許してやる」

少年は満面に朱を注いだ。

「武士としてそのようなことはいたしかねます」

「だったら、俺と尋常の勝負をするか？」

左母二郎は刀の鞘《さや》を手で叩《たた》いた。

「やります」

「マジか？」

「武士に二言はありません」

「ほう……」

「こうまで馬鹿にされては黙ってはいられません。望むところ……」

左母二郎をにらみつけながらそう言いかけて、なにかに気づいたらしく、

「ちょ、ちょっとお待ちください。やめました」

「はあ……？　武士に二言はないと言ったばかりだぜ」

「申し訳ありません。私が間違っておりました。ある事情で、真剣の勝負はできないことを思い出したのです」

「わかった。刀が竹光《たけみつ》なんだろ」

「いえ、これは本身《ほんみ》です。ではありますが、勝負はいたしかねます」

「びびったのかよ」

「いえ、そんなことは……あ、いや、そうなのです。怯懦《きょうだ》の心が出てしまいました。お許しください」

「なら、土下座するか？」

「はい……」

少年はその場に両手を突きかけたので、左母二郎はあわてて止めた。

「もういい。やめてくれ」

「え？　土下座はもういらないので？」

「ああ。一文にもならねえことをしてもらっても仕方がねえ。勘弁してやらあ」

「かたじけない。——では失礼いたします」

少年は左母二郎に深々と礼をすると、店に戻り、

「ご主人、申し訳ない。今、表でひとにぶつかって、風呂敷の中身をばらまいてしまったのです。竹が泥だらけになりました。これを洗《あろ》うて、材料として使《つこ》うてよろしいでしょうか」

「一部始終ここで聞いとりました。あのな、矢頭《やとう》さま……あんたが作ってるのは箸……竹箸だっせ。口に入るもんや。泥だらけ、犬の糞《ふん》だらけの竹でこしらえられたらたまらん。うちも、そんなもんを売るわけにはいかんし、ひょっとだれぞが今の様子を見てて、あそこのうちは泥だらけの竹で箸を作っとる、とか言い触らされたら『箸善《はしぜん》』の暖簾《のれん》に傷がつきます。そんなもんはすぐに捨てとくなはれ」

「それでは、新しい材料をちょうだいできましょうか」

「うちは、手間賃と引き換えにあんたに材料をお渡ししたのや。もっぺん欲しいんやったら、その分の材料の代は払うてもらいまっせ」

「いや……それは困ります。タダ働きということになってしまいます」

「あんたがばらまいたのやさかい、しかたないやろ。——だいたいなあ、わては主家がお取り潰しになって、お父上もお亡くなりになり、ご病気のお母さんと妹さんたちを養わなあかん、というあんたの身の上に同情して、ど不器用で竹削りひとつ上手《うま》いことでけへんのに、仕事を融通してあげてたのや。悪いけど、これ以上うちの仕事はあげられしまへん。今日限りにしとくなはれ」

「そ、そんな……ここの仕事をクビになったら、私どもは干乾《ひぼ》しになってしまいます」

「あんた、お侍だっしゃろ。お侍としての誇りはおまへんのか。今も聞いてたら、ぶつかった相手の浪人とのやりとり……情けない。土下座して謝るやなんて……ああ、情けない。侍やったら負けるとわかってても斬りかかりなはれ。そのお腰のものは張りぼてだすか？」

「ご主人、お願いです。クビだけは堪忍してくだされ。家では母と三人の妹が待っているのです」

「知らんがな。これまでは、箸の削り方が少々荒《あろ》うと、寸法が左右で違おうと、わても我慢してきました。もうよろし。うちとはこれぎりや。どうぞ、よそでお仕事なさってくだされ。ま、あんたに仕事を頼む箸屋もないやろけどな」

「ご主人……ご主人……クビだけは……」

しばらくすると、少年は悄然《しょうぜん》として店を出てきた。気になって、少し離れたところで佇《たたず》んでいた左母二郎が、

「おう、どうかしたのか?」

少年は目に一杯涙をためて、

「仕事をクビになりました」

「いいじゃねえか、また新しいのを探せよ」

「もう見つかりません。この箸削りの仕事も頭を下げ倒してやっと手に入れたのです。それなのに……」

「俺のせいだっていうのか?」

「いいえ……私が悪いのです。でも、これからどうしたらいいか……」

少年はその場に座り込んでしまった。

「私には病気の母と妹たちがいます。父は先日亡くなったので、私が四人の面倒を見なければならないのですが……仕事を失ったことを母たちに知らせるのがつらいのです」

左母二郎は、内心、

(ちいとばかり後ろめたい気になってきやがったぜ……)

そう思ったものの、

「俺《おら》ぁ知らねえよ。じゃあな……」

と行きかけたが、

「おめえ、名はなんてえんだ」

「ひとに名をたずねるときは、まずご自分から名乗るのが武士の礼儀でしょう」

「こりゃまいった。一本取られたぜ。——俺ぁな、網乾左母二郎ってんだ」

「私は……矢頭右衛《え》門《も》七教兼《しちのりかね》と申します」

少年はそう言った。

◇

仁《じん》、義《ぎ》、礼《れい》、智《ち》、忠《ちゅう》、信《しん》、孝《こう》、悌《てい》……儒学の精神を表した八つの文字が浮かび上がる水晶玉を連ね、数珠にしたもの。それは、綱吉が伏姫《ふせひめ》の母である珠《たま》に与えたものだ。林大学頭《はやしだいがくのかみ》に儒学を学び、ときには家臣たち相手に講義を行い、湯島聖堂《ゆしませいどう》を建設するほど儒学にはまっていた綱吉ならではの好みである。

綱吉の正妻である信子《のぶこ》はたいへん嫉妬深い性格であった。信子と綱吉のあいだには子はなかったが、側室である伝《でん》は鶴姫《つるひめ》、徳松《とくまつ》というふたりの子をもうけた。当然、徳松が次期将軍の座に就くべきはずのところ徳松は急死し、信子が嫉妬から徳松を毒殺したという噂《うわさ》が江戸城内に流れた。鶴姫は九歳のとき、紀州《きしゅう》家の徳川綱教《つなのり》と婚約したため、綱吉は、鶴姫の婿である綱教を将軍に迎えようとしたが、水戸《みと》の徳川光圀《みつくに》の強い反対にあって断念した。光圀は、紀州家から次期将軍が出ると水戸家の地位がますます下がってしまうことを危惧したのである。

そこで、伏姫の存在がにわかに重要になった。伏姫の母珠は、御目見《おめみえ》以下の奥女中であった。綱吉の手がついて珠が懐妊したとき、綱吉は、

（このことは信子にも水戸の老公にもぜったいに知られてはならぬ……）

と思った。そして、珠を宿下がりさせ、書き付けと八つの水晶玉をつなげた数珠を授け、折をみて身の立つようにするからそれまで待つように言った。早くに公にすると、またしても信子の嫉妬のえじきになってしまうからである。しかし、飢饉《ききん》や大火事、不景気などの諸問題が相次いで起き、それらの処理に忙殺されているうちに、珠は病を得て死んでしまった。伏姫が八歳のときである。

町名主が遺品を片付けているとき、綱吉の書き付けと水晶玉を見つけた。驚いた町名主は町年寄りを通じて江戸城内にそのことを報《しら》せた。柳沢保明《やなぎさわやすあき》は彼らに緘口令《かんこうれい》を敷いたあと綱吉の耳に入れた。綱吉はすべてを事実だと認めてから、伏姫を城に呼び寄せ、養育したいと言った。しかし、城からの迎えの駕籠《かご》が珠たちが暮らしていた長屋に着いたとき、伏姫の姿はなく、「おおさかのじいのところにいく」という手紙と、伏姫がかわいがっていた八房《やつふさ》という子犬が残されていた……。水晶玉の数珠は見あたらなかったので、伏姫が持っていったと考えられる。そこで綱吉は、八犬士とそれを束ねる、大法《ちゆだいほう》

師《し》に伏姫の探索を命じたのである。綱吉が伏姫の行方にこだわるのは、わが子がかわいいという親としての気持ちはもちろんだが（綱吉は、鶴姫を溺愛し、「鶴字法度《かくじはっと》」という触れを出した。これによって庶民は、鶴という文字や鶴の紋の使用を禁止されたのである）、徳松が死に、鶴姫が他家に縁づいた今、伏姫は唯一、次期将軍に直結する存在だからである。信子や水戸家をはじめとする御三家がなにを企《たくら》むかしれない状況において、彼らの手から綱吉自身で庇護《ひご》してやりたいと考えていた。

（急がねばならぬ……）

そして、じつは「八つの水晶玉の数珠」にもある秘密が隠されているのだが、それは綱吉しか知らぬことであった。

珠も伏姫も大坂に親類も縁者もおらず、「おおさかのじい」の正体も不明である。綱吉は八犬士の活躍に期待を抱いていた。しかし、、大法師からの報告では、犬塚志乃《いぬづかしの》、犬山道節《いぬやまどうせつ》、犬飼現八《いぬかいげんぱち》も成果を上げられなかったという。

「つぎは、犬川額蔵《いぬかわがくぞう》を遣わしましょう」

と柳沢保明が言ったとき、綱吉はふと思いついたことがあった。

「額蔵に、八房を大坂に連れていくよう命じよ」

「犬の……八房をでございますか」

「そうじゃ。伏姫は八房をかわいがっていた。きょうだい同様に育った、と町名主が言うていたと聞く。犬には飼い主を探す力があると申すではないか。遠く離れたところで迷い子になった犬が何カ月もかけて家に戻ってきた、という話も聞いたことがある。八房を大坂に連れていけば、きっと飼い主のところに参るであろう」

「なるほど、それはよきところにお気づきになられました。早速、額蔵を呼び寄せまして、その旨伝えまする」

保明は頭を下げた。

◇

「ただいま戻りました……」

がっくりと肩を落としながら右衛門七は家に入った。家といっても堂島《どうじま》近くにある八軒長屋の一番奥で、厠《かわや》のすぐ隣である。雨が降るとドブの水があふれて、家の土間に入り込んでくる。赤穂《あこう》では拝領屋敷でなに不自由なく暮らしていただけに、裏長屋での生活は堪《こた》えた。彼の父で、勘定方だった矢頭長助《ちょうすけ》の病はここに住むようになってから急激に悪化し、医者代が嵩《かさ》むことに耐えられなくなったのか、ついにはみずから命を絶った。そのあと患いついた母親の容態も日に日に悪くなっているように思えてならない。

「まあ、遅かったですね。お仕事はいただけたのですか?」

老いた母が布団から上体を起こして言った。

「はい、このとおり……」

右衛門七は風呂敷包みを持ち上げてみせた。

「まあ、よかったこと。私たち五人がなんとか口を糊《のり》していられるのも、箸善の主《あるじ》さまのおかげ。感謝せねばなりませんね」

その主にクビにされたのだ、とは右衛門七にはどうしても言い出せなかった。

「では、さっそく竹を削りましょう。おまえたちもお手伝いするのですよ」

母親は三人の妹たちに言った。

「はい、お兄さま」

まだ幼い妹たちは声を揃《そろ》えた。

(なんとかしてつぎの仕事を探さないと……)

路頭に迷うことになる……右衛門七がそう思ったとき、

「右衛門七はおるか！」

野太い声とともに入ってきたのは、同じく播州《ばんしゅう》浅野《あさの》家の家臣だった原惣右衛門《はらそうえもん》と丸《まる》砂鉄之介《さてつのすけ》だった。原は長身で、槍《やり》や剣術で鍛えたがっしりした体軀《たいく》の持ち主だが、丸砂は中肉中背で、やや猫背の人物である。

「おお、原氏に丸砂氏……」

右衛門七はまだ十六歳であり、五十四歳の原惣右衛門や三十五歳の丸砂鉄之介とは親子ほど歳《とし》が離れている。原は右衛門七に比べるとずいぶん立派な着物を着ているし、丸砂は洒落者《しゃれもの》といっていい身ごしらえである。播州浅野家が改易になるまで、二十五石だった矢頭家に対して、原は三百石、丸砂は二百石の禄《ろく》を食《は》んでいたのだから、まだまだ蓄えがあるのだろう。

「母者《ははじゃ》びと、塩梅《あんばい》はいかがかな」

原が言った。右衛門七の母は、

「良うもならぬかわりに悪うもならず、あいかわらずでございます」

「医者はなんと申しておる」

「医者に診せるほどの病ではございません。お気遣い感謝いたします」

原はそれ以上なにも言わず、右衛門七に小声で、

「ちと顔を貸してもらえるかな」

「かしこまりました。——母上、私はご両所とお話がありますので、しばらく外に出てまいります」

「お話ならここでなされればよろしいのに。——今、お茶を……いえ、ちょうど炭を切らしておりますゆえお水でもお出しいたしましょう」

丸砂が母親を制して、

「ああ、よいのだよいのだ。お構いなく……」

三人は右衛門七の家を出た。井戸端を過ぎ、長屋の木戸のあたりまで来るとほかにひと影はない。丸砂がうすら笑いを浮かべながら、

「おんぼろにもほどがあるな。あそこに六人で住んでいたとは信じられぬ。病が治らぬのも当たり前だ」

右衛門七が、

「母や妹たちのためにも、もう少しきれいなところに移りたいとは思うのですが……」

「水瓶《みずがめ》があまりに汚らしかったので、水を出す、と言われたときには驚いたぞ。なにが浮いてるかわからんようなもの、飲めるか」

原が丸砂をにらみつけ、

「丸砂氏、口を慎まれよ」

「まことのことを申しただけだ」

原は右衛門七に向き直ってため息をつき、

「母者びとのご容態、素人《しろうと》のわしの目にも日に日に悪うなっておるように見える。どういうことだ」

「医者に診せるお金がないのです。米、味噌《みそ》の代や家賃も払えぬありさまで……」

「なにゆえ金がない」

「父の薬代に消えました。あちこちから借金をしておりますのでこれ以上はもう借りら

れません」

「大石殿《おおいし》は、いざ決行と決まったら、義理の悪い借金はすべて清算しておけ、と申しておられるぞ」

「ない袖は振れませぬ。今日も、唯一の生計《たつき》の道だった箸削りの仕事を失いました」

「どうするのだ」

右衛門七は苦笑して、

「富《とみ》くじでも買うか、博打《ばくち》に手を出すか、いっそ切り取り強盗にでも身を落とすか……」

「お、おまえ……それだけはやめておけ」

「原氏、もちろん冗談です」

「おまえが言うと冗談に聞こえぬのだ」

「べつの仕事を見つけるしかありませんが、クビになったことを母上に言い出せなくて……」

丸砂鉄之介が笑って、

「いつまでも隠し通すことはできまい。そのあたりの竹藪《たけやぶ》から勝手に竹を伐《き》ってきて、箸を作っているふりでもするか？　情けないのう、元播州浅野家家臣ともあろうものが箸削りとは……」

原惣右衛門が、

「丸砂氏、右衛門七の身になられよ」

そう釘《くぎ》を刺したあと、右衛門七に向かって声をひそめ、

「ご家老からのつなぎだ。大石殿は、討ち入りを急ぐ江戸の連中を説き伏せるために、潮田又之丞《うしおだまたのじよう》殿、中村勘助《なかむらかんすけ》殿、それにわしの三人を東下《あずまくだ》りさせることと決められた。近々、わしは大坂を離れねばならぬ。わしらのあとには、進藤源四郎《しんどうげんしろう》殿と大高源吾《おおたかげんご》殿も江戸に赴くことになっておる」

「江戸の連中と申されますと、堀部安兵衛《ほりべやすべえ》殿、奥田孫太夫《おくだまごだゆう》殿、高田郡兵衛《たかだぐんべえ》殿……」

「さよう。すぐにでも討ち入りたい、大石殿が動かぬなら我々だけでも決行したい、と申しておられるようだ。わしらはそれをたしなめるために参るのだ」

「なにゆえそれほど討ち入りを急いでおられるのでしょう」

「大石殿は、大学《だいがく》さまと吉良《きら》の処遇がどうなるかを見届けたいと考えておられる。公儀が吉良上野介《こうずけのすけ》にも相応の罰を与え、大学さまの閉門が解かれてお家再興が認められるならば討ち入りはかえって浅野家への迷惑となりかねぬ。しかし、堀部殿たちは江戸で殿のお側《そば》近くに仕えておられた身ゆえ、殿のご無念を晴らしたいというお気持ちが強いのだろう」

「なるほど……」

「だが、公儀のお沙汰はいつになるかわからぬし、長引けば脱盟する同志たちも増えて

いくだろう。それゆえ堀部殿はことを急いでおられるのだ」

丸砂が、

「焦って討ち入って、しくじって大恥を掻《か》くのはごめんだ。わしは何年でもゆるりと機を待つぞ」

右衛門七は言いにくそうに、

「私は、じつを申しますと、一刻も早《はよ》う討ち入りたいと思うております。病を苦にして割腹して死んだ父のあとを追いたいのです。このままでは貧窮で飢え死にしてしまいます。ゆるりと……などと悠長なことは申しておれぬのです」

丸砂が馬鹿にしたように、

「ふん、ならば脱盟して、どこかに仕官でもすればよいではないか。不忠なやつだ」

「いえ……亡くなった父は最期まで殿の仇討《あだう》ちを宿願としておりました。私にも、くれぐれも大石殿と心をひとつに合わせ、吉良を討ち取るように……と言い残したのです。私は父の遺志を継がねばなりませぬ。仕官などとんでもないこと……」

原惣右衛門は、

「おまえの逸《はや》る気持ちもわかるが、江戸のものたちだけで討ち入りをすれば、人数も足りず、返り討ちにあうことは必定。急《せ》いては事を仕損じる、だ。ここはなんとしてでも鎮撫《ちんぶ》せねばならぬ」

「はい……」

「というわけで、大坂におる同志はしばらくのあいだ千馬三郎兵衛《せんばさぶろべえ》、丸砂鉄之介、それにおまえの三人となる。吉良方の間者《かんじゃ》も入り込んでいると聞く。騒ぎを起こしたりせず、身を慎んでわしの帰りを待つようにな。それがご家老からの伝言だ」

「かしこまりました」

「なにかあったら丸砂氏に相談せよ。そして、京の大石殿のお指図を仰ぐのだ」

ふたりは表通りの方に向かいかけたが、原惣右衛門が丸砂鉄之介に、

「右衛門七に言うておかねばならぬことを思い出した。すまぬが先に行ってくれ」

そう言うと、ふたたび長屋へと引き返した。右衛門七はまだ木戸のあたりでぼんやりと立っている。

「なにかお忘れですか？」

「うむ……大事なものを忘れていた。手を出せ」

原惣右衛門は巾着のなかから小粒銀を数粒、右衛門七の手のひらに落とした。

「こ、これは……」

「母者びとの医者代にせよ。滋養のあるものでも食べさせてやりなさい。そして、おまえも少しは太らねばならんぞ。おのれの食うものも母や妹に回しているのではないか？」

「せっかくですが、これは受け取れませぬ。亡くなった父は、武士としての矜持《きょうじ》を持て、施しを受けるな、軽輩とあなどられるな……と常々申しておりました」

「右衛門七、これは施しではない。おまえが身体《からだ》を壊すと同志一同が困る。万全の体調で討ち入りの日を迎え、存分に戦ってもらいたいのだ。それゆえわしから一時おまえに貸し与えるだけだ。それゆえ素直に受け取ってもらいたい」

右衛門七は涙を流しながら小粒銀を押しいただき、

「原氏……このご恩は右衛門七生涯……」

「礼はよいから早う家に戻れ」

そう言うと原惣右衛門は立ち去った。右衛門七は何度も頭を下げて惣右衛門を見送っていたが、小粒銀を握りしめると、家に駆け戻った。

「どうしたのです、ばたばたと」

母親が顔を上げた。

「母上……私は今から医者を呼んでまいります」

「なにを申す、右衛門七。うちにはお金がないのです。今は辛抱のとき。医者に診てもらうお金があれば、皆の食事に使うべきでしょう」

右衛門七は手を開き、小粒を母親に見せた。母親は血相を変え、

「右衛門七、どうしたのです、このような大金……」

「原惣右衛門殿がお貸しくださったのです。母上を医者に診せろとおっしゃって……」

「いけません。同志の方々はいずれも俸禄を断たれ、多かれ少なかれ窮しておいでのはず。そして、討ち入りがいつになるやもわからぬのですから、この先はもっと困窮していくでしょう。そういうなかでおまえが同志の方々と対等にお付き合いしていくには、施しを受けたりしてはならぬのです。それは、亡くなられたおまえの父上が施しを受けたのと同じです。おまえも知ってのとおり、あの方はそういうことをいちばん嫌《きろ》うておいででした」

「原殿がおっしゃっておられました。これは施しではなく、おまえに貸すだけだ、と」

「同じことです。おまえの父は病が重くなり、私たちに迷惑をかけぬように、とお腹《はら》を召されました。私もいつでも死ぬ覚悟はできています」

「母上、そんな……」

「とにかく、矢頭家としてこのお金を受け取るわけにはいきませせぬ。お返ししてきなさい」

「私は母上によくなっていただきたいのです。それに、原殿は、私が身体を壊したら討ち入りのときに存分に戦えなくなり、同志一同が困る、ともおっしゃいました」

「気力で戦いなさい」

「母上……じつは……じつは……」

右衛門七は泣きながら、

「箸善の仕事をクビになったのです。ですから……もうお金を得ることができません」

母親はさすがに青ざめたがすぐに、

「ほかの仕事を探しなさい。それまでは皆、水を飲んで我慢しましょう」

「母上、それはあまりに……」

「おまえには武士の矜持というものがないのですか」

「――あります……」

「私も武士の妻です。――このお金は返してきなさい」

右衛門七は涙を拳で拭きながら、

「わかりました……」

そう言うと立ち上がった。原惣右衛門の家はわかっている。西天満《にしてんま》の老松町《おいまつちょう》だ。右衛門七は長屋を出ると、そちらに向かって駆け出した。

二

その年の三月十四日、江戸城殿中の松の廊下において、勅使饗応《ちょくしきょうおう》役だった播州浅野家の当主浅野内匠頭《たくみのかみ》が、高家肝煎《こうけきもい》り吉良上野介に突然斬りかかり、肩と額に傷を負わせた。そもそも江戸城内では抜刀するだけでも咎《とが》められるのに、ましてや殿中を血で汚したとあって、内匠頭は捕えられ、田村右京大夫《たむらうきょうだゆう》の屋敷に幽閉された。ちょうど朝廷からの勅使を接待する最終日であり、内匠頭がその饗応の担当者であったことから、将軍綱吉は「大事の儀式を台無しにし、朝廷に対する徳川家の面目を潰された」と激怒し、側用人《そばようにん》柳沢保明に内匠頭を厳罰に処すように命じた。将軍の意を受け、内匠頭は吟味も受けることなくその日のうちに切腹させられ、播州浅野家の取り潰しも決まったが、一方の吉良上野介にはなんのお咎めもなかった。

一連の出来事は、早駕籠によって五日後には赤穂に報じられた。そのときの使者のひとりが原惣右衛門であった。国家老大石内蔵助《くらのすけ》は家臣に総登城を命じ、向後《こうご》どうするかを議論することとなった。籠城して抗戦するか、全員で腹を切り殉死するか、おとなしく城を明け渡すか……結局切腹と決まり、同心せぬものは退出せよ、と申し渡すと、六十人ほどが残った。そこで大石ははじめて、喧嘩両成敗の原則を無視した裁きへの抗議のため、吉良上野介を討ち取る覚悟であることを明かした。

かくして城は明け渡され、討ち入る気持ちのないものは去り、播州浅野家は改易となって、家臣たちは浪人として各地に散った。大石を首領とした「討ち入り」を目指す数十人は、一部は赤穂に残り、一部は京、大坂、滋賀などの上方《かみがた》に住み着き、一部は江戸に潜伏して、来たる日に備えた。矢頭右衛門七の父長助もそのひとりである。

しかし、長助は大坂に来てまもなく病を得、寝たり起きたりの身となってしまった。同志とのつなぎも右衛門七が名代《みようだい》として行った。収入がないうえ、薬代はかさむ一方で、六人家族はたちまち困窮を極めることとなった。売り食いの日々が続き、家財道具や衣類はすべてなくなった。先祖代々矢頭家に伝来していた家宝すら売り払い、残ったのは刀だけになった。刀がないと討ち入りに参加できないので、しかたなく残したのだ。

長助は日頃から、もし自分になにかあったときは、討ち入りのことをくれぐれも頼む、と右衛門七に言い聞かせていた。かくして貧窮のうちに長助は死んだが、病死ではなく、ひとりで外出《そとで》したときに出先で腹を切ったのである。おそらくは、これ以上家族に迷惑を掛けたくない、という気持ちからだろう、と思われた。

現在、大坂には、矢頭右衛門七、原惣右衛門、千馬三郎兵衛、丸砂鉄之介の四人の同志が潜んでいる。しかし、江戸住まいの堀部安兵衛を中心とする急進派は、すぐにでも討ち入って主君の無念を晴らしたい……と考えており、まずは浅野家再興を、と望む大石一派とは考え方にずれがあった。大石内蔵助は江戸の急進派に自重を促すために原惣右衛門たちを派遣することにしたのだ。

◇

堂島から老松町へ行くには難波小橋《なにわこばし》を渡って北に上がる。鍋島《なべしま》家の蔵屋敷の塀が見えてきたあたりで右衛門七は空腹と疲労によってふらつき、その場に倒れてしまった。手から小粒銀が転がり出た。

（しまった……）

必死で起き上がり、小粒を探す。

（ひとつ、ふたつ、みっつ……あとひとつだ……）

目を皿のようにして地面を探す。

（あった！　よかった……）

少し離れたところに光るものを見つけ出し、右衛門七が駆け寄ろうとすると、横合いからひょいとその小粒を摘《つま》み上げたものがいる。その人物の顔を見て、右衛門七の顔から血の気が引いた。それは、さっき会ったばかりの浪人、網乾左母二郎だったのだ。盗《と》られる、と思った。原惣右衛門に返すべき金だ。絶対に奪われてはならない。しかし、ここで刀を抜いたら騒ぎになり、大石の言いつけに反することになる。どうしたらよいかわからなくなった右衛門七の身体は瘧《おこり》のように小刻みに震え出した。左母二郎はつかつかと彼に歩み寄ると、小粒を差し出し、

「こいつを探してるんだろ」

「――え？」

「俺が猫ババする、と思ったか」

「――はい」

「ひひひ……だろうな」

「どうして盗らないんです」

「さあ、どうしてだか俺にもわかんねえ。ちょっとした気まぐれだ」

「ありがとうございます、ありがとうございます、助かります！」

「往来で何度も頭下げるなよ。かっこ悪いじゃねえか。――それにしても、さっきは一文も持ってなかったおめえが、こんな大金……どういうことだ？」

「私は、播州浅野家に仕えていたのですが、同じく浅野家を浪人した知人が、見るに見かねてさきほど貸してくれたのです。でも、母に、このような施しを受けるのは武士としての恥辱であるから返してこい、と叱られまして……」

「播州浅野家だと……？　今年の春に江戸城で殿さまが刀を抜いて高家肝煎りの吉良上野介に斬りかかったとかで切腹になった、あの……」

「そうです。お家は改易になり、私ども一家六人は赤穂を立ち退《の》いて、大坂に出てまいったのですが、父が闘病の末に亡くなり、すっかり貧乏になってしまいました。家財や着物はもちろん、矢頭家に代々伝わっていた宝物も売ってしまい、すっからかんになってしまいました」

「ほう……どんな宝物だ？」

「泉青宝《せんしょうほう》と言いまして、赤穂の山中にある泉の底から見つかった、世にふたつとない宝だと申します。八つの青い石で、正月元日に取り出して、家族で拝観するのが習わしでした。好事家《こうずか》のなかには喉から手が出るほど欲しがっている方も多いとか……」

「そんな大事なもん、売っぱらっちまっちゃあまずいじゃねえか」

「売った、というかその……まことは質に入れたのです。家宝ゆえひと任せにはできぬ、と父みずから杖《つえ》をついて持っていきました。期日までに受けだすつもりだったのでしょうが、お金が工面できず、とうとう流してしまいました。質屋の話では、そのあとすぐに売れたとかで、今はだれの手もとにあるのかもわかりません。たいへん残念です。父もそのことをとても後悔して、あのあと一遍に気力が萎えたように思います」

「こいつだけは手放したくねえってもんを手放しちまって、がっくり来たんだろうよ。人間、病にゃあ勝てねえもんだ」

「いえ……父は病で死んだのではないのです。腹を切ったのです」

「なんだと？」

「あ……今日はじめてお会いした方に話すようなことではなかったですね。すみませんでした」

「いや、いいんだ。聞かせてくんねえ」

「用事がある、と言ってひとりで出かけたのですが、帰ってこず、皆で心配しておりましたら、東町奉行所から報せがあり、神社の境内にある森のなかで腹を切って死んでいるのが見つかったというのです。自分の薬代のせいで家族にこれ以上迷惑をかけるのが耐えられなくなったのか、家宝を失ったことで先祖に申し訳ないと思ったのかはわかりませんが……」

「病に罹《かか》るのは当人の罪じゃねえ。家宝を手放さにゃならねえほど困ってたってことだよな」

「はい。箸削りの内職だけで一家五人が細々と食べていたのですが……」

左母二郎は右頬を爪で掻きながら、

「悪かった。すまねえな。まあ、なりゆきだからしかたねえ。あきらめてくんな」

「はい、もうあきらめております。がんばってつぎの仕事を探します。それでは私はこれで……。ありがとうございました」

「おう、ちょっと待ちねえ。ひとからの施しを受け取りたくねえっていうおめえの母親の気持ちはわからねえでもねえ。だったら働きゃいいじゃねえか」

「ですから、今のご時世、仕事がなかなかないのです」

「俺の知り合いに、二《ふた》ツ井戸《いど》で『弥々山《ややま》』てえ煮売り屋をやってる夫婦がいる。堂島からはちと遠いが、そこで働く気があるんなら口利いてやってもいいぜ」

「ま、まことですか！　働きます！　働かせてください！」

「おめえ、口は堅えか」

「はい……そうだと思いますが……」

「実ぁな、その夫婦はな……」

左母二郎は右衛門七の耳に口をくっつけて、

「盗人《ぬすっと》なんだよ」

「えーっ！」

「でけえ声を出すんじゃねえ。もちろん、とうに足は洗ってるが、今でも盗人仲間が『叔父貴《おじき》、達者か』『隠居、久しぶりやなあ』……と訪ねてくるような店だ。それが嫌なら この話は忘れてくれ」

「いえ、どんなお客さんが来ても私は気にしません。働いてお金を得ることが今は大事です」

「よし、話は決まった。おめえ、その金を返《けえ》してきたら、暮れ六《む》つ頃に二ツ井戸に来い。いいな」

「母の許しをもらい、かならずその店に参ります。なにからなにまでありがとうございます！」

小粒を握りしめて駆け出す右衛門七を見つめながら左母二郎は、

「俺としたことが、とんだ仏心を出しちまったぜ」
そうつぶやいた。

◇

大川沿いを西へ西へ、まっすぐまえを向いて歩く旅装の武士がいた。犬川額蔵という男だ。鼻筋が通り、色白で垂れ目。柔弱な顔立ちのようだが、口もとは一文字に引き結んでおり、意志の強さを表している。

まもなく難波橋が見えてくる。天満には青物市場が、堂島には米市、鷺島《さぎしま》には雑喉場《ざこば》と大坂でも一、二を争う活気にあふれた界隈《かいわい》であり、また、堂島には各大名家の蔵屋敷が建ち並び、全国から米や物産が毎日のように運ばれてくる。また、曽根崎新地《そねざきしんち》も近く、茶屋、料理屋などが並び、昼間から三味線や太鼓の音、歌声などが聞こえてきたりする場所だが、額蔵は周囲には目もくれず、ひたすらまえだけを見ている。

彼は、真面目《まじめ》なのである。それも、クソがつくほどの大真面目な男である。曲がったことは大嫌いで、道を曲がるのも本当は嫌なのだ。酒も飲まぬし煙草《たばこ》も吸わぬ。遊郭などに足を踏み入れたこともない。だから、ゝ大法師《ちゅだい》や仲間の八犬士と言い合いになることもしばしばだ。額蔵はつねに正論を吐く。この世は正論だけでは渡っていけぬ、と皆は言うが、額蔵はそうは思わぬ。帝《みかど》、将軍、民、百姓に至るまであらゆる人間が「正しいこと」を言えば、世の中は正しい方向に向かう、と真剣に思っているのだ。

そんな額蔵だから、主である徳川綱吉の命令は絶対であり、どんなことがあっても守らねばならない、と考えていた。

（伏姫さまを見つけねばなりませぬ。そのためにはまず八つの水晶玉を使った数珠を見つけるのが肝要……）

額蔵は、大坂に来るのははじめてである。夕方、京から三十石船で天満の八軒屋《はちけんや》に着いた。そこから「長町裏《ながまちうら》」という場所まで行かねばならぬ。

（それにしてもにぎやかなところですね……）

額蔵は川面《かわも》を見下ろした。夕陽《ゆうひ》を照り返して波が赤く染まっている。堀を航行する船の数は、大船、小舟、屋形船、伝馬船《てんません》などを合わせると江戸より多いだろう。大勢の人足が忙しそうに荷物を積み上げ、積み下ろしている。荷は待ち構えていた車でどこかへ運ばれていく。車は何台も列を作り、縦横に道を占拠して、凄《すさ》まじい勢いで飛んでいく。そういうなかを、芝居見物の連中だろうか、酒を飲み、仕出し料理を食べ、芸子《げいこ》、舞妓《まいこ》をはべらせて大騒ぎをしているものもいる。三味線や太鼓をにぎやかに囃《はや》し立てながら屋形船は岸へと近づいていく。

（さすが天下の台所ですね……）

そう思った額蔵だが、

（いや、私には関わりないことです。私の任務は伏姫さまの探索なのですから……）

そのとき、額蔵の腹がぐぐう……と鳴った。

（腹が減ったな……）

考えてみれば、三十石に乗るまえ、伏見《ふしみ》の船宿で握り飯を三つ包んでもらったのだが、それを船中で食して以来なにも食べていない。高槻《たかつき》あたりでゴボウ汁や餅、酒などを積んだ小舟が近づいてきて、乗り合いたちにそれらを売りつけていたが、

「酒食らわんか、餅食らわんか、銭ないんか、それやったらすっこんどれ、けったくそ悪い！」

という売り声のあまりのガラの悪さに辟易《へきえき》し、なにも買わなかったのだ。

（どこかで昼食《ちゅうじき》を取りましょう）

そう思ったとき、ふところから白い、もこもこしたものが顔を出した。子犬である。

「おお、八房。苦しい思いをさせましたね。ようやく大坂に着きましたよ」

八房は額蔵の襟をぺろぺろなめながら、くーん、くーん……とか細い声で鳴く。

「そうですか、あなたもお腹《なか》がすいていますか。どこかの茶店でなにかいただきましょう」

額蔵は江戸から八房を連れてきたのである。八房は、途中で逃げようともせず、額蔵とともに街道を歩き、ときにはふところに入って旅をした。旅籠《はたご》に泊まるときなど、額

蔵が風呂に入っているあいだはおとなしく部屋で待っていた。とても扱いやすい相棒だったのだ。だから、首輪はしているが紐《ひも》でつないではいない。

「あそこにしましょう」

額蔵は川べりの水茶屋の腰掛けに座ると、老爺《ろうや》に言った。

「団子をください。この犬には汁かけ飯があったらそれを……」

老爺はうなずいて、

「かわいらしい犬やな」

「公方《くぼう》さまの飼い犬です」

「ははは……面白い冗談《てんご》言うお方や」

「冗談ではありません。まことに公方さまからお預かりしているのです」

「ははは……」

老爺は笑いながら立ち去り、まもなく団子と茶、それに皿に盛った飯に味噌汁をかけたものを持ってきた。

「酒はいらんのかね」

「私は酒は飲まんのです」

額蔵はそう言うと、団子をむしゃむしゃ食べはじめた。しばらくすると、りゅうとした身なりの武士が少し離れたところの床几《しょうぎ》に腰をおろし、

「親爺《おやじ》、酒となにか肴《さかな》をくれい」

「里芋の煮たもんやったらおますけど……。あとは焼き豆腐と大根の炊き合わせぐらいだす」

「ふん……こんなしょぼくれた茶店でまともな料理を食おうとは思わぬ。持ってこい」

尊大な態度である。やや猫背のその武士は脇に青い風呂敷包みを置き、なにが楽しいのかにやにやと薄笑いを浮かべ、あたりを睥睨《へいげい》しながら酒を飲んでいる。

「もう一本持ってこい。遅れたらただではおかぬぞ」

「へいへい、早幕《はやまく》でつけまっさ」

「いや、冷やでよい。茶碗《ちゃわん》に入れろ」

武士は、冷酒をぐーっとひと息であおりつけると、ふーっと息を吐いた。

「不味《まず》い酒だな。こんなものでいくらとる？　阿漕《あこぎ》な商売をしおって……。もう一杯持ってこい」

額蔵が、

(身なりは立派だが、言ってることはヤクザものと変わらんなあ……)

そんなことを思っているとき、彼はひとりの男児が武士の後ろからこっそりと忍び寄っていくのに気づいた。顔は煤《すす》を塗ったように汚れ、身なりも汚い。男児は、里芋を入れた小鉢に手を突っ込もうとしたが、武士はまるで気づいた様子がない。しかし、老爺

が、

「こらっ、またおのれか！　今日は許さんぞ！」

少年は手をひっこめたが、武士が振り返って酔眼を向けたとき、いきなりかたわらに置いてあった風呂敷包みをつかんで走り出した。

「あっ、待て！　待たぬか！」

武士は追いかけようとしたが、足がもつれて走れない。額蔵は仕方なく男児を追った。額蔵の脚は速い。たちまち男児に追いつき、その手から風呂敷包みを取り上げた。武士はようやくやってきて、額蔵の手から包みをひったくると、いきなり男児を拳で殴った。男児はその場に倒れた。武士は腰のものを抜き、

「侍からものを盗むとは不届き至極！」

そう叫ぶと男児を斬ろうとした。額蔵は驚いて武士のまえに立ち、

「なにをなさるのです！」

「そこをどけ。こういうものは成長しても碌《ろく》なものにはならん」

「そんなことはわかりません。とにかく相手がだれであろうと命を奪うのは容認できません」

「殺すつもりはない。盗みの罰に片腕など斬り落とすだけだ」

「罰ならばあなたが町奉行所に訴え出れば、お上《かみ》が決めてくれるでしょう。あなたはひ

とを裁く立場にはないはず。盗んだものは無事あなたのもとに戻りました。それでよいではありませんか」

「これはわしにとって大事な品だ。許すわけにはいかぬ」

「あなたは武士でしょう。それが町人のこどもに大事の品を奪われた、というのはあなたにも油断があったとはいえませんか。そんなに大切なものなら、酒など飲んでいる場合ではないはず」

「言わせておけば……貴様から斬ってやろうか」

「ほほう……その風呂敷包みは私が取り返したのです。それなのにあなたは私に礼ひとつ言っていない。それどころか恩人を斬ろうというのですか。いやはや呆《あき》れ果てた御仁だ。——いったい風呂敷の中身はなんです?」

「そ、それは言えぬ」

「もう一度言いますが、私が取り返してさしあげたのですよ。ちょっと見せてくださ い」

「な、ならぬ。——わしは先を急ぐ。ご免」

武士はそう言うと、逃げるようにその場を離れた。男児もいつのまにか姿を消していた。額蔵が茶店に戻ると老爺が、

「あの侍、銭を払わんかった。食い逃げや!」

武士が去った方角へ追いかけようとしたので、

「やめた方がいいです。ああいう手合いに関わり合いになるとなにをされるかわかりませんよ」

「ほな、あんたがまどうて（弁償して）くれるんかい」

「仕方ないなあ。払いますよ」

「それやったらええわ。――あんたもひとがええなあ。言葉からして江戸のお方かいな」

「そうです」

「お役人には見えんな。どこかのお大名のご家来で、国もとへ戻る道中、大坂見物でもしよか、というわけかいな」

「まあ、そんなもんです」

「さよか。これからどこに行きなさる」

「長町裏、とか申すところに長屋があり、そのうちの一軒をたずねるところなのです」

「長町裏？　ああ、悪いことは言わん。あのあたりは物騒やさかい、あんたみたいなご立派なお侍が足を踏み入れるとこやない。住んでる連中は盗人やら騙《かた》りやら博打打ちやら碌なやつらはおらんのや。入ったら最後、身ぐるみ剝がれるかもしらんで。やめときなはれ」

「なんですって？」

額蔵は顔をしかめた。

「私が立派かどうか、そんなことはどうでもいいのですが、ひとをその商いや住まい、身なりなどで選《え》り分けるべきではありません。あなたの考えは間違っています」

「わしゃ親切心《ごころ》から忠言してあげたのや。気に入らんのなら勝手に行きさらせ」

「さらせ、とはなんです。武士に向かって失敬でしょう」

老爺はにやりと笑い、

「ほれ、みい。あんたも偉そうなこと抜かしても腹のなかでは、侍はえらい、町人は身分が低い、せやさかい町人は侍にへりくだった言葉を使わなあかん、と思うとるのやろ」

「え……？」

「けど、それが当たり前や。今の世の中は侍、百姓、町人……身分でひとが区切られとる。公方さまとわしがおんなじ人間のはずがなかろ。それだけやないで。あんたみたいに身なりのきちんとしたひとは金も持っとるやろから安心やけど、尾羽《おは》打ち枯らした浪人が来て、団子くれだの酒飲ませだの言うたら食い逃げするんとちがうか、て用心するわな。ましてや、ぼろぼろの恰好したガキが近づいてきたら、食いもんでも盗みにきたかと追っ払うわ。ひとは見かけでひとを評定するもんや」

「うう……」

額蔵はぐうの音《ね》も出なかった。そのときちょうど、八房が汁かけ飯を食べ終えたので、

「ここに代を置きます」

そう言って立ち上がった。老爺は、

「まあ、行ってみたらわしが言うてた意味がわかるわ」

額蔵は八房をふところに放り込むと、なにも言わず歩き出した。少し行ったところで、八房がまた顔を出し、

「にゃお……にゃおおん」

額蔵はその頭を撫《な》で、

「にゃおん……とはおまえは猫ですか？　犬はわんわんでしょう」

「ちゅうちゅう」

「今度はネズミだ。——まだお腹が空いているのですか？　しばらく我慢してください」

すると、八房はふところから地面に飛び降りると、突然、ものすごい勢いで走り出した。

「ちょ、ちょ、ちょっと……ちょっとちょっと……八房、待ちなさい！」

額蔵も必死であとを追った。綱吉の飼い犬を逃がしてしまったとあっては切腹ものである。

(あまりにおとなしくて、江戸から東海道を連れてくるのも楽勝だったから、油断してました……)

子犬といっても脚は速く、その姿はたちまち見えなくなった。額蔵はとにかく八房が走り去った方角を目指して走るしかなかった。まったく土地勘のない大坂で犬を逃がしてしまったとあっては、捕まえられる可能性はほとんどないだろう。泣きそうになりながらも額蔵は走った。

一刻《とき》ほども走っただろうか、あたりはすっかり暗くなり、へとへとになった額蔵が半ばあきらめて座り込んだとき、どこからか犬の鳴き声が聞こえてきた。きゃん、きゃん、にゃおん……。

(八房だ！)

長い道中で聴きなじんだ声に間違いなかった。あたりを探すと、白くふわふわした塊が見えた。

「やっと会えましたね！」

八房は道の端に掃き寄せられていた塵芥《ごもく》のなかに入ろうとしていた。駆け寄った額蔵は、

「ゴミあさりはいけません。おまえは公方さまの飼い犬ですよ。そういうふるまいは慎んで……」

そう言いかけた額蔵の目に一枚の紙が止まった。ちぎれてはいるが、どうやら質札らしい。そこには横書きで、

水しやう玉　八つ

という文字が書かれていた。額蔵は震えた。

(これはもしや……伏姫さまの手がかりの……)

質屋の名は「うきよせうぢ　しやうぢきやまんべえ」となっていた。

(だれかが伏姫さまの水晶玉の数珠を質に入れたのか……)

額蔵はその紙を財布にしまうと、

「八房、おまえはこれを私に見つけさせようとしたのですか。まるで花咲《はなさか》じじいの犬ですね。逃げ出した、と思ったら、ここ掘れわんわんと言おうとしていたのですね。えらいですよ、八房」

しかし、八房はゴミのなかから引っ張り出した鯵《あじ》の骨を齧《かじ》りながら、

「ちゅう」

と鳴いた。

◇

約束通り暮れ六つに、二ツ井戸の煮売り屋「弥々山」をようやく探し当てた矢頭右衛門七が屋台に走り寄ると、すでに左母二郎は先に来ていて、床几に腰をかけて一杯飲んでいた。

「よう、来たか」

左母二郎は酒を入れた湯呑《ゆの》みを軽く持ち上げた。

「はい。さきほどはありがとうございました。あのあと小粒を返してまいりました」

左母二郎の隣に座っているのは、髪に大きなかんざしを挿した年増女で、猫のように吊《つ》り上がった目で右衛門七をちらと見、

「あれまあ、この子かい？　かわいいじゃないか。こっちにおいでよ。お姐《ねえ》さんといっしょに飲もう」

こびりつくようなその声に右衛門七はぞくりとして顔を反らした。

「船虫《ふなむし》、若いもんをからかうんやないで」

ヒキガエルに似た顔立ちの親爺が言った。どうやらここの主らしい。左母二郎が、

「親爺《おや》っさん、こいつがさっき話してた矢頭右衛門七だよ。おい、右衛門七、あいさつしねえか」

右衛門七はしゃきっと背筋を伸ばし、

「矢頭右衛門七と申します。できればこちらで働かせていただきたいと思うております。どうぞよろしくお願いいたします」

そう言って頭を深々と下げた。

「ああ、わかった。今夜ひと晩働いてもろて、使いもんになりそうやったらずっとやってもらうわ。それでええか」

蟇六《ひきろく》という名の主はそう言った。

「はいっ、がんばります！」

「そないでかい声で叫ばんでも、まだ耳は悪うなってないさかいよう聞こえる。ほな、洗いもんからしてもらおか」

屋台を葭簀《よしず》で囲った、いわゆる「床店《とこみせ》」だが、酒も上酒が吟味されており、蟇六が作る肴もそこそこ美味《うま》く、なにより安いので客足が絶えないらしい。ときにはかつての仲間や手下など、主の素性を知っているものが訪ねてくることもあるという。

「ふーん、赤穂の浪人さんかいな。まだ若いのにお気の毒やなあ」

蟇六が言うと、その妻で亀に似た顔の亀篠《かめざさ》という老婆が、

「赤穂の浪人さんが、お殿さんの仇討ちをするかもしれん、とか噂になっとるけど、あれはほんまかいな」

右衛門七は水に濡《ぬ》れた犬のようにぶるぶるぶると激しくかぶりを振り、

「と、とんでもないです。そんな大それたことは考えておりません」

「なんや、そうかいな。おもろないなあ」

　蟇六が亀篠に、

「アホか。もし、このひとが仇討ちするつもりでも、わしらにぺらぺらしゃべるかいな」

「そらそやな」

　店はぼちぼちと混みだし、多いときには十数人も客がいて、慣れない右衛門七はてんてこ舞いだったが、町の木戸が閉まる亥《い》の刻（午後十時頃）まえになると客はほとんどが帰ってしまった。そのあいだずっと左母二郎と船虫は手酌で飲み続けていた。

「今日はこんなもんでおしまいにしよか」

　蟇六は店を片付けるよう右衛門七に言った。左母二郎が、

「どうでえ、親爺っさん、こいつの働きっぷりは」

「申し分ないがな」

　蟇六は即座に答えた。

「てきぱきとコマ鼠《ねずみ》みたいによう動くし、洗いもんもていねいやし、注文取るのも客あしらいも如才ないわ。これやったらこっちから頼みたいぐらいいや。明日から働いてもら

お」

右衛門七の顔がぱっと輝いた。

「ありがとうございます！」

左母二郎が、

「よかったなあ、右衛門七」

「はい……これもみんな網乾氏のおかげです！」

「よせやい、網乾氏って……ケツの穴がこそばゆくならあ。——まあ、右衛門七、そこに座れよ。残りの肴でいっぺえやろうぜ」

「いえ……私は……」

「なんだと？　俺の酒が飲めねえってのかい」

船虫が、

「叱ってやりなさんな、かわいそうだろ？　ねえ、右衛門七《えもし》っちゃん、あたしのお酒なら飲んでくれるよねえ」

「いえ……それがその……私がここにいるあいだも家では母や妹たちがひもじい思いをしています。私だけがよい思いをするわけにはいきません」

左母二郎はなにか言いかけたが、

「わかったよ。おめえのしたいようにしろ。ただ……ちょっと話があるんだ」

右衛門七を横に座らせると、

「さっき聞いたおめえの話で、どうもひっかかるところがあるんだ。おめえの家に伝わる、ほれ、なんとかいうお宝の一件……」

「泉青宝ですか?」

「そう、そいつだ。よほどの値打ちもんらしいな」

「はい、父からはそう聞いています。父は、これは命よりも大事なものだから自分が死んだあとも絶対に手放してはならん、と常々申しておりました」

「解せねえのはそこだ。宝を命より大事に思っていたおめえの親父《おやじ》さんがそれを質入れして、そのうえ流しちまうなんてよ」

「質入れしたのは溜《た》まった家賃を支払わないと即刻家を追い出す、と家主殿がすごい剣幕で言ってきたからです。住む場所がなくなったら六人が路頭に迷うことになり、ほかに質草になりそうなものはなく、背に腹は代えられなかったのです。でも……父は、流すつもりはなかったと思います」

「ほう、どうして?」

「鎧《よろい》がなくなっているのです」

「鎧……?」

「これも家に伝来の品で、おそらく父はその鎧を武具屋に売り、そのお金で宝を受け出すつもりだったのではないか、と思うのです。でないと、鎧が急になくなるはずがありません。刀を売ってしまうと討ち入り……うっ」

右衛門七はあわてて自分の口を押さえた。左母二郎は気づいていないふりをしたが、内心はおかしかった。右衛門七の腹のなかが垣間《かいま》見えたからだ。

「刀は侍の魂ですから、売るわけにはいきませんが、鎧を手放すのはいたしかたない、と考えたのだと思います」

「だったら最初《はな》っから鎧を質に入れりゃあよかったのによ」

「父は、泉青宝はその……戦《いくさ》の役には立たないから、一時《いっとき》質入れしてもかまうまい、と思ったのではないでしょうか。いえ、その、戦が近々あるというわけではありませんが、もし、一朝ことあったときに、武士としてはまずは刀、つぎに鎧が必要ですが、泉青宝はいりません。すぐに受け出せばいいわけですから」

「じゃあ、どうして流しちまったんだ?」

右衛門七は下を向き、

「それがその……父が亡くなったあと、質屋さんに確かめに参ったのですが、質屋のご主人によると、『たしかに矢頭さまはお金を持っておいでになりましたが、残念なことに期日を過ぎておりましたので、すでに売れてしまっておりました。お気の毒さまでございます』……と言われてしまいました。どうやら父は質流れの期日を勘違いしていたようなのです」

「言っちゃ悪いが間抜けな話だな」

「父はどちらかというと几帳面《きちょうめん》な性質《たち》でしたので、病のせいでそんな間違いをしてしまったのだと思います。質屋の主が父に売れてしまったことを言うと、父は愕然《がくぜん》として、売った相手の名を教えてほしい、と言い出したそうです。金を渡して取り戻そうというのでしょう。主が、相手がだれかはわかりません、とおりすがりの一見《いちげん》のお客さまです、と答えますと、肩を落として出ていった、と……。そのあと、私たちのところに東町奉行所から『番小屋に来るように』というお呼び出しがあり、私が行ってみますと……父の亡骸《なきがら》が……」

「神社の境内で腹を切ってたと言ってたな」

「はい。東町の同心で浦島仁三郎という方が、そう申しておられました。家宝をひと手に渡してしまったことを悔やんでみずから命を絶ったのだと思います」

「浦島仁三郎……？　どこかで聞いたような名前だな……」

左母二郎はしばらく考えていたが、かなり飲んでいるせいかどうしても思い出せなかった。

「親父さんは、なにか持ってたか？　たとえば質札とか」

「いえ……安物の刀のほかはなにも……」

「そのお宝を質入れした、てえのはどこのなんてえ質屋だい？」

「浮世小路《うきよしょうじ》にある『正直屋萬兵衛《しょうじきやまんべえ》』さんです。いつもお世話になっておりますし、私たちの窮状に同情して、お金を少し多めに貸してくださったり、利上げを待ってくださったり、といろいろよくしていただいています」

「武具屋は？」

「それは……わかりません。鎧を売った、というのも、そうじゃないか、と私が思っているだけですから。でも、正直屋さんにお金を持っていった、というのですから、どこかで調達したことは間違いないのです。ほかの質屋さんに質入れしたのかもしれませんが、それなら正直屋さんに直《じか》に持っていった方が早いですから」

　飲みながら黙って話を聞いていた船虫が首をかしげ、

「おかしいねえ……」

「なにがだ」

　左母二郎がきくと、

「その、鎧を売ったお金はどこにあるのさ。死んだとき、刀のほかなにも持ってなかったんだろ？」

　右衛門七は、

「あ……言われてみれば……」

左母二郎は腕組みをして、

「どうも腑《ふ》に落ちねえ。こいつぁひとつ、調べてみるか」

船虫がくすくす笑い出した。

「なにがおかしいんでえ」

「あはは……あんたが欲得抜きでそんなことするなんてめったにないからさ」

「そうじゃねえや。こいつぁ金の匂いもぷんぷんしやがるのよ。うまくいきゃあ銭になるぜ」

「なら、あたしも一枚嚙《か》ませていただくよ。かわいい右衛門七っちゃんのためだもんね」

船虫は右衛門七にしなだれかかった。左母二郎が、

「ガキをおちょくるのはやめとけよ」

右衛門七は憤然として、

「ガキじゃありません。もう十六です。元服も済ませております」

そう言いながらも顔は赤らんでいる。船虫が、

「で、あたしゃなにをすればいいんだい？」

「そうだな。差し当たってはその正直屋ってえ質屋に行って、もっと詳しい話を聞き込んできてくんな」

「あんたは？」

「俺か。俺ぁたった今思い出したことがあってな、それをたぐってみらあ」

「なんだい、思い出したことって」

「右衛門七の話に出てきた浦島仁三郎てぇ東町の同心だが、俺もちっとばかり関わり合いがあるのさ」

そう言って左母二郎は残りの酒をぐいと飲み干し、

「そろそろ行くか。——おい、右衛門七。俺ぁ明日、質屋の件についていろいろ嗅ぎまわってみる。夜になったらおめえに知らせるためにここに来るからな」

そう言って立ち上がった。そこへ蟇六がやってきて紙に包んだものを差し出した。

「右衛《え》門《も》さん、これは今日の料理の残りや。持ってかえって皆でお食べ」

「いえ……そういうものは受け取れません」

「なんでや。残りものやさかい嫌なんか？」

「そうじゃありません。ひとからほどこしを受けると母が怒るのです」

「ははは……物堅いおふくろさまやな。けど、これはほどこしやない。置いといても明日には傷んでしもて棄《す》てなあかんもんばかりや。食べるものを捨てるほど罰当たりなことはない。あんたに持って帰ってもろて、食べてもろうたら、わしも罪深いことをせんですむ。この年寄りを助けると思て持って帰ってほしい、言うとるのや」

右衛門七はじっと考え込んでいたが、目に涙を浮かべながら、

「かたじけない。では、これはもろうていきます。ありがとうございます」

「頭を下げんでもええ。わしの方から頼んどるのやさかいな。毎晩、こういう余りが出るから、そのときはみな持って帰ってや」

右衛門七は何度も頭を下げたあと、帰っていった。蟇六は左母二郎に、

「ええ子やないか。えろう痩せとるのは、おのれの食うもんをおかんや妹に回しとるからやろな。侍にしとくのはもったいないわ」

「つまらねえ仇討ちなんぞしねえ方がいいと思うがねえ」

船虫が、

「やっぱり巷《ちまた》で評判になってるとおり、仇討ちするのかね」

「だろうな」

左母二郎はそう言ったあと、急に不快そうに顔をしかめ、

「だから、大名に仕えるなんてくだらねえってんだ。馬鹿な殿さまのちょっとした気まぐれでお家は改易になって貧乏暮らし、そのうえ仇討ちをしてあげくの果ては切腹だろ。いいこたぁひとつもねえぜ」

「そうだねえ。そう考えると、侍なんて馬鹿馬鹿しいね」

船虫もしみじみした口調でそう言った。

◇

夜も更けた。旅行用の小さな蛇腹提灯《じゃばらちょうちん》に火を灯《とも》し、あっちこっちと歩き回るが、慣れぬ大坂で犬川額蔵はすっかり道に迷ってしまった。時間とともに道をたずねられる相手も減ってくる。ようやく目指す場所の近辺まで来たときには、時刻はすでに四つ（午後十時頃）になろうとしていた。町の木戸が閉まってしまうと、移動になにかと厄介である。額蔵は道を急いだ。

そして、やっと長町裏にたどりついた。

（なるほど、これは……）

犬川額蔵は周囲を見渡してため息をついた。たしかに長町裏はたいへんな場所であった。一画には木戸もない。三軒長屋、五軒長屋、八軒長屋……とにかく長屋がぐじゃぐじゃと寄せ集まっている。そのどれもがへしゃげたような形状で、まともな造作《ぞうさく》ではない。長屋自体に木戸はないし、それぞれの家も戸のある家はほとんどない。地面が陥没して建物自体が歪《ゆが》んでしまっていたり、雨漏りのせいで根太《ねだ》が腐ってぼろぼろになっていたり、壁は湿気でカビだらけになっている長屋もあるが、そんなところにもひとが住んでいるのだ。

茶店の主の言葉にようやく合点がいきかけたとき、

「おい、そこの侍」

後ろから声がかかった。振り向くと、三人の男が立っている。皆、下帯ひとつで上半身は裸である。髷《まげ》もまともに結わず、無精髭《ぶしようひげ》を生やし、足もとは裸足《はだし》だ。めちゃくちゃガラが悪そうである。酒も飲んでいるようで、顔が赤い。手に割り木を持った、いちばん背が高い男がずいと進み出ると、腹に生えた剛毛をばりばり掻きながら、

「こんな夜中に、ひとの長屋に入り込むやなんて、おまえ、盗人とちがうか」

「いえいえ、ここにいるはずの知り合いをたずねてきたのです。怪しいものではありませんよ」

「このへんじゃ見かけん面やけど、どこから来た」

「江戸です。大坂ははじめてなんです」

「それやったらこの長屋の決まりを知らんやろから教えたろ。この長屋に入るときはな、金を支払わなあかんのや」

「だれにです」

「わしら三人にや」

「あなたたちはこの長屋の差配かなにかですか?」

「そんなこたあどうでもええねん。わしらに会《お》うたのがおまえの不運や。さ、払てもらおか」

「いくらですか」

「有り金全部や」

「それはめちゃくちゃです。茶屋の主が、ここに来たら身ぐるみ剝がれるかもしれない、と忠告してくれましたが、まことにそのとおりになろうとは……」

「なにをごちゃごちゃ言うとんねん。はよ財布出さんかい！」

それが合図だったかのように、ふたりの男が左右から組み付いてきた。慣れた様子なのでいつもやっているのだろうと思われた。相手をしてもよいのだが、質札を、大法師に見せるまではいらぬ騒ぎを起こしたくない。額蔵がじっとしているのをよいことに、正面の男が額蔵のふところに手を突っ込もうとしたとき、

「痛っ！」

そう叫んで手をひっこめた。額蔵のふところから八房が顔を出した。

「こ、こ、こいつ、嚙みつきよった！」

八房は地面に飛び降り、男たちに向かってきゃんきゃんと吠《ほ》えたてた。

「このクソ犬！　ぶっ殺したる！」

男は割り木を八房に叩きつけようとした。

「たわけもの！　畏《おそ》れ多くも上さまの飼い犬にあらせられるぞ！　頭《ず》が高い、控えおろう！」

三人は顔を見合わせ、

「なんや、この侍」

「頭がおかしいみたいやな」

「けど、金は持ってそうやで」

「いてもたろか」

「いてまえ、いてまえ」

三人は三方からじりじりと額蔵に迫ってきた。一度に飛びかかられたら、さすがの額蔵も素手では危ない。刀を抜くかどうか考えていたとき、

「おう、おめえたち、なにやってんだ」

通りがかったのは一杯機嫌の左母二郎だった。

「あっ、左母二郎の兄貴」

「また、長屋へ入《へえ》ってくるやつらを脅して銭を巻き上げようってのかい。相変わらずしみったれた真似《まね》してやがるなあ」

「うどん代踏み倒してる兄貴に言われとうないわ」

「なんだと？」

「あ、いや、なんでもおまへん。——この侍、頭がいかれとるんですわ。その犬っころが上さまの飼い犬やとか抜かしよりますねん」

「上さまの飼い犬……？」

左母二郎は額蔵をじろりと見ると、

「おめえ、もしかすると八犬士か」

「八犬士をご存じのあなたさまは？」

「俺ぁこのあたりに巣食ってる網乾左母二郎てえケチな小悪党よ。――おい、おめえたち、こいつはやめとけ」

左母二郎は三人組に向かってそう言った。

「おめえたちの手に負えるような相手じゃねえ。怪我《けが》しねえうちに家に帰って、酒でも飲んで寝ちまいな」

三人は震え上がり、あわててそれぞれの家に戻っていった。額蔵は頭を下げると、

「私は犬川額蔵と申します。危ないところをお助けいただき、まことにかたじけなく思っております」

「お助けってほどじゃねえが……ああいう手合いは真面目に応対しちゃあいけねえ。まあ、ほっとくことだな。――その子犬が八房とかいう犬かい？」

「そこまでご存じですか。もしやあなたは、、大法師殿のお声がかりでわれら八犬士にお味方してくださる大坂の御仁でしょうか」

「ちっ、そんなんじゃねえやい。ただの腐れ縁だ。味方だなんてとんでもねえ話だぜ。

俺は、金のある方になびく。それだけだ。まあ、えべっこく寺《じ》の一件ではあいつと現八にちいとばかり手を貸してもらったが……」

「えべっこく寺？　なんですか、それは」

「なんでもねえよ。——じゃあ、俺は行くぜ」

「お待ちください。あなたはなんでもご存じのご様子。ならば、丶大法師殿の居所をご存じないでしょうか。今からそこに参るつもりなのですが……」

「それなら、この長屋の一番奥にある三軒長屋のうちの真ん中の一軒だ。すぐにわからあ」

　左母二郎はそう言うと歩き出した。

「ご同道いただけないのですか？」

「俺ぁあの坊主の面なんぞ見たくねえんだ。あばよ」

　そのとき目のまえの暗がりからぬうと現れたのは、当の丶大法師だった。

「わしもおまえの顔なんぞ見たくもないわい」

　左母二郎は内心驚いたが、平静を装って、

「それじゃおあいこだな」

　丶大法師は額蔵に、

「近所が騒がしいと思うて出てみたら、おまえたちだったとはな。——額蔵、遠路はるばるご苦労だった。八房もな」

八房は、大法師を見上げて、くぃーんくぃんと鳴いている。

「なついてるみてえだな」

「知らぬのか。わしはお犬坊主として上さまの飼い犬を育てる役目を仰せつかっていたのだ。その縁で、今は八犬士の世話係をしておる」

「ふーん」

「八房はもともと伏姫さまが飼っていた犬だ。大坂に連れてくればもしや伏姫さま探索の一助になるのでは、ということで額蔵とともに来てもろうたのだ」

「けっ、犬コロなんぞにひと探しができるかよ」

額蔵が、

「ところが、八房はすでに伏姫さまにつながる大きな手掛かりを見つけ出したのです」

、大法師が、

「そりゃまことか」

「はい。これをご覧ください」

額蔵はふところから破けた質札を取り出した。

「質札か。——提灯の灯《あか》りでは暗くてよう見えぬな」

「では、家のなかで……」

ふたりと一匹は行きかけたが、ゝ大法師はふと左母二郎を振り返り、

「おまえも行きがかりだ。一緒に来ぬか」

「行かねえよ」

「酒があるぞ」

「じゃあ行く」

左母二郎は意地汚く舌なめずりをした。

ゝ大法師が大坂でのねぐらにしているその家は、以前に首吊りがあった、ということで幽霊が出るという噂が立ち、長いあいだ空き家になっていた。その後、野良犬が住みついて、あたりの住人に「犬小屋」と呼ばれていたが、今では、ゝ大法師と八犬士たちのかっこうの隠れ家となっているのだ。

なかに入ると、額蔵は、ゝ大法師に経緯《いきさつ》を話した。

「ほう……八房がゴミのなかから見つけ出したというのか。えらいやつだな。さすがは伏姫さまの飼い犬だ」

「私も感心いたしました。――これです。ここのところをご覧ください」

「『水しやう玉　八つ』か。なにものかが水晶玉の数珠を質入れしたということだな」

「水晶玉の、それも玉が八つの数珠などなかなかあるものではありません。伏姫さまの所持品ではないでしょうか」

「――質屋の名はなんだ。『うきよせうぢ　しやうぢきやまんべえ』……か。――おい、左母二郎、ひとりで飲んでいないでこっちに来て話を聞け」

ゝ大法師は上がり框《がまち》に腰をかけて、独酌で酒を飲んでいる左母二郎に言った。

「いいじゃねえか。俺にゃあ関わりのねえ話だ。――おい、額蔵。おめえは飲まねえのか」

「はい、私は一滴もやりません。煙草も吸いません。茶屋遊びもしたことがありません。歌舞伎や浄瑠璃、寄席《よせ》などに出入りしたこともありません」

「ちっ、面白みのねえ野郎だな」

「そうです。私は面白みのない男です。真面目だけが取り柄なのです。――面白くなくてはいけませんか」

「そういうわけじゃねえが……」

左母二郎はゝ大法師に笑いかけ、

「へへっ、こいつも変わってるなあ。八犬士ってのはどうしてこうなのかね。面白みがないところが面白えよ」

「わしもそう思っておる。――さてと、明日、質屋に参り、主を問いただせばなにかわかるだろう。今日はもう遅い。寝るとするか。額蔵、おまえも長旅で疲れただろう」

「いえ、私はこれから旅日記をつけてから寝るつもりです」

左母二郎は徳利の酒を飲み終えると、

「もうねえのか。これでここにいる用事がなくなった。——じゃあ、俺はこれで」

そう言うとふらふら表に出た。

◇

「つまり、左母《さも》やんが全部飲んでしもた、ゆうわけかいな。そういうときは友だちにも飲ませたろ、ちゅうて持ってかえってくるべきやろ」

左母二郎が「弥々山」で船虫とたらふく飲んだあと、大法師たちとも飲んだと聞いて鴎尻《かもめじり》の並四郎《なみしろう》は大いにむくれた。

「すまねえ。つい飲んじまったんだ。まあ、今度の仕事が終わったらいくらかの金が入るだろうから、それで飲もうぜ」

「今度の仕事ちゅうのはなんやねん」

左母二郎は、播州浅野家の浪人矢頭右衛門七との出会いから、彼の父が家宝の「泉青宝」を質入れしたが受け出せず、流してしまったことを悔やみ、腹を切ったこと、鎧を売った金がなくなったことなどを手短に説明した。

「なんやようわからんけど、すっきりせん話やな」

「だろ？　俺ぁなにか裏があると思う。それを暴けばいくらかの銭になろうってもんだ。

乗るか？」

「もちろんや。ほな、わての出番が来たら教えてや。――ああ、酒が飲みたかったなあ」

そう言って並四郎は親指をなめた。

三

松尾芭蕉《まつおばしよう》の高弟で、公儀御用達《ごようたし》の御納屋《おなや》（魚問屋）でもある鯉屋杉風《こいやさんぷう》は、その日、柳沢保明の屋敷における句会に招かれていた。歌仙を巻き終わると、酒が出た。無礼講でのよもやまな話のなかで保明がなにげなく、

「そう言えば、その方と同門の宝井其角《たからいきかく》……その後の様子はどうだ」

「はい、師が亡くなったときは弟子一同を牽引《けんいん》して葬儀や句会を開き、追善の文集を出すなど、大いに功を立てたものですが、そののちは大酒を飲んでは不穏で狷介《けんかい》なことばかり口走りだし、大坂を火の海にしに行ってくる、などと申して我々俳諧仲間の顰蹙《ひんしゆく》を買うようになりました。ところがなぜか大坂から戻ってきたときは憑《つ》きものが落ちたようにおとなしくなっておりまして……」

「ほう……憑きものがのう……」

「今は以前のように嵐雪《らんせつ》や桃隣《とうりん》、孤屋《こおく》・野坡《やば》・利牛《りぎゅう》らと親しく交際し、句作にはげんでおるようで、私も安堵《あんど》しております」

「そうか……」

「ところでお殿さま、今年の春でしたか、たしか殿中で刀を抜き、吉良上野介さまに斬りかかった罪で播州浅野家の殿さまが切腹させられ、お家が改易になったことがございましたな」

「うむ……それがいかがした」

「巷では、口さがないものどもが、浅野家のご浪人たちが主君の無念を晴らすために吉良さまを討ち取るのではないか、と噂しておりまして、私の耳にも入っております。あれはまことでございましょうか」

「馬鹿なことを……。主君の無念と申すが、斬りつけられたのは吉良の方だ。法を犯したのは内匠頭ゆえ、罰せられて当然だ。なにゆえ害した側の家臣が害をこうむったものを討ち取らねばならぬ」

「なるほど……それはそうでございますな」

「それに、切腹を命じたのは上さまだ。このようなことを申しては畏れ多いが、浅野の浪人どもの恨みは、本来、上さまに向けねばならぬもの。吉良を討ち取るのは筋違いであろう」

「では、ご浪人たちの討ち入りはない、と……」

「もし、旧浅野家の家臣たちがまともな考えの持ち主なら討ち入りなどするまい、とわしは思う。ま、世の中には頭のおかしい連中もいるゆえ、絶対とは言えぬがのう。とは申せ、その噂はわしも聞いておるゆえ、吉良方の耳にも届いておることだろう。おそらく上野介はなんらかの手立てを講じようとしておるはずだ。——だが、杉風、なにゆえ浅野家浪人の話を持ちだしたのだ」

「殿さまから其角のことを聞いて、ふと思い出したのでございます。水間沾徳《みずませんとく》という俳諧師の門下に大高子葉《おおたかしよう》殿という方がいらっしゃいまして、其角とも親しく、二カ月ほどまえに出た其角の『焦尾琴《しょうびきん》』なる集にも入集しており、私も面識があるのですが、この御仁がじつは浅野家のご浪人なのでございます」

「そうであったか」

「ですので、浅野家のご浪人たちのことがどうにも気になりまして……」

「おそらく討ち入りはなかろう。わしはそう思う」

柳沢保明はそう言ったが、内心、自信はなかった。

（この世にはたわけたことをするものがいる……）

保明はそれをよく知っていたからである。

◇

翌日の昼過ぎに起きた左母二郎は、ふらりと出かけた。行き先は昨日行った「まとも屋」といううどん屋である。屋台に毛の生えたような小さな店だ。

「ごめんよ」

「へえ、いらっしゃ……」

まで言ったところで主の言葉が途絶えた。左母二郎の顔を見て震え出した。

「あ、あんたは昨日の……」

「ああ、昨日は世話んなったな。素うどん一杯くんな」

主はため息をつき、

「それでまた代金踏み倒すつもりだすか」

「踏み倒していいんならそうするぜ」

主は泣きそうな顔で、

「払とくなはれ、頼んますわ」

「昨日もちゃんと払っただろ？　もっともあの同心が通り合わせてあれこれ言われたからだけどよ。昨日はうめえ具合にあいつが来て、助かったじゃねえか」

「なんも助かってまへんわ。あんなやつに通りかかられて災難だした」

そう言いながら主は縁の欠けた鉢に温め直したうどん玉を入れ、熱い出汁《だし》を張った。ネギも散らしていない、文字通りの「素うどん」だ。

「お待ちどおさま。十六文でおます」

「わかってるよ、あとで払うから心配《しんぺえ》すんな。——ところで、あの同心に通りかかられて災難たあどういうわけだ」

「へえ……」

主はきょときょとと左右を見回し、だれも聞いていないのをたしかめたうえで、

「知りまへんか？　あいつは、浦島仁三郎ゆう東町の定町廻りだすけどな、陰では『ダニ三郎』て呼ばれとります」

「ダニ三郎とは穏やかじゃねえあだ名だな」

「ダニみたいに、いっぺん食いついたら金もらうまでは放さん、ゆうことだすわ。この界隈の嫌われもんだす。昨日もあれから、『食い逃げを防いでやったのだから、礼を寄越《よこ》せ』ゆうてえらい銭を巻き上げられましたがな。たぶん、これからもたびたび来て、金をせびっていきよるやろなあ。同心いうても、やってることはヤクザと変わりまへん」

「ふーん、そんな悪い野郎なら叩き斬ってやりゃあよかったな」

主は熱を込めてうなずいて、

「そないしてくれたら喜ぶもんが大坂にはぎょうさんおると思います。なんぞあったら十手をちらつかせて脅してきよるし、こんな店、わしの采配ひとつですぐにでも潰せるのだぞ……て言われたら逆らうわけにはいきまへん。お上のご威光を笠《かさ》に着てないだけ、あんたの方が随分ましだす」

「おめえ、それでほめてるつもりかよ」

「ほめてまへんか」

「まあいいや」

町奉行所同心の俸禄はたった十石三人扶持《ぶち》しかなく、暮らしが立たぬため、付け届けを強要したり、町のものを脅してゆすり、たかりまがいのことをするものもいるという。

「そうけえ、いいことを教えてくれたな」

左母二郎は汁を一滴も残さず飲み干すと、

「そのダニ三郎がつるんでる連中がいると思うんだが、知らねえか？」

「それやったらあいつしかおまへんわ」

うどん屋の主が口にしたのは意外な名前だった。

◇

浮世小路にある質屋「正直屋萬兵衛」の店先に立った船虫は、その店構えをしげしげと見渡した。

（ふふん……なかなか大きな質屋じゃないか。かなり儲《もう》かってるねえ）

暖簾をくぐり、なかに入ると、番頭らしき男が帳合いをしながら丁稚《でっち》を叱っていると
ころだった。

「鈴吉《すずきち》、おまえはなんでそのように算盤《そろばん》が下手《へた》なのや。わしがいつも教えてるやろ。算
術は商いの土台やで」

「すんまへん、ときどき珠を一個動かそうと思たのに、二個とか三個動かしてしまうと
きがおますのや」

「それと気づいたんなら直さんかい」

「けど、めんどくさいさかい……」

「アホ。めんどくそうても直しなはれ」

「番頭さん、お客さんが来てはりまっせ」

番頭は船虫に気づいて、

「これはこれはえらいすんまへん、気づかんこって」

船虫は腰を折って、

「いえいえ、お客じゃあないんです。ちょっと聞きたいことがあって……」

「なんだっしゃろ」

「私の知り合いで、矢頭長助さんてお侍がおられましてね、その方が先日、こちらに泉青宝、とかいうものを質入れなさったそうですが、そのことで……」

番頭は暗い顔になり、

「ああ、矢頭さまならよう存じております。いつもうちを使うてくださって……。けど、あんなことになるやなんて思うてもおりまへんだした。物堅い方でしたが、ええひとだした。残念でおます」

「その泉青宝を、矢頭さんが流しておしまいになられたとか」

「そうだすねん。お家の重宝なので流すことはできぬがどうしても一時《いっとき》、金が入用だ、とおっしゃいまして……」

「それなのに流してしまわれたんですね」

「へえ……利上げもなさらんので、おかしいな、とは思うとりましたが……。矢頭さまなら、ご相談いただければ多少はお待ちいたしましたものを、なにも言うてこられまへんので、店の決まりのとおりにしてしまいました。今考えると、あのせいでお腹《はら》を召されたんだすやろな。わてもいまだに寝ざめが悪うございます」

「矢頭さんは、期日を勘違いなさってたのかねえ」

「どうやらそのようだす。受け出せるだけのお金を持ってお越しやったらしいさかい……」

「てえことは、質札も返さなかったんだよね」

「流れてしまいましたさかいな」

番頭は、船虫がなにを言いたいのか探るような目でそう言った。

「けどさ、帳面は残ってるよね。それをちょっと見せておくれでないかい」

「帳面だすか……?」

「ちょっと見るだけだよ。確かめたいことがあるのさ。後ろめたいことがないなら、かまわないだろ。ねえ……お・ね・が・い」

船虫がにじり寄ると、番頭も矢頭長助の死には若干の責任を感じているのか、

「仕方おまへんな。泉青宝のところだけお見せしますさかい、ほかのところは見んようにしとくなはれ」

「わかってるよう」

番頭は元帳を出してきて、ある箇所を開き、船虫に示した。そこには、質入れした年月日と流れる期日が書かれており、そのあとに「矢頭長助殿　泉しやう宝　八つ　金五両　うきよせうぢ　しやうぢきやまんべえ」と記されていた。

「この通りでおます」

「ふーん……」

船虫はじっとその文章を見つめていたが、

「おかしかないかえ？　この期日のところだけどさ」

文句をつけられムッとしたらしい番頭が帳面をのぞき込み、

「どこがおかしいんだす」

「この期日のところ、もともと八月十五日ってなってたのを十日に書き換えたんじゃないかねえ。ほら、『五』の字を白く塗りつぶしてあるよ」

番頭は目を皿のようにしてその文字を凝視していたが、言葉を喉の奥から押し出すように、

「ほんまや……」

「これはあんたがやったのかい」

「ち、ちがいます。もともとこの件の応対は主がひとりでしましたのや。いつもならお店のことはわてがすべてを仕切らせていただきますのやが、家宝の質入れや、ということで、主が『わしがやる』と……。わては、あとから帳面を確かめただけだす。こんな風に書き換えてあるとは今の今までまるで気づきまへんでした……」

「質入れの日から考えて、十日と十五日、どちらが正しいんだい？」

番頭は言いにくそうに、

「十五日……でおますけど……」

「じゃあ、長助さんが期日を勘違いしていたんじゃなくて、お店の方が勝手に五日早め

て、流してしまった、ということだね？」

「い、いや、そんなはずは……」

「長助さんがお金を持ってきたときに応対したのはだれだい」

「それも……主でおます」

「じゃあ旦那さんに話を聞こうじゃないか。呼んできておくれ」

「それは……その……」

「ひとがひとり死んでるんだよ。いい加減なことじゃすまされないよ」

「わ、わかっとりま。しばらく待っとくなはれ」

　番頭が腰を浮かしかけたとき、

「たのもう！　たのもう！」

　声を掛けながら店に入ってきたのは、犬川額蔵である。

「私は犬川額蔵と申すもの。この家《や》の主と面会いたしたい所存。お取次ぎをお願いしたい」

「すんまへん、今取り込み中なんで、また今度にしてもらえまっか」

「取り込み中ですと？　どのような取り込みごとかは存ぜぬが、私の方は一刻を争う火急の用件なのです。そっちは後回しにしていただきたい」

　船虫が額蔵をにらみつけ、

「あんたねえ、急に入ってきて、そっちは後回しにしろ、なんてひどいじゃないか。あたしゃ許さないよ」

「事情は話せぬが天下の一大事なのです。まことに申し訳ないがこの場は譲ってくだされ」

「そうはいかないよ。そっちが天下の一大事ならこっちは天下の百大事さね。順番は守ってもらうよ」

額蔵は船虫を無視して番頭に向き直り、

「そなたはここの番頭ですか」

「へ、へえ……」

「ならば、この質札をよっくご覧《ろう》じろ。ここにある『うきよせうぢ　しやうぢきやまんべえ』とはこの店のことですね」

番頭は手渡された質札を受け取りながら、

「そうでおますけど……」

「では、ここに書いてある『水しやう玉　八つ』というのはこちらの蔵にあるのですね。まだ流してはいないでしょうね」

船虫が額蔵のまえに回り込み、

「ちょっとちょっと、あんた、勝手なことすんじゃないよ。順番だって言ったろ。あたしの用件が片付くまでそこらへんで寝てな」

「そうはいかぬのです。聞き分けのないひとだ」

「あんたこそ石頭のトンチキ野郎だよ。もう我慢ならない」

船虫は額蔵の襟をつかんで引っ張った。

「なにをするのです」

「どきやがれってことさ」

「女のくせに言葉が汚いのは感心しません」

「うるせえやい」

船虫はなおも襟を引っ張りながら下駄《げた》で額蔵の向こう脛《ずね》を蹴り飛ばした。

「あっ……！」

不意をつかれた額蔵はその場に転倒した。立ち上がると、

「こうなったら女でも容赦しませんよ」

「あー、嫌だ嫌だ。女のくせに、とか、女でも、とかいつも女を下に見てやがる。世の中には、旦那さんのお帰りを三つ指ついて出迎えるような女ばっかりだと思ったら大間違いだよ！」

額蔵はハッとして、

「そ、そうですね。今のは私が悪かった。どちらもお天道《てんとう》さまが作ったもの。男と女に

上下はありません。このとおり謝ります」

額蔵は船虫に頭を下げた。拍子抜けした船虫は、

「なんだ……やけに物わかりがいいところもあるんだね。じゃあ許してやるよ」

「ですが、順番は譲ってほしいのです。お願いします」

「まだ言うかね。お断りさ！」

そこに入ってきたのは左母二郎だった。

「うるせえキーキー声が聞こえると思ったらおめえかい」

「あれ？　左母さん、どうしてここに来たんだい？」

「うどん屋で面白《おもしれ》えことを聞いてきたもんでな。——なんだ、額蔵もいるじゃねえか。どうしたわけでえ」

「昨夜、水晶玉の数珠の質札のことを話したでしょう。あの質入れ先がこの店なのです」

「そりゃあ奇遇だな」

番頭がおずおずと、

「あの……ひと言よろしおまっしゃろか」

三人が一斉に番頭の方を見た。

「この質札、たしかにうちのもんだすけどな、これは『水しやう玉　八つ』やおまへん。

うえの方がちぎれてて、もとは『泉しやう宝　八つ』と書いてあったんだす。つまり、これが矢頭さまが質入れした泉青宝の質札だすわ。あんさん、これをどこで手に入れました？」

「な、な、なにい？」

額蔵は愕然として質札をひったくり、穴が開くほど見つめた。そして、その場に膝を突き、

「なんということだ。伏姫さまの手がかりを見つけた、と思うたのに……うううう……私はどうしたらいいのだ……」

左母二郎は、

「知るか。おめえら八犬士は、どこか抜けてるんだよ」

嘆き悲しんでいる額蔵を放っておいて、船虫が番頭に、

「こっちの用はまだ終わってないよ。——旦那さんを呼んできとくれ」

「へ、へえ」

番頭はさっきからの様子をこわごわ見ていた丁稚に、

「鈴吉、お店に番頭では裁けん取り込みができたさかい、ちょっとご足労を……て旦さんに言うてきとくれ」

「へーい」

丁稚は奥へ走っていった。船虫は帳面の日付のことを左母二郎に説明した。

「そりゃ聞き捨てならねえな。けどよ、そんなこったろうと思ってたぜ」

「これはかなり銭をふんだくれるよ」

「ここでちょろっと銭をもらってお開きにするようじゃせっかく来た甲斐《かい》がねえ。この一件にはもっとなにかあるぜ。そこをたぐるのよ」

「あんたも悪党だねえ」

しばらくすると小柄で品のいい初老の男性がやってきた。

「なにかございましたかな。主の正直屋萬兵衛でございます」

四角く座ると、ていねいに頭を下げた。目もとに皺《しわ》があり、柔らかな印象を与える。

「おう、俺ぁ網乾左母二郎てえケチな野郎だが、正直屋たあよく言ったもんだな。この帳面、日付を書き換えてあるじゃあねえか。このせいで侍《さむれえ》がひとり腹切ったんだぜ。どうしてくれるんだ」

「ちょっと拝見いたします」

萬兵衛は元帳を見ていたが、

「むう……なるほど。十五日というのはたしかに私の筆でございますが、白絵の具のようなもので十日に書き換えてありますな」

「あっさり認めやがったな」

「ですが、これは質入れ主の矢頭さまも得心《とくしん》ずくでやったこと。私は、『泉青宝』というものがどれほどの値打ちがあるのかようわからず、代々伝わる家宝ならば質入れなどせん方がええのやおまへんか、と再三申し上げたのですが、絶対に流すことはないから安堵せよ、と矢頭さまが言い張るので、私どもでは目ぇが利かんさかいとりあえず三両やったらお貸しいたしますが……と申しましたら、それでよい、とのお返事でした。なので、私はこのように記帳しましたのや。けど、すぐにそれでは足らん、どうしても五両いるのだ、とおっしゃいましてな。矢頭さまのお家の事情もようわかっておりますので、それならば……ということで五両お貸しすることにしました。その代わり、期日を五日縮めさせていただきましたが、大丈夫、かならず金は持ってくる、と……。せやさかい、ここのところ見とくなはれ。金三両を五両に書き換えておますやろ」

三人は萬兵衛が指差すところを見た。たしかに「三」という文字のうえに、縦棒を二本書き加えた跡がある。

「たぶん矢頭さまは、三両を五両にしたとき、期日を縮めたことをお忘れになってたのやないかと思います。あれほどかならず受け出すから、と言うてはったのに流してしまわれたんで、私としてはがっかりしたというか二両損したような気持ちでおりましたが、矢頭さまがお金を持ってこられたら質草はお返しするつもりで、蔵にはしまわんと店に置いとりましたら、番頭が得意先に出向いて留守やったので私が帳場に座っとりましたら、ふらりと入ってきたお客さんが箱書きの『泉青宝』という文字を見て、どうしても欲しいとおっしゃる。私どもとしても商売だすし、流れてしもたもんやさかい、そのお方にお売りいたしましたのや。そうしたらそのすぐあとに矢頭さまが来られてお金を出されましたのやが、もう売れてしもた、ということを申し上げますと、たぶん期日を変えたことを思い出しはったんだっしゃろな。血相変えて出ていきはりましたが、まさかあんなことをなさるとは……。私も、残された奥さまやお子さんにはできるかぎりのお世話はしたいと思うとります」

あらかじめ書いてあるものを読んでいるかのような答弁に、左母二郎は胡散臭《うさんくさ》いものを感じた。

「その客ってのはどんな背恰好の野郎だい」

「さあ……一見のお客さんで、中肉中背、とりたてて変わったところのない、どこにでもおられるような顔立ちのお方でおました。歳のころなら四十、いや、五十……」

「いい加減にしろい！」

左母二郎が怒鳴ったので、萬兵衛は口をつぐんだ。

「さっきから聞いてりゃべらべらとよくしゃべりやがるが、つまり、なにか？　日付を変えさせたのは矢頭長助で、当人がそのことを忘れて流しちまった、と。その品を、たまたま通りがかったどこのだれともわからねえ野郎が買っていった、てえんだな。そんな都合のいい話があるけえ」

「都合もなにも、まことの話でおます」

「人間、嘘《うそ》をつくときほど饒舌《じょうぜつ》になるっていうぜ」

「私は嘘は申しまへん。なにしろ正直屋でおますさかいな。へっへっへっ……」

「ひとを小馬鹿にしたような笑い方をしやがるぜ」

「そろそろお帰り願えますやろか。こう見えて、私も忙しい身の上だすのや。あんまりしつこく店先に居座られますとうちの商いにも差し支えますさかい、お役人をお呼びせなあかんようになりまっせ。町廻りの同心衆にも知り合いがおますさかい、すぐに来てくれるはずだす。そないなったら困るのはあんさんの方だっせ」

左母二郎はにやりと凄《すご》みのある笑い方をして、

「その同心てえのは、東町のダニ三郎だろう」

萬兵衛の顔色が変わった。

「俺がどうしてここに来たのか教えてやろう。あるところで、ダニ三郎とつるんでるやつはいるか、ときいたら、おめえの名前が出てきたのさ。正直とダニが付き合ってるなんて妙な話だよな」

「商売上のいざこざがあったとき、何べんかあいだに入ってもろた、いうだけだす」

「ほう、俺はしょっちゅう新町《しんまち》で芸者揚げて騒いでるって聞いたぜ。もちろん勘定はおめえ持ちでな。――俺がにらんだところじゃ、おめえは値打ちがありそうなもんの質入れがあったら、日付を書き換えて期日まえに流しちまって、よそに高く売りつけてやがるな。そのことで客と揉《も》めたときの用心にダニ三郎と付き合ってるんだろう。あいつぁお上のご威光をぴかぴかさせて相手を恐れ入らせるのは名人だからな」

「そ、そんなことはおまへん。なにかのお間違いだす」

「まあ、いい。今日のところは帰《けえ》ってやらあ。けど、俺ぁまた来る。毎日でも来るぜ」

「あの……もしよかったら……」

萬兵衛は紙にくるんだものを左母二郎のたもとに入れようとしたが、左母二郎はその手を弾《はじ》いた。小粒銀がいくつか土間に落ちた。

「そんなはした金、いらねえよ。どうせおめえら、この泉青宝の一件だけじゃねえ、後ろ暗いところがたんとあるはずだ。叩いて叩いて……埃《ほこり》が出るまで叩いてやるから覚悟しなよ。――邪魔したな」

左母二郎は袖を払って店を出た。あとを追ってきた犬川額蔵が、

「えらい！　さすがは網乾氏は武士。賄賂などの不正は受け付けぬ、というその態度は天晴《あっぱ》れでございました」

左母二郎は苦笑いして、

「そうじゃねえよ。あんなものもらったら、でけえ山を見逃すことになる。俺ぁもっと

大きく稼ぐつもりなのさ」

「でかい山とは……？」

「浦島仁三郎てえ東町の同心は、矢頭長助が腹ぁ切ったときに吟味した野郎なんだ。もしかしたらもしかするかもしれねえ。──それにしても額蔵、『水晶玉』が『泉青宝』だったとは大笑いだな」

「笑いごとではありません。私は……どうしたらいいのか……」

左母二郎は額蔵の背中を強く叩くと、

「くよくよすんなよ。そういうときは、自分の間抜けぶりを笑えばいいんだ。なかなかそんな勘違いはやろうとしてもできるもんじゃねえ。大声で笑えよ」

「笑うどころか泣きたい心境です」

「そこを無理に笑うのさ。はははははは……。やってみろ」

「はは……はは……」

「もっとでけえ声で」

「はははははは……はははははは」

「もっと！」

「ははははははははははははは」

道の真ん中を歩きながら大笑いしている額蔵を、行き交うひとたちが不思議そうに見

つめている。船虫が、

「どうだい、少しは気が晴れたかい？」

「なんだか楽しくなってきました。笑うというのはよいものですね。はははははは
はは」

「ほほほほほほほほ」

「ひひひひひひ……」

三人は笑いながら歩き続け、浮世小路から東横堀《ひがしよこぼり》沿いに出た。そこから南へと下っ
ていく。本町橋《ほんまちばし》の西詰のあたりまで来たとき、左母二郎の脚が止まった。このあたりは
ひと通りも少なく、昼間でも寂しいところである。

「どうしたんだい？」

「しっ……静かに……」

そう言いながら左母二郎は刀の柄《つか》に手をそろそろと掛けた。

「質屋からつけてきたようだな。――橋の陰にいるやつ……出てきやあがれ！」

下を向いてのそのそと現れたのは、正直屋の丁稚だった。

「なんでえ、てめえか。なんの真似でえ」

「あの……すんまへん。さきほど主が申し上げたことでおますけどな……」

丁稚の顔は血の気がなく、真っ白だった。

「間違《まちご》うとりますのや。それを申し上げに参じました」

「なんだと！」

左母二郎の言葉に丁稚はびくっとして後ずさりした。船虫が、

「気にしないで。丁稚さん、思ってることを言ってごらんなさい」

「へ、へえ……主は、『泉青宝』を買《こ》うたひとが、どこのだれかもわからん一見さんや、と申しましたけど、そやないいんだす」

「なにい？」

左母二郎がぎょろ目を剝《む》き、丁稚はまたしても二、三歩あとに下がった。

「左母二郎！　丁稚《こども》さんが怖がってるじゃないか。もう少し優しくきいておあげよ！」

「ああ、すまねえ。――で、どうしたってんだ」

「あれを買われたのはご浪人さんで、何度か来られたことのある方でおます。主に、『もしかしたらいずれここに矢頭長助なるものが泉青宝という家宝を売りに来るかもしれぬゆえ、そうなったら無理にでも流して、わしに売ってくれい。謝礼ははずむ』と以前からおっしゃっておられましたので……」

「なんだと！」

丁稚はまたまた後ろに下がった。もう、かなりの距離が開いてしまった。

「おい、戻ってこい。おめえを叱ってるんじゃねえんだ。――で、その浪人てえのは、

どこのどいつだ」

「へ……元播州浅野家の丸砂鉄之介さまとおっしゃる方で……」

「なにいっ！」

丁稚はまたまた飛び下がった。目には涙を浮かべている。左母二郎が丁稚の胸ぐらをつかみ、

「そいつの家を知ってるか」

「へ、へえ……矢頭さまが家宝を質入れに来られたことをわてが丸砂さまの家までお知らせにいきましたさかい、知っとります」

「どこだ」

「東竹屋町《ひがしたけやまち》の鋳物屋の裏だす」

左母二郎は丁稚を放した。船虫が近づいて丁稚の頭を撫で、

「よく教えておくれだねえ。どうして教えてくれる気になったんだい？」

「うちは……うちは……正直屋だすさかい……。奉公に上がったとき、番頭さんから嘘はつくな、正直でいるように、と教わりました。それに……矢頭さまがお可哀《かわい》そうで……」

「えらいねえ。これからもその心意気で頼むよ」

「へっ」

丁稚はうなずいて駆け出した。

「丸砂鉄之介か……」

左母二郎はつぶやいた。

「いろいろとつながってきやがったぜ……」

◇

「かかるところに日中呼び出されては迷惑……」

丸砂鉄之介は、正直屋萬兵衛にそう言った。場所は、天満宮《てんまんぐう》の境内である。萬兵衛の後ろには、浦島仁三郎もいる。

「わしとその方の縁は例の質流れをわしが買うたときに切れたはずではないか。口止め料も払うたぞ」

「それがその……今日、店に網乾左母二郎という無頼漢のような浪人が仲間ふたりとやってきまして、根掘り葉掘りいろいろ詮索したあげく、期日を書き換えた跡に気づきよりましてな」

「なに？」

「私がうまいこと言うてその場はごまかしましたのやが、また来る、と言い残して帰りよりました。あれはなにか感づいたように思います。矢頭長助さまのことも知ってはりましたで」

「網乾左母二郎……なにものだ」

「たぶんあちこちでゆすり、たかりをしてる小悪党やろけど、脅す相手を間違いよった。わしらの方が一枚上手《うわて》の悪党やさかいなあ」

「まずいな……。もし、右衛門《えもん》七《しち》の耳にでも入ったら……」

「あのせがれが気づいてるかどうか、確かめなあきまへんで。そう思て、お知らせにきましたのや」

「うーむ……」

浦島仁三郎が、

「差し出がましいようだが、あんたのあの話、早くに進めた方がよいぞ。もう決まったのか」

「いや……まだだ。明日にでも念押しに訪ねていこうとは思っているのだが……」

「ふふふ……あんたもいろいろ気苦労が多いな。網乾というやつが真相に気づいて、ゆすりに来たらどうする」

「他人事《ひとごと》のように申しておるが、そうなったらお主も困るだろう」

「わしは町奉行所の同心だ。どうにでもなる。あのときも、上手くもみ消してやったではないか」

「しっ……それを言うな」

「網乾が右衛門七になにか漏らすまえに、その口を塞いでしまった方がよいぞ」

「これ以上、手を汚したくないのだ。そんなことをしたら、またお主に弱みを握られる種が増える」

「あははは……よいではないか。毒を食らわば皿まで、と申す。一度悪事に手を染めたら、洗っても洗っても汚れは取れぬぞ」

「…………」

「縁が切れた、とか申したが、我々は同じ穴のムジナだ。これからもずっと、よいお付き合いを頼むぞ、丸砂氏」

そう言ってダニ三郎はにやりと笑った。丸砂鉄之介はため息をつき、

「しかたない。右衛門七をうまく丸め込むつもりだが、それがうまくいかなかったときは……頼む。なにか理由をつけて、網乾と右衛門七ともども召し捕ってくれ」

「わかった。——で、いくら出す？」

◇

翌日の昼間、丸砂鉄之介は東竹屋町の家を出た。顔に焦りがにじみ出ている。せかせかとした足取りで西へ向かい、樽屋橋《たるやばし》を渡った。途中、老松町で菓子折りを買い求めた

あと、大江橋《おおえばし》を渡った。目指すはどうやら中之島《なかのしま》らしい。このあたりは日本中の大名家の蔵屋敷が建ち並んでいる。丸砂はそのうちのひとつ、備前《びぜん》岡山三十一万五千石、池田《いけだ》家蔵屋敷のまえで立ち止まった。門番とも顔見知りらしく、すぐになかに通された。

その少しあと、ひとりの男が土佐堀川《とさぼりがわ》沿いの松の木の陰から顔を出した。鴎尻の並四郎である。並四郎は、丸砂の家のまえからずっとつけてきたのだ。

(池田家か……。さて、どうするか)

並四郎はあたりにだれもいないことを見澄ましたうえで、ひょいと跳び上がり、松の木の太い枝につかまった。身体を前後に揺らし、ぐるり、と一回転したかと思ったら、つぎの瞬間には蔵屋敷の塀のうえに立っていた。

「へへ……」

薄笑いを浮かべた並四郎は、屋敷の中庭に飛び降り、すすす……と母屋に忍び込んだ。厠の天井の板を外し、蜘蛛《くも》の巣やネズミの糞と戦いながら天井裏を這《は》い、丸砂鉄之介の居所を探す。何部屋かある客間のひとつに丸砂はいた。向き合っているのは土井《どい》家の蔵役人八ツ頭《やがしら》頼母《たのも》だ。揉み上げが長く、顎鬚《あごひげ》をたくわえていて、貫禄がある。丸砂は八ツ頭に土産《みやげ》を渡すと、

「先日の件、首尾はいかがでござろうか」

「うむ、上首尾でござるぞ。お手前がご持参くだされた『泉青宝』は国もとに送り、殿

にお渡しした。ご家老からの書状によると、殿はかねてから欲していた品を入手できたことをたいそうお喜びだそうだ」

「おお、それでは……」

「正式にはまだ決しておらぬが、近いうちに当家へのお召し抱えお許しの沙汰がござろう。今しばらくお待ちくだされ」

「ありがたいことでござる。貴殿にはなんとお礼を申してよいやら……」

「いやいや、礼を申すのはこちらでござる。長年、殿が探しておられた宝物《ほうもつ》を探し出してくれたのだ。殿はたいそうご満悦で、それがしが仲介したことをお手柄だとほめてくださったそうだ」

「拙者、池田公が『泉青宝』をお探しということをどこからか小耳に挟んでおりましたが、知り合いの質屋のところに質入れに来たものがおり、それが流れてしまった、と聞いて早速買い求めたのでござる。収まるべきところに収まってほんとうによかった」

「それがしにはそういう古道具の値打ちはさっぱりわからぬが、殿によると千両出しても惜しくない代物だそうだ。そんな家宝を手放すとは、もとの持ち主はよほど困っていたのであろうなあ」

「そうでござろうな。拙者はだれが持っていたのかは聞いてはおりませぬが……」

「ところで丸砂殿、当家の雇用係が心配していたので念のためおうかがいしたいのだが、お手前は例の播州浅野家の元家臣でござるな」

「さようでござるが、それがなにか……」

「浅野家の家老大石何某《なにがし》が一味徒党を組み、吉良上野介を討ち取るのではないか、という噂がござる。まさかお手前、その挙に加わっているのではないか、と……」

「はっはっはっ……もしそうなら、わざわざ古道具を探し出して貴殿に仕官の斡旋《あっせん》など頼みはすまい。拙者は殿が、いかなる事情があったにせよ、あのような愚かなことを千《ち》代《よ》田《だ》の城でしでかしたことを恨みに思うておる。殿の短慮のせいで、拙者は職も屋敷も失ったのでござる。討ち入りに加担するなどもってのほか。そのように息巻いている連中は馬鹿ばかりでござる」

「ならば結構」

「仕官の件、本決まりになったらすぐにお知らせくだされ。できるだけ早う岡山に行きたいのでござる」

「うむ、承知した」

天井裏で一部始終を聞いていた並四郎は、

（呆れかえったやつやな……。同じ家に仕えてたもんをだまして家宝を巻き上げといて、それを手土産にしておのれだけ仕官しようやなんて、まるで盗人やないか！）

並四郎は、自分が盗人であることも忘れて義憤に駆られていた。

「煮売り屋で夜中まで働いているだと？　武士たるものが町人の飲み食いの世話をするとは情けないことだ」

長屋の木戸のあたりで、丸砂鉄之介は矢頭右衛門七に向かってそう言った。

「売り払えるものはなにもかも売ってしまいましたが、まだ借金もあり、家主殿から家賃を払わないと出ていくよう言われており、仕方がないのです。網乾左母二郎殿というご浪人がその店に渡りをつけてくださいまして……」

◇

「なに？　網乾だと？」

丸砂は蒼白《そうはく》になって、右衛門七をにらみつけた。

「はい。口は悪いですが親切なお方です」

「どこで知り合った？」

「はじめは私が材料をもらうために箸屋に行ったとき、たまたま出会いがしらにぶつかったのです。ところが同じ日のうちに、この長屋の近くでまたお会いしまして……」

「怪しいな……。向こうからおまえに近づいてきたというわけか」

「怪しいなんてとんでもない。いいおひとですよ」

「そやつのねぐらを存じておるか」

「いえ……家は知りません」

「今夜その煮売り屋に網乾も来るのか？」

「そうおっしゃっておられました」

「そうか……。煮売り屋の場所は二ツ井戸と言ったな」

「はい。川端なのですぐにわかります」

「ところで右衛門七、おまえの家に伝わっていた家宝の……ほら、なんて言ったかな……」

右衛門七は暗い顔になり、

「泉青宝ですか」

「それだ。その家宝を、おまえの父はどこかの質屋に質入れしたそうだが……」

「浮世小路の正直屋さんです。うっかり流してしまったので父は腹を切りました。その話は以前にも申し上げたと思いますが？」

「ああ、もちろん覚えている。金がなくて弔いが出せぬというので、原氏が葬式代を立て替えた。わしも悔やみを言いにまいったではないか」

「あの節はありがとうございます。でも、それがなにか？」

「網乾という浪人、その家宝のことについてなにか申していなかったか」

「よくご存じですね。私にご同情くださって、いろいろおたずねになられました。私も、父が期日を間違えていたことや、質屋さんの名前などをお話ししましたが……」

「やっぱりそうか」

「え？　やっぱり、とは？」

「いや、なんでもない。——わしはその網乾という浪人が碌でもない悪党だということを聞いておる。そやつの申すことはでたらめばかりだそうだから、なにを言われても信じてはいかぬぞ」

「そんな……。あの方はたしかに悪い一面もあるかもしれませんが、私には優しいですし……」

「そやつは正直屋に現れ、泉青宝の件で主からいろいろ聞き出そうとしたそうだ」

「へえ、どうしてでしょう。私にきけば、何でもお話しするのに……」

「網乾左母二郎はな……」

丸砂は声をひそめ、

「吉良の間者なのだ」

「ええっ！」

「大声を出すな。わしは原惣右衛門殿から聞いたのだ。間違いはない」

「では……私はどうすればいいでしょう」

右衛門七は震え出した。

「隙を見て斬れ」

「いや……それはできません。私にとっては恩義ある方です」

「斬るのだ。やつは、おまえからわが党のことを探り出そうとして近づいたに違いない」

「今、騒ぎを起こしたら私は町奉行所に捕えられ、義挙に加われなくなります。それに、間者を斬ったら、それこそ吉良方に我々の企みが露見してしまいます。網乾殿にはなにも漏らしませんから……」

丸砂は舌打ちをして、

「臆病ものめ。見下げ果てたやつだ。貴様に仇討ちの義挙に加わる資格はない。大石殿に申し上げて、討ち入りの人数《にんず》から外してもらう」

「そ、そんな……」

「ならば、やらぬか。——もちろんわしがやってもよいのだが、顔見知りのおまえならば網乾も気を許すだろうからと思うておまえに頼んでおるのだ。斬れ……。よいな、かならず仕留めるのだぞ」

右衛門七は小さくうなずき、長屋に戻っていった。丸砂はその痩せた背中を見ながら、

（うまくやれるとは思えぬ。やはり、あやつに頼むしかないか……）

そして、天満の同心町に向かって歩き出した。

◇

その夜も、右衛門七は「弥々山」で甲斐甲斐《かいがい》しく働いた。ようやく客が引けたころ、左母二郎がやってきた。犬川額蔵も一緒である。

「右衛門七、酒をくれ。この男には茶をな」

右衛門七は左母二郎の顔を見て、ぶるっと震えた。左母二郎が、

「俺の面になにかついてるか？」

「い、いえ……なにもついてません」

左母二郎はじっと右衛門七を見つめていたが、

「ま、いいや。ちょっとこっちに来い。大事《でえじ》な話があるんだ」

「あ、いや、私はまだ洗いものが残っておりまして……」

「いいじゃねえか。――親爺、ちっとばかり右衛門七を借りるぜ」

蟇六が顔を上げ、

「ああ、かまわんで。右衛門《えも》さん、今日はもう上がってええわ」

「いや、最後まで働きたいのです。働かせてください、お願いします！」

不審そうに左母二郎は右衛門七をにらみ、

「でこに脂汗がにじんでるぜ。おめえ、だれかになにか吹き込まれたな」

右衛門七は泣きそうな顔で頭を深々と下げ、

「今日は来てほしくなかったのです」

「そう嫌うなよ」

「すいません！　もう、網乾氏とはお付き合いできぬことになりました。堪忍してください！」

「ははははは……正直だな。俺のことを悪党だと言われたか？」

「そんなことは先刻承知しております」

「じゃあなんなんだ」

「それは……言えませぬ」

「じゃあ、俺から言ってやろう。吉良の間者だ、とでも言いやがったか」

右衛門七はビクッと身体をこわばらせた。

「へへ……つくづく嘘の言えねえやつだな。言ったのはたぶん丸砂鉄之介てえ野郎だろう」

「もうそのあたりでご勘弁ください……」

「言っておくが、俺ぁ吉良の間者でもなんでもねえぜ。ただの小悪党よ」

「網乾氏……あなたが吉良の間者であろうとなかろうと、私はあなたを斬らねばなりません」

「どうして」

「私が、亡き殿の仇《かたき》を討つ身であることを知られてしまいましたから」

「心配《しんぺえ》いらねえよ。俺ぁだれにもしゃべらねえぜ」

右衛門七はしばらく下を向いて考えていたが、

「申し訳ない。同志を裏切るわけにはいかないのです」

「ふふん……斬るにしても、おめえ、刀、持ってねえじゃねえか。どうやって斬るつもりだ？」

「あ……ほんとだ……」

右衛門七は店にとって返すと、包丁を摑んだ。

「右衛門さん、なにするのや！」

蟇六が叫んだが、右衛門七はその包丁を両手で構えて左母二郎と向き合った。

「網乾氏、逃げてください。でないと私は本当にあなたを斬らねばなりません」

しかし、左母二郎は鼻で笑って、

「かまうこたあねえから斬ってこいよ。そんな度胸がおめえにあるか？」

「くそっ……！」

右衛門七は包丁をまえに出して突っ込んできた。左母二郎はほとんど動くことなく、身体を斜めにしてその切っ先をかわすと、軽くその手首を摑み、ぎゅっと絞った。右衛門七は包丁を取り落とし、うわっ、と泣き出した。

「おめえ、やっとうの方はからきしなのか」

「はい……父は勘定方で剣術はあまり得意ではなく、私も刀よりも算盤の方が得手でした」

「うーん、そうけえ……」

「私はなにをやってもダメですね。これでは同志から外されるのも無理はありません……」

「なにが同志だ！」

左母二郎は急に声を荒らげた。

「俺ぁ昨日、正直屋てえ質屋に行っていろいろ聞いてきた」

「知ってます。丸砂氏がそうおっしゃっておられましたから」

右衛門七は涙と洟《はな》を拭きながらそう言った。

「額蔵、あの質札を出しねえ」

額蔵はふところから質札を取り出した。右衛門七は「あっ」と声を上げ、

「うえの方がちぎれていますが、たしかにこれは『泉青宝』の質札です！　ど、どこでこれを……」

額蔵が苦笑いしながら、

「私が見つけたのです。私と関わり合いのある品かと勘違いしましてね、浮世小路正直屋萬兵衛とあったので網乾氏と船虫殿とともにその質屋に赴き、番頭に元帳を見せてもらうと、期日の日付を書き換えたあとがあったのです」

「それはまことですか！」

額蔵はうなずき、

「主の萬兵衛は、矢頭長助殿の方から期日を短くしてほしいと言ったのに、当人がそれを忘れていたのだろう、などといろいろ言い訳しておりましたが、あれはおそらく全部作り話でしょう。要するにあなたのお父上は期日を間違えていたのではなく、質屋の方が期日を五日ほど勝手に縮め、『泉青宝』をわざと早く流してしまったのです」

「あのご亭主が……信じられません」

右衛門七は呆然《ぼうぜん》としてそう言った。左母二郎が、

「しかも、それを買ったのは『同志』の丸砂鉄之介だぜ」

「嘘だ。そんなことってあるもんか！」

「嘘じゃねえ。正直な丁稚が教えてくれたのさ。丸砂の方から萬兵衛に、おめえの親父さんが『泉青宝』てえものを近々質入れに来るかもしれないから、そのときは無理に流して自分に売るように、と頼んだそうだ」

「まさか……ひどすぎる……」

「もっとひでえことを教えてやろうか」

「いやです。もう聞きたくありません！」

「おめえは聞かなくちゃならねえんだ。なぜ、丸砂が『泉青宝』をそんな小細工までして手に入れたがったか、そのわけをな」

「………」

「やつは、それを備前岡山の殿さまが欲しがってるって話をどこかで聞きつけ、手土産代わりに献上して仕官することにしやがったんだ。だから、おめえん家《ち》の家宝は今、岡山にあるってわけさ」

「嘘だ。嘘だ。嘘に決まってる。網乾氏、私に嘘をつかないでください！　丸砂氏が同志を裏切って仕官するなんて……ありえない！」

「俺を信じるか、それとも丸砂を信じるか……それはおめえの勝手だが、どうして俺が昨日正直屋に行ったことを丸砂が知ってたんだ？　あいつが正直屋とつながってるってことをゲロしたようなもんだ」

右衛門七はハッとした顔つきになった。そして、左母二郎の顔をじっと見つめていたが、やがてがっくりと肩を落とした。

「わかっただろ？　正直屋萬兵衛と丸砂鉄之介、それに町方同心の浦島仁三郎の三人がつるんで悪さをしてやがるのよ」

「お役人さままでが……」

右衛門七の目から涙がぼろぼろ零《こぼ》れ落ちた。

「汚い……汚すぎる……」

「おとなの世界ってものは汚《きたね》えもんさ」

「おとなになんかなりたくありませんでした。赤穂で、妹たちや友だちと遊んでいたころに戻りたい……」

「戻れるぜ。仇討ちなんぞやめちまえばな」

「それは……できません」

額蔵が、

「今日はもう遅いです。家にお帰りなさい。お母上が心配なさっていますよ」

右衛門七はとぼとぼと歩き出した。左母二郎と額蔵も同行する。

「私は……私はこれからどうすればいいのでしょう。父が腹を切った裏にそんな事情があったとは……」

歩きながらつぶやくように言った右衛門七に左母二郎が、

「そりゃあおめえが決めなくちゃならねえが……おめえん家の家宝は、すでに大名の手に渡っちまった。今更取り返すことは無理だろう。正直屋が勝手に帳面を改竄《かいざん》したって証拠はねえから、お上に訴えても取り上げられめえし、丸砂が仕官しちまえばもう手も足も出ねえ」

右衛門七は悄然として、

「悔しいです。悔しいけど……我慢するしかありません。亡き父がいちばん望んでいたのは、殿の仇討ちなのですから……」

左母二郎は右衛門七の口に軽く手を当ててだまらせると、

「どうやらお客さんらしいぜ」

瓦屋橋《かわらやばし》のたもとの闇のなかからのっそりと現れたのは、着流し姿の同心浦島仁三郎だった。手下《てか》を三人連れている。手下といってもいずれ破落戸《ごろつき》上がりらしく、人相がかなり悪い。

「知り合いから、無頼の浪人に難癖をつけられて困っているからお上の力でなんとかしてくれ、と言われたので、二ツ井戸の煮売り屋というのを頼りに来てみたら、まさかうどん屋の食い逃げ野郎だったとはな。神妙にお縄をちょうだいしろ」

「俺に縄をかける？　どういう罪で？」

「ふふん、罪名なんぞはいくらでもでっち上げられるんだ。どうせおまえみたいな輩はあちらこちらでゆすり、たかりやただ食い、ただ飲みを繰り返しているのだろう。大坂の恥だ。——おい！」

浦島仁三郎は一歩下がると、三人の手下に声を掛けた。

「三人ともひっくくれ。うっかり殺してしまってもいいぞ」

「へいっ！」

手下たちは十手を引き抜き、左母二郎に向かってきた。額蔵が、

「網乾氏、このものたちは私にお任せあれ」

「いいのかい？」

「いくら笑っても多少はむしゃくしゃが残っております。ここでひと暴れして解消したいのです」

「へへっ、なら、任せらあ」

左母二郎は腕組みをして、橋の欄干にもたれた。

「ご、ご、御用だ！」

「神妙に……うわっ！」

一瞬のできごとだった。三人の手下のうちふたりが十手を振りかざして額蔵に飛び掛かろうとしたが、額蔵は刀も抜かず、片方の男の腕を摑んで反対側に折り曲げ、男が十手を取り落としたところで腹を蹴り上げた。そして、ほとんど同時にもうひとりの男の帯を摑んだかと思うと、後ろ向きにして尻を思いきり蹴飛ばした。ふたりの手下は悲鳴を上げてその場にうずくまってしまった。残ったひとりは、

「この野郎！」

額蔵の後ろからその腰に抱きつこうとしたが、額蔵はくるりと振り返り、男の股間を蹴り上げた。浦島は十手を抜き、

「き、き、貴様、お上に手向かいするとただではすまぬぞ。よいのか？　それでもよいのか？」

しかし、言葉とは裏腹に十手の先は小刻みに震えている。腰も引けて、海老《えび》のような姿勢になっている。額蔵は凛とした声で、

「町のダニを掃除してあげるのです。さぞかし皆に喜ばれるでしょう」

そう言って一歩踏み出した。浦島は、

「わ、わかった。今日のところは見逃してやる。早く逃げるがいい。ただし、つぎはそうはいかぬから覚えておけ」

「いえ、見逃してくれなくてもいいです」

額蔵は両手をまえに突き出すと、

「おおりゃあっ！」

気合い一声、浦島仁三郎の右襟を摑んだ。

「なにをする！　放せ！」

浦島は振りほどこうとしたが、額蔵の五指は襟に食い込んでいて離れない。浦島が十手を捨てて刀を抜こうとしたとき、額蔵は右腕だけで浦島の身体を地面に叩きつけた。

「ぐびえっ」

　変な声を出した浦島が四つん這いになって逃げようとするのを襟くびと帯を捕まえ、高々と差し上げると、今度は橋の欄干に叩きつけた。

「や、やめてくれ……死ぬ……」

　左母二郎は浦島に近寄ると、

「てめえだけは逃がすわけにゃいかねえんだよ」

　その頬に思い切りびんたを食らわせた。一発、二発、三発……六発目で浦島は涙目になって、

「わしは上役人だ。逆らうとどういうことになるか……」

　七発目。

「なにが欲しいのだ。金か。金ならやる」

　浦島仁三郎はふところから金包みを出した。左母二郎はそれを受け取って、たもとに入れると、

「金も欲しいんだが、それよりもっと欲しいものがあらあ」

「な、なんだ」

「てめえのゲロよ。こいつの父親矢頭長助が家宝を流しちまって腹ぁ切ったとき、おめえが掛かりだったそうだな」

「おめえが質屋の萬兵衛とまえからつるんで悪さしてやがったことはわかってるんだ。そのときも、おめえは萬兵衛が元帳の期日を書き換えて、わざと質草を流しちまって、丸砂鉄之介に売りつけたことを知ってただろう」

「そ、そうだ……」

「う……」

左母二郎が拳固を振り上げたので、

「言う、言う。知っておった」

「てめえは本来、町方役人として帳面を改竄してこいつの父親が切腹しちまったことで萬兵衛を取り調べなきゃならねえ立場だ。それなのに、一件を揉み消しただろう」

「す、すまん……わしはただ……」

「ただ、なんでえ」

「ただ、金をもろうただけだ。やったのは丸砂鉄之介だ」

「金をもらうって、なんの金だよ」

「矢頭長助が死んだときに持っていた金だ。死人が持っていても仕方がないと思い、わしがもろうておいた。これは検死役人の役得だ。だれでもやっていることなのだ」

「お、おい、ちょっと待て。今、おめえ、『やったのは丸砂鉄之介だ』と言ったな。あいつはなにをやったんでえ」

浦島は横を向いた。左母二郎は浦島の胸倉を摑んでまえを向かせ、刀を半分抜いた。

「俺ぁどうせ死ぬときゃ磔《はりつけ》になる身のうえだ。ここでおめえを殺しても痛くもかゆくもねえんだぜ。――ぐだぐだ言ってねえできれいさっぱり吐きやがれ！」

「わかった。すまなかった。――あのとき、家宝を買っていった客を見つけようと矢頭長助は質屋の周辺を探し回った。そして、見覚えのある風呂敷包みを持った丸砂鉄之介を見出《みいだ》し、それはなんだ、と問いただした。それはうちの家宝なのだ、金を渡すから返してくれ、と喚《わめ》き叫ぶ矢頭にじれた丸砂は、矢頭をその場で斬り倒した」

聞いていた右衛門七が悲鳴を上げた。

「丸砂は近くにあったひと気のない神社の鎮守の森に死骸を隠し、質屋に戻ると萬兵衛に相談した。萬兵衛はわしのところにやってきたので、わしは矢頭長助の手に刀を持たせ、その切っ先を腹に突っ込んで、切腹した体《てい》に見せかけたのだ。丸砂が斬った傷跡を見れば死因は一目瞭然だが、わしが検死役を務めたゆえ、バレることはなかった。わしは矢頭が所持していた金をもろうた、というわけだ」

浦島の告白のあまりの中身に、右衛門七はぶるぶる震え出した。

「さあ、おまえたちの望みどおりなにもかも話したぞ。放免してくれ」

浦島がそう叫んだが、左母二郎はひょいと横を向いて、

「おい、そこに隠れてる三匹」

橋のたもとにある高札《こうさつ》の陰にいた三人の手下に声をかけた。

「おめえら、こいつを取り縄でふんじばっちまえ」

三人がかぶりを振ったので、

「やらねえなら叩っ斬っちまうぞ」

そう言って刀を抜きかけた。三人はあわてて取り縄を出し、浦島に巻き付けた。

「な、なにをする！　やめぬか！」

浦島は暴れたが、三人は容赦なく彼をぎりぎり縛り上げた。

「もういい。消えな」

左母二郎が言うと、三人の手下たちは蜘蛛の子を散らすように逃げていった。左母二郎は浦島を高札の下に座らせると、その柱に彼を縛り付けた。

「放せ！　放さぬか！　さっきの金を返せ！」

「本当におめえは金の亡者だな。すまねえが一度もらったものは返せねえよ」

「くそっ……この悪党め！」

「おめえに言われたくねえなあ」

「わしは同心だぞ！　自由になったらお奉行に申し上げ、貴様など獄門にしてくれる！」

「いいのかい、そんな口利いて」

「なに……?」

「朝になって、ダニ三郎がここに縛られてるとわかったら、これまでおめえにいじめられてきた町の連中が噂を聞きつけてやってくるだろうよ。そうなりゃ俺が食らわしたような生ぬるいびんたじゃすまねえぜ。唾吐きかけたり蹴飛ばしたり泥や砂ぶっかけられたり……なかにゃあ石投げるやつや薪《まき》で頭カチ割ろうとするやつもいるだろうな。——どうするい」

浦島は震え上がった。

「すまぬ……助けてくれ、このとおりだ。謝る……」

「まず、右衛門七に謝ることだな」

「矢頭殿、すまなかった。魔が差したのだ。金に目がくらんで、つい切腹した、ということにしてしまった。だが、お父上に手をかけたのは断じてわしではない。なにもかも丸砂鉄之介がやったのだ」

右衛門七はなにも言わず下を向いたままだ。左母二郎は浦島の手だけを自由にすると、懐紙と矢立《やたて》を渡し、

「だったら、おめえがやったことを全部書け。正直屋萬兵衛と丸砂のこともだ」

「書いてどうする」

「いいから書きゃがれ」

浦島は、正直屋が丸砂鉄之介の頼みで矢頭長助の家宝を巻き上げたこと、それを取り戻そうとした長助を丸砂が斬ってしまったこと、それを切腹に見せかけて事実を捻《ね》じ曲げたこと……などを書き記した。

「これでよいか……」

「最後に、おめえの名前を書いて血判しろい」

浦島は言われたとおりにした。

「うん、これでいいや」

左母二郎はその紙を畳むと、べつの紙でくるみ、

「このうえに、東町奉行太田好寛殿と書け」

「そ、そんなことをしたらわしは罷免されてしまう！」

「ふーん、石投げや薪ざっぽうの方がいいんだな。下手ぁするとマジで死んじまうぜ」

「いや、それは……」

「殺されたのを切腹したとごまかした罪は、町奉行所の役人としちゃあ許されねえだろうが、十両以上の猫ババとひと殺しさえしてなきゃ、お役ご免ぐらいで済むかもしれねえ」

「お役ご免になったら暮らしていけぬ」

「そんなこと知るけえ！　命が大事か役目が大事か……腹ぁくくることだな」

浦島はうなだれた。左母二郎は額蔵の方を向いて、

「やってくれ」

「わかりました」

額蔵は目にも止まらぬ早業で浦島の急所に拳を突き入れた。浦島は気を失った。額蔵は浦島の身体を軽々と肩に担ぎ、

「では、会所《かいしょ》（番小屋）に参りましょうか」

そう言って歩き出した。左母二郎は、

「今のは柔《やわら》だな。楊心《ようしん》流か」

「ようおわかりですね。剣術は中条《ちゅうじょう》流の免許です」

「俺も昔はまともな剣術を心得てたはずなんだが、無頼な喧嘩ばかりしてるとだんだん我流になっちまってな……だからおめえに頼みたいんだが……」

「なにをです」

左母二郎は魂の抜けたような状態でついてくる右衛門七をちらと見やり、

「あいつにやっとうを仕込んでほしいのさ。あとあとになっても役に立つまっとうなやつをな。ただし、日数《ひかず》がねえ」

「いくら急いでもひと月はかかるでしょう」

「いや、丸砂に岡山に行かれちゃおしめえだ。できれば二、三日でやってくれ」

「二、三日……う一ん……できるかできぬかわかりませぬが、義を見てせざるは勇なきなり。やってみましょう！」

どうやら自分のことを話題にしている、と気づいた右衛門七が、

「あの……私になにをさせるおつもりですか……」

左母二郎は右衛門七に向き直ると、

「仇討ちだ。殿さまの、じゃねえぜ。おめえ自身の仇討ちだ」

蒼白だった右衛門七の顔にかすかに赤みが差した。

四

「というわけなんだ……」

隠れ家に戻った左母二郎は、酒を浴びるほど飲みながら並四郎と船虫に事件の真相と、浦島仁三郎を町奉行宛ての書状とともに会所に放り込んできたことを話した。

「お奉行さまは浦島をちゃんと裁いてくださるかねえ」

「そんなこたぁもう俺の知ったことじゃねえ。それより、俺ぁもう勘弁できねえんだ。ダニ三郎も碌なもんじゃねえが、丸砂って野郎は狼《おおかみ》の皮ぁかぶった人間だ」

「それ、あべこべだよ」

「どっちでもいい。ああいう外道をのさばらせておいちゃ悪党の名がすたる。とにかくかならず右衛門七《えもしち》に仇を討たせてやる」

「あんたが金抜きでなにかをやろうというのははじめてじゃないかい」

「ちっとまえまではあの三人の悪事をネタにゆすってやるつもりだったが、今度だけは損得抜きだ」

　並四郎が、

「そやなあ。仲間を裏切って、斬り殺したうえ、それを揉み消して、奪った品を手土産に脱盟して仕官するやなんて……ようそこまで悪いこと並べられるなあ」

「けど、その丸砂ってやつはさ、剣術の方はどうなんだい？」

「右衛門七の話じゃ、相当腕は立つらしい」

「ヤバいね。右衛門七《えもし》っちゃん、斬られちまうじゃないか」

「だから額蔵に仕込んでもらうのさ」

「どう考えても二日や三日じゃ無理だろ？」

「なんとかやりようはあるだろう」

「けどさ、浦島がどうなったか気づいたら、丸砂は今夜のうちに岡山に旅立とうって思うんじゃないかね？」

「そうだな。なんとかなんねえかな」

並四郎がにんまりとして、

「ひとつだけ方法があるで」

左母二郎が湯呑みを置き、

「俺もそう言おうとしてたところさ」

◇

丸砂鉄之介は東竹屋町の長屋でひとり悶々《もんもん》としながら浦島仁三郎からの報告を待っていた。網乾左母二郎は吉良の間者だから殺してしまえ、と命じたものの、右衛門七の性格だと、仕損じたり、左母二郎の弁舌に丸め込まれたりするかもしれない。一部始終を陰からうかがい、もしうまくいかない様子だったら、ふたりとも召し捕ってほしい、と頼んだのだ。そのかわり、大金を支払わされた。

(ダニ三郎め、いつまで金を巻き上げるつもりだ……。この分だと、わしの方が質屋通いをせねばならぬことになる)

剣術には自信があった。しかし、みずから手を下すわけにはいかない。池田家に知られたら仕官の夢は水泡に帰す。

(もし、網乾と矢頭が召し捕られたら、天満の牢《ろう》に放り込まれる。あそこは地獄のような場所だそうだから、たいがいのものは牢死してしまうだろう。口封じになってよいわい……）

そのとき、戸が開いてだれかが入ってきた気配がした。浦島だと思った丸砂が顔を上げると、それは意外な人物だった。

「これはこれは八ツ頭殿の……」

備前岡山池田家の蔵役人八ツ頭頼母であった。揉み上げが長く、顎鬚を生やしている。

「かかるむさいところへお運びとは……。呼び出してくださればこちらから蔵屋敷に参りましたものを……」

「いやいや……今日はご家老の使いで参上仕《つかまつ》った」

「ご家老……なにか不首尾でも？」

「その逆でござる。ようようお手前の仕官が本決まりになり申した。これが、殿からの支度金でござる。衣服などを調《ととの》えられ、残りは旅銀の足しになどなされよ」

そう言うと八ツ頭は金包みを丸砂のまえに出した。

「おお……これはありがたい！　では、明日にでもさっそく岡山へ……」

「いや、それは困る。ご家老からの書状には、三日後にこちらを発《た》ってもらいたい、とあった。それまでに、知人への借金や米、味噌、酒などの買い掛け、溜まった家賃などがあればこの金で清算し、家主にも転居の挨拶をし、町役や旦那寺に引っ越しの許しを得、万事けじめをつけてから岡山に来てほしいとのことでござる。以降は貴殿は池田家の家臣ゆえ、勝手に旅に出てもらうわけにはいかん。万事、ご家老の指図に従うようにお願いいたす」

「それは失礼いたした。早う大坂を離れて岡山に参りたい、と気持ちが逸りましてな」

「ほほう、それはなにか、大坂におりとうない理由でもござるのか？」

「とんでもない。岡山に行って早うご家中になじみたい、というだけでござる。ご城下は風光明媚《ふうこうめいび》と聞いております。楽しみでたまりませぬわい」

「では、三日後の朝、早発ちということで、一応、蔵屋敷に立ち寄ってくださるか」

「かしこまりました……」

蔵役人は帰っていった。そして、その夜、浦島仁三郎は結局訪ねてこなかった。

◇

鴎尻の並四郎は隠れ家で顔の化粧を落としながら、

「細工は流々。あとは、ほんまもんの池田家の蔵役人が、丸砂のところに行かんことを祈るだけやな」

左母二郎は顔をしかめ、

「せっかく浦島から巻き上げた金がなくなっちまったぜ」

「しゃあないがな。また稼ご」

左母二郎はごろりと横になると、

「つまらねえ……」

そうつぶやいた。

◇

「矢頭右衛門七殿はお目覚めでしょうか。犬川でございます」

翌日の早朝、まだ夜が明けぬうちから犬川額蔵は右衛門七の長屋を訪れた。

「なんですか、犬川氏、こんな早くから……」

「剣術の指南でございます。うがい手水《ちょうず》に身を清め、すぐにお支度なされませ」

「あ……あ……ちょっと待ってください。まずは朝飯を……」

「そんなものは食わずともよろしい。そこの空き地で待っておりますから、早々に来られませ」

あわてて右衛門七が身支度をはじめたのを見届けると、額蔵は、

「義を見てせざるは勇なきなり」

と言いながら大きな欠伸《あくび》をした。

しばらく空き地で待っていると右衛門七がやってきた。

「よろしくお願いいたします」

「わかりました。剣術の奥義を二日や三日でお教えすることはできません。あなたにやっていただくことはひとつです」

「それはどのような……」

「この木剣を両手でしっかりと構え、腕を曲げて、柄頭《つかがしら》を臍下丹田《せいかたんでん》にぐっと押し付けます」

「こうでしょうか……」

「はい。膝を曲げて腰をやや落とします。へっぴり腰にならないように……。それで結構。あとは、私の喉ぼとけをまっすぐ見つめてください」

「喉ぼとけ、ですか……？」

「この喉ぼとけをあなたの木刀の切っ先で思い切りぶち抜くつもりで私に向かって突進してください」

「え……？」

「さ、早く。時があまりありません」

「ですが、犬川氏に怪我をさせるようなことがあっては……」

「ははは……あなたの腕では私に怪我をさせるのは百年かかります」

その言葉に少しむっとした右衛門七は、

「わかりました。——いやあぁっ！」

そう叫ぶと額蔵目掛けて突き進んだ。額蔵は手にした扇で右衛門七の木剣を軽くはたいたが、それだけで右衛門七は木剣を取り落とした。

「どうしたのです。私を親の仇と思って向かってきてください」

「は、はい……」

右衛門七は二度、三度と突っ込んでくるが、そのたびに軽々と狙いを外され、木剣の先は喉ぼとけに届かない。そんなことを十度、二十度、三十度と繰り返しているうちに右衛門七はふらふらになってきた。両脚できちんと立つことができず、身体が左右へゆらりゆらりと揺れる。

「まだ始まったばかりですよ。さあ、もう一度……」

「でやああっ」

猛進する右衛門七の木剣を笑いながらかわし、

「掛け声ばかりで中身がからっぽですね。いいですか、喉ぼとけです」

額蔵は自分の喉ぼとけを指差した。

「ここを貫くのです。遠慮はいりません。思い切り、首の裏側まで、いや、向こうの松の木まで刺し貫いてください」

「はいっ！」

しかし、何度やっても右衛門七の木剣は額蔵にかすりもしない。一刻、二刻……と時が過ぎていく。なにくそ、という気力だけでなんとか踏ん張っていた右衛門七だが、太陽が頭上に昇るころにはめまいがして、倒れそうになっていた。

「水を飲みなさい。あと、これを……」

そう言って額蔵は握り飯の包みを出した。右衛門七は、礼も言わずその握り飯をがつがつと食べ、水を飲んだ。

「美味い……！」

「では、またはじめましょう。喉ぼとけですよ」

額蔵は挑発するようにおのれの喉を指差す。

「わけのわからねえことやってやがるなあ……」

近くからこっそり様子をうかがっていた左母二郎が言った。船虫が、

「あんなことで仇討ちができるのかねえ」

「額蔵に任せたんだから口出しはできねえぜ」

ふたりはしばらく額蔵と右衛門七の稽古を見学していたが、やがて飽きてきた船虫が、

「馬鹿馬鹿しい。いつまでおんなじことやってるんだろ。あたしゃ帰るよ」

「俺も帰るわ」

船虫と左母二郎はその場から立ち去ったが、背中にはいつまでも右衛門七の掛け声が響いていた。

「浦島殿はどこに行ったのだ。おかしいではないか」

質屋の奥の間で丸砂鉄之介は萬兵衛に言った。

「昨夜のうちに報せにいく、と申されたので一晩中待っておったが来なかった。今日も朝から今までずっと家にいたが、なしのつぶてだ」

「私もおかしいと思ってお屋敷に行きましたのやが、お帰りになっている様子がない。町奉行所にも参りましたが、今日は非番や、と門番に言われました。手下にきいてみようと思うても、三人とも見当たらん。これはなにかあったのやおまへんやろか……」

「わからん。とにかくわしは明後日の早朝、岡山に発つ。それまではなにもできぬ。なにごともなければよいのだが……」

「私も気にかけておきます」

「頼むぞ」

丸砂鉄之介は不安そうに言った。

◇

二日目の夕刻、矢頭右衛門七と犬川額蔵は相変わらず空き地で相対していた。

「犬川氏……私には仇討ちは無理なのでしょうか。こんなことをいくらやっていても腕が上がって丸砂を討つことができるとは思えませぬ」

右衛門七は生まれたての鹿のようによろよろと立ち、憔悴《しょうすい》しきった表情で額蔵に言った。今日も朝から今まで、ひたすら「喉ぼとけ」を突き抜くための稽古を重ねたが、目立った成果は上がっていなかった。右衛門七は疲労と寝不足と空腹のせいで何度も倒れ、そのたびに死ぬ思いで立ち上がり、木剣を構えていたが、それも限界だった。

「もう……だめです……やめさせてください……」

「そうはいきません。私は網乾殿と約束したのです。続けてください」

「ううう……」

右衛門七は木刀を構えた。あまりに心身が消耗していたためか、突然、視界が真っ白になった。世界にはふたつのものしかなかった。額蔵の喉ぼとけと木刀の切っ先である。ほかにはなにも存在しない。ふたつのものしかないならば、木刀の切っ先が喉ぼとけに当たらぬはずがない。彼はそのとき、喉ぼとけのことしか頭になかった。父親のこと、家族のこと、丸砂鉄之介のこと、内匠頭の仇討ちのこと……すべては消えていた。右衛門七は突進した。

つぎの瞬間、世界に色が戻った。右衛門七の木刀の先端は見事に額蔵の喉ぼとけを捉えていた。額蔵は反射的に身体を反らしたが、それが少しでも遅れていたら喉を突き破られていただろう。

「い、犬川氏……大事ありませぬか！」

あわてて右衛門七が駆け寄ると、

「大丈夫……大丈夫です。それより……できましたね。今の呼吸を忘れてはなりませんぞ」

「はいっ」

「これであなたは『突き』を会得しました。仇討ち当日は、ほかのことには目もくれず、突いて突いて突きまくるのです。喉ぼとけでなくても、刀の切っ先が敵の身体のどこかに当たれば、それでかなりの打撃を与えることができます」

「ありがとうございます。なんとお礼を言ってよいやら」

「突きは、槍にも使えます。あとはあなたのがんばり次第。怯懦の心を捨てれば、かならずや本懐を遂げることができるはずです」

右衛門七は何度も頭を下げ、

「それでは『弥々山』の仕事に参らねばなりませぬので、これにて失礼いたします」

そう言うと駆け出した。その姿が見えなくなったとき、額蔵は急に顔をしかめ、喉に手を当てると激しく咳《せ》き込んだ。

◇

三日目の朝まだき、旅装を整えた丸砂鉄之介は長屋を出た。家主への挨拶は昨日のうちに済ませてある。支払うべきものはすべて支払い、きれいな身になっての旅立ちである。これからの岡山での暮らしに胸が膨らむ。

一方では不安もあった。昨日、夕方にもう一度、正直屋萬兵衛を訪ねたのだが、店が閉まっていた。何度も声を掛けたが、なかからは返事がない。戸を叩いてみても、だれひとり出てこず、静まり返ったままだ。近所のものにもきいてみたが、わからない、と言う。酔っ払いがひとり、

「町奉行所の同心と長吏《ちょうり》、小頭《こがしら》がやってきて、萬兵衛はんを連れてったでえ。わては見たんや」

と叫んでいたが、ほかのものは皆、そんなアホな、と否定した。

(まあ、いい。わしはもう大坂を離れるのだ。この地の役人の手が届かぬ土地に赴くのだ。ざまあみろ!)

丸砂は中之島への道を急いだ。ようやく東の空が白みはじめたころ、池田家の蔵屋敷の土塀が見えてきた。時刻が早いので、まだ門番もおらず、道を掃いている小者の姿もないが、川の方からはすでに到着した各大名家の船から人足たちが荷を積み下ろす音が

聞こえてくる。

（ちと早過ぎたか……）

門に向かおうとした丸砂のまえに立ちはだかったものがいた。矢頭右衛門七だ。

「右衛門七ではないか。こんなところでなにをしておる……」

言いかけてふと気づいた。右衛門七は後ろ鉢巻、襷《たすき》十字にあやなした、いつもとは見違えるような姿である。

「なんの真似だ」

「丸砂鉄之介！　よくもわが父矢頭長助を姦計《かんけい》にかけてお家の重宝を奪ったうえ、非道にも斬り殺しておきながら、切腹したなどと我をたばかったな。父の仇だ。尋常の勝負をいたせ」

「ははは……なにを申す。どうせあの網乾とかいう素浪人にくだらぬことを吹き込まれたのだろう。だまされてはいかんぞ」

「ならば、なにゆえ池田家の蔵屋敷に入らんとする。『泉青宝』を池田公に贈答し、その見返りとして仕官すること、知らぬとでも思ったか」

「右衛門七、おまえはまだ若い。青い、と申してもよい。おとなの世界にはいろいろあるのだ。おまえにもそのうちわかる。——そこをどけ」

「どかぬ。勝負せよ！」

「では、教えてやろう。わしはもう池田家の正式な家臣となったのだ。それゆえ、わしと勝負をするなら、まず、池田家の許しを得ねばならぬ。それに、播州浅野家はもう潰れておるのだから、殿からの仇討ち免状ももらえぬゆえ、町奉行所に届け出ることもできぬ。おまえがやろうとしているのは、ただの私《わたくし》の決闘だ。もし、わしを斬ったら町奉行所に捕えられるが、そうなると同志の面々に迷惑がかかることになるのではないか」

「どこまでも卑怯《ひきよう》なやつめ……」

右衛門七は刀の柄にかけた手を震わせ、歯噛みをしている。

「なんとでも申せ。今からわしは新しい人生を歩み出す。あの身勝手な殿に潰されかけた人生をやり直す機会をつかんだのだ。だれにも邪魔はさせぬ」

そのとき、右衛門七の背後からふたりの男が現れた。

「なにやつ……！」

「さもしい浪人、網乾左母二郎。おめえに吉良の間者にしたてられた男さ」

「私は犬川額蔵と申します」

左母二郎が一歩進み出ると、

「おう、丸砂。てめえはひでえ野郎だな。俺も悪党だが、てめえみてえなワルは見たことねえや。——いいことを教えてやろう。浦島仁三郎と正直屋萬兵衛は東町奉行所に召し捕られて、なにもかも白状しやがったぜ。たぶん遠島だろう。——だが、てめえはそうはいかねえ。たしかにこいつぁ私《わたくし》の決闘だが、播州浅野家の浪人が殿さまの仇を討つのも、だれの許しも得られねえ私の仇討ちじゃねえか。くだらねえ能書きを垂れるんじゃねえよ」

続いて額蔵が、

「あなたの所業は東町奉行太田好寛殿からすでに池田家蔵屋敷に伝えられており、蔵役人の八ツ頭頼母は、まだ正式には決まっていなかった召し抱えの儀を至急取りやめにするよう池田公に書状を送ったそうです」

「う、嘘だ。八ツ頭殿は正式に決まったと言って、支度金までくれたはず……。貴様、なぜそんなことを知っている」

「さきほど八ツ頭殿とお会いしたからです。ですから、この門のなかに逃げ込もうとしても無駄ですよ」

「でたらめ言うな！　夜も明けぬうちから八ツ頭殿がどこの馬の骨ともわからぬものと会うわけがない」

「ところがどっこい。この犬の……」

そう言って額蔵はふところに入れてあった八房を取り出した。

「首輪を見せたら、会うてくださいましたよ」

　首輪に目を凝らした丸砂の顔が引き攣《つ》った。首輪の中央につけられた丸い飾りには葵《あおい》の紋所《もんどころ》が刻まれていた。

「き、き、貴様、なにものだ」

「言ったでしょう。犬川額蔵と申します。公方さまの飼い犬のお守《も》り役です」

　丸砂はふたりを交互に見つめていたが、やがてため息をつき、

「よかろう。右衛門七と立ち合ってやろう。ただし、一対一の勝負ならば、だ。おまえたちが助太刀をするというならわしは断る。それでどうだ」

　左母二郎はあっさりと、

「ああ、かまわねえぜ。俺たちゃ最初《はな》っから横で見てるつもりだったんだ」

「ふふふ……おまえたちは知らぬかもしれぬが、わしはよう存じておる。わしは播州赤穂の道場で切紙《きりがみ》の腕まえだったが、こやつはからきしだ。返り討ちにしてくれるわ！」

　そう言うと、支度金で買い求めたばかりの刀をすらりと抜いた。右衛門七も抜き合わせた。左母二郎と額蔵は土塀のところまで遠ざかった。門のくぐり戸の小窓が開き、なかから目玉がのぞいた。おそらく八ツ頭頼母が勝敗を見届けようとしているのだろう。

「行くぞ、右衛門七、覚悟いたせ！」

　丸砂は自分を鼓舞するかのように刀を何度もぶんぶんと振ったあと、正眼《せいがん》に構えた。

右衛門七は刀の柄頭を鳩尾《みぞおち》に押し付けた。

「なんだ、その構えは。そんな流派があるのか」

呆れたように丸砂は言った。右衛門七は丸砂をまっすぐにらみつけているが、その刀の先はちりちりと震えている。額蔵が、

「矢頭殿、喉ぼとけですよ！」

そう声を掛けた。その瞬間、右衛門七の身体から力が抜けて、刀の震えが止まった。

「そうだ……喉ぼとけだ」

それを聞いて丸砂はぎょっとした。

「まさかわしの喉ぼとけを狙おうとしておるのか。やれるものならやってみよ。わしは、右衛門七、貴様の頭蓋をぐしゃりと潰してやるわ」

言葉で脅そうとしているようだが、右衛門七の耳には入っていない。

「喉ぼとけ……喉ぼとけ」

「馬鹿のひとつ覚えか！　早うかかってこい」

「喉ぼとけ喉ぼとけ……喉ぼとけ……喉ぼとけ……」

「ええい、うっとうしい。こちらから行くぞ」

じれた丸砂が斬りかかろうとしたとき、

「のーどーぼーとーけー！」

右衛門七が突進した。丸砂の刀をまるで無視して、ひたすら一直線に突き進んだのだ。丸砂の目のなかで右衛門七の刀の切っ先が数倍に膨らんだ。それはまっすぐに彼の喉ぼとけを目指していた。

「うわあっ……！」

丸砂は必死に刀を払いのけようとしたが、右衛門七の勢いがあまりに凄まじく、完全には払いきれなかった。右衛門七の刀は丸砂の左肩に突き刺さった。あふれ出す血に動揺しながら丸砂は数歩下がり、その場に両膝を突いて刀を投げ出して、

「参った……わしの負けだ」

そう言って頭《こうべ》を垂れた。右衛門七が刀を持ったまま近づいていくと、突然顔を上げ、短刀を抜いて斬りつけた。右衛門七は刀を弾き飛ばされた。

「卑怯な……！」

「うるさいっ。勝てばよいのだ」

そう叫んで丸砂は短刀を振るった。左母二郎も額蔵も駆け付けようとしたが間に合わなかった。丸砂の刀の先端が右衛門七の左胸に突き刺さろうとしたとき、なにかが飛来して丸砂の手の甲にずぶと刺さった。それは棒手裏剣だった。居合わせた全員が、手裏剣が飛んできた方を見た。川沿いの小高い場所にひとりの大柄な武士が立っていた。笠をかぶり、顔には覆面をしている。

「だれだ！」

丸砂が叫ぶと、武士はゆっくりと降りてきて、

「わしがだれかわからぬのか」

そう言って覆面を外した。その顔を見た右衛門七が、

「ご家老……！」

丸砂は泣きそうな顔になり、

「どうして大石殿がここに……」

左母二郎が、

「俺が山科《やましな》に手紙を出しといたのよ。おめえさんの仲間のなかにこんなクソ野郎がいるぜ、ってな」

大石内蔵助は左母二郎と額蔵に向かって頭を下げ、

「手紙を拝読してすぐに山科を発ち、たった今、三十石で着いたところでござる。同志のものがご迷惑をおかけしたようで、まことに申し訳ない。——丸砂、こちらを向け。わしの顔が見られるか」

丸砂は下を向いたままだ。

「それぞれ事情があろうから、変心しての脱盟は仕方がない。だが、そのためにほかの同志を害するとはもってのほかだ！　この始末、どうつけるつもりだ」

丸砂が無言なので、大石は矢頭右衛門七に向き直り、

「右衛門七、こやつにとどめを刺し、本懐を遂げよ」

右衛門七はしばらく考えていたが、やがてかぶりを振り、

「いえ……もういいのです。命を取りとうはありません。一太刀《ひとたち》くれたことで父の仇は討ったも同然です。それよりも父の願いだった殿の仇討ちの方に力を注ぎたいと思います」

「よくぞ申した。それでこそ長助殿の跡取り。天晴れだ」

そのとき、大石と右衛門七の会話をじっと聞いていた丸砂鉄之介が、

「ご免！」

と言うなり、短刀を腹に突き刺した。あっという間の出来事でだれにも止めようがなかった。丸砂は右衛門七に、

「すまな……かった……」

そう言うと、前向きに倒れ込み、動かなくなった。左母二郎が、

「あーあ、やなもん見ちまったぜ」

額蔵は死骸に向かって手を合わせると、

「門のなかにおられる池田家のお方に申し上げたい。この骸《むくろ》をそちらで引き取られるおつもりはおありですか」

「ござらぬ。当家とは関わり合いのない御仁ゆえ……」

「では、門前で切腹したものがいる、と町奉行所にお届けくだされ」

「あいわかった」

大石内蔵助は矢頭右衛門七に、

「いろいろ苦労をかけたようだな。――これを持っていけ」

紙に包んだものを手渡した。

「なんでございますか」

「三両入っておる。これでしばらくしのいでくれ」

「いえ……いただけませぬ。ほどこしを受けると母に叱られますゆえ……」

「ほどこしではない。浅野家の財産を処分して作った公金のうちの一部を、わしは同志の援助のために使うことにした。貧窮に苦しみ、飢渇に及ぶようなものがそのせいで脱盟していくのは、皆の士気に関わるし、戦力も減ることになり、看過しがたいのだ。それゆえ同志の結束を固め、目的を果たすための金と考え、堂々と受け取ってくれぬか。ご母堂にも、大石がそのように申していた、と伝えてくれよ」

「ありがたき幸せ……」

右衛門七は三両を押しいただいた。左母二郎は、

「そうまでして殿さまの仇が討ちたいのかねえ。そんなにありがてえ殿さまだったのか

よ」

大石はなにか言いかけたが答えず、

「では、拙者はこれにて京に戻りまするが、網乾殿、犬川殿、一連のことくれぐれもご内密にお願いいたす」

「わかってらあね。俺にゃあ関わりのねえこった。どうでもいいんだ。——じゃあ、右衛門七、俺ぁ帰るぜ。おめえも早くここを離れたほうがいいんじゃねえか。そろそろひとが通る頃合いだぜ」

右衛門七は深々と頭を下げ、

「なにもかも網乾氏と犬川氏のおかげでございます！　ありがとうございました！」

「うるせえっ。もう二度と銭にならねえことに首を突っ込まねえからな！　くだらねえ、くだらねえ、ああっ、くだらねえ！」

左母二郎の大声に、八房が「うわん！」と吠えた。しばらく進んだところで左母二郎が振り返ると、右衛門七はまだ頭を下げていた。その様子が、数日まえとは比べものにならないほどおとなびて見えた。

◇

「これはこれは網條殿《つなえだ》。今日はまたなんのご用件かな」

将軍綱吉は、突然の面談を要求してきた水戸家の現当主徳川綱條を、いぶかしみながらも書院に迎え入れた。八房を大坂に行かせてしまったので、今日はポチという名の柴犬《いぬ》を膝に抱き、その頭を撫でながら綱吉は綱條がやってきた理由を探ろうとした。徳川綱條は、亡くなった光圀の跡を継いだ水戸家の三代目であり、四十代半ばの男盛り。背の高い、鼻筋の通った色白の人物である。

「ほかでもござらぬ。昨今、水戸家と尾張《おわり》、紀州との格差が増しておるように存ずる」

「格差とは？」

「御三家と申すからには、水戸、尾張、紀州は対等であるべし。なれど、実際には尾張家、紀伊《きい》家は従《じゅ》二位権大納言までのぼれるが、水戸家は従三位《さんみ》権中納言どまり。また、石高も尾張が六十二万石、紀州が五十五万五千石に対し、わが水戸家は三十六万九千石にすぎぬ。不平等極まる扱いではござらぬか」

また、その話か……と綱吉は思った。光圀が存命だったころから幾度となく繰り返されてきた陳情である。しかし、そうですか、とたやすくうべなうわけにはいかぬ。水戸家は江戸の間近に位置する。石高を増やす、ということは、周囲の大名を国替えして水戸家の領地を増やすことである。水戸家にそのような大きな力を与えてしまうと、将軍家にとって脅威となる。将軍でも手に負えなかった光圀は死んだが、少なくとも今の水戸家に対して綱吉は、

（なにをしでかすかわからない……）

という警戒心をまだ抱いていた。そんな綱吉の心中を知ってか知らずか、綱條はまくしたてた。

「権現《ごんげん》さま（徳川家康《いえやす》）には二代秀忠《ひでただ》公のほかに男子が三人おり、その三人がそれぞれ水戸、尾張、紀州の祖となったのだから、その間に格差があるということは、権現さまにも礼を失することになるのではござるまいか」

「そのようなことはあるまい、と思うが……」

「いや、ある。亡くなられた先代光圀公も、領地の件についていつも心を痛めておられた」

「うーむ……数字のうえではたしかに差があるが、尾張家は名古屋、紀州家は和歌山と、広い土地を確保できる場所に国があるゆえのこと。江戸に近く、大名の数も多い水戸家は、これ以上領地を増やすことはむずかしい」

「そこで、上さまにたってのお願いがござる」

「願いとは……？」

綱條はぐいと膝を乗り出し、

「水戸家を国替えしていただきたい」

「国替え……？」

悪い冗談であろうな、と言いかけた綱吉は、ふと気づいた。綱條の背後にいつのまにか黒い雲のような闇が広がっており、そのなかにひとりの老人の姿があった。ざんばら髪を振り乱し、乱杭歯《らんぐいば》を剝き、両手を広げ、赤い舌を垂らし、鷹《たか》のような目で綱吉を凝視している。綱吉はその老人がだれであるかを知っていた。綱吉は言葉を振り絞るように、

「国替えとは容易ならぬこと……もっと広い土地にか?」

「さよう。もう、目星はつけてござる」

「いずれへ?」

「尾張の名古屋城、紀州の和歌山城と張り合える城があり、京の都にも近く、天子さまにお仕えするのもたやすい。まさに水戸家にふさわしい場所がござるのよ」

「と申されると……」

「大坂でござる。我ながらよい提案だと思うが、いかがでござろうか」

そう言って綱條はからからと笑った。

（つづく）

左記の資料を参考にさせていただきました。著者・編者・出版元に御礼申し上げます。

『大阪の橋』松村博（松籟社）
『大阪の町名―大阪三郷から東西南北四区へ―』大阪町名研究会編（清文堂出版）
『歴史読本 昭和五十一年七月号 特集 江戸大坂捕り物百科』（新人物往来社）
『近世風俗志（守貞謾稿）（一）』喜田川守貞著 宇佐美英機校訂（岩波書店）
『完全 東海道五十三次ガイド』東海道ネットワークの会（講談社）
『南総里見八犬伝（一）』曲亭馬琴作 小池藤五郎校訂（岩波書店）
『南総里見八犬伝（二）』曲亭馬琴作 小池藤五郎校訂（岩波書店）
『NHK文化セミナー・江戸文芸をよむ 八犬伝の世界』徳田武著（日本放送出版協会）
『西鶴 矢数俳諧の世界』大野鵠士著（和泉書院）
『江戸城 将軍家の生活』村井益男著（中央公論社）

解説

三田主水

さもしい浪人・網乾左母二郎《あぼしさもじろう》と小悪党たちが帰ってきました。奇才・田中啓文による新たな「八犬伝《はっけんでん》」――『元禄《げんろく》八犬伝』再びのお目見えです。

昨年、時代小説界で活躍したのは誰か？　そう訊《たず》ねられたら、私は「田中啓文」と答えるでしょう。その理由に、昨年刊行された作者の時代小説を見てみましょう。あの宮《みや》本武蔵《もとむさし》が明治時代にタイムスリップして剣豪にして文豪になってしまう『文豪宮本武蔵』、北町奉行所のもののけ退治組織に配属されてしまった桁外れに臆病な同心の奮闘を描く『臆病同心もののけ退治』、中国の三国時代、竹林で酒と清談を楽しむ七賢人（プラス一）の安楽椅子探偵もの『竹林の七探偵』、本能寺《ほんのうじ》の変の直後、謎の孤島に集められた家康《いえやす》・秀吉《ひでよし》・勝家《かついえ》らが次々と何者かによって殺されていく『信長島《のぶながじま》の惨劇』――どれもワンアンドオンリーのインパクトを持つ作品揃《ぞろ》いではありませんか。

そしてもう一つ、昨年の作品で決して忘れてはならないのが『さもしい浪人が行く元禄八犬伝　一』――そう、いまあなたが手に取っている本書の前作に当たる作品です。

時は元禄十四年（後でもう一度出てくるので覚えておいて下さい）、犬公方《いぬくぼう》こと徳川《とくがわ》綱吉《つなよし》の治世。主人公は、生まれてこの方定職についたことなく、強請集《ゆすりたか》りをはじめ金のためなら何でもやるという「さもしい浪人」網乾左母二郎――大坂で悪党仲間の怪盗・鴎尻《かもめじり》の並四郎《なみしろう》、妖婦・船虫《ふなむし》とつるんで、しょうもない悪事を重ねていた彼が、おかしな連中と出会ったことから物語は始まります。その連中というのはがっしりとした僧侶と美しい町娘（実は女装の美青年）の二人組――その名も、ゝ大法師《ちゆだいほうし》と犬塚信乃《いぬづかしの》。実は、ゝ大法師と信乃、そしてその他七人の仲間は、「おおさかのじいのところにいく」と手紙を残して消息を絶った綱吉の隠し子・伏姫《ふせひめ》と、彼女が持つ「仁義礼智忠信孝悌《じんぎれいちちゆうしんこうてい》」の文字が浮かぶ八つの水晶玉を連ねた数珠を探すという綱吉の密命を受けていたのです。

しかしそんな雲の上の人間の話など、小悪党である左母二郎たちにとっては無関係――だったはずが、水晶玉が景品となる怪しげな興行の賞金三千両を好きにしていい、と、ゝ大に言われて手を貸したのが腐れ縁の始まり。その後も、ド派手な豪傑・犬山道節《いぬやまどうせつ》と一緒に、娘たちを攫《さら》う山賊団と事を構えたりと、思わぬ冒険を繰り広げる羽目になります。一方、江戸城の綱吉と法力僧・駿河《するが》台《だい》成満院《じようまんいん》隆光《りゆうこう》は、伏姫の行方を占う最中《さなか》、大坂を狙う恐るべき怨霊の存在を知ることに……。

左母二郎、船虫、並四郎、そして言うまでもなく、大法師と八犬士は、みな滝沢馬琴《たきざわばきん》の畢生《ひっせい》の大作『南総里見八犬伝《なんそうさとみはっけんでん》』に登場するキャラクターです。完結前から絶大な人気を博し、江戸に生み出された「物語」の代表格として、そして何よりも我が国の伝奇小説の源流の一つとして、知らぬ者とてないこの『南総里見八犬伝』は、同時に数え切れないほどの派生作品を生み出した母体でもあります。そう、小説はもちろんのこと、歌舞伎やドラマ、アニメ、漫画、ゲーム、そして本作の直接のモチーフであるNHK人形劇『新八犬伝』（この辺りの事情については、大変恐縮ですが『さもしい浪人が行く』の末國善己《すえくによしみ》氏の解説や、「青春と読書」二〇二〇年十月号の作者のエッセイを御覧下さい）――原典のリライトだけでなく、原典の要素を用いて描かれた全く新たな物語まで、驚くほどの数の「八犬伝」が、これまで誕生してきたのです。つまり「八犬伝」は、今この瞬間にも生き続けている（例えば二〇二一年一月現在、なんと三つの「八犬伝」漫画が連載中なのです）物語であり、そしてその最新の一つが、『元禄八犬伝』なのです。

それにしても「八犬伝」数ある中で『元禄八犬伝』が特にユニークなのは、室町時代後期を舞台としていた原典から一転、江戸時代を舞台にしている点はもちろんですが、しかし何よりも左母二郎・船虫・並四郎といった悪党――それも上に「小《こ》」がつく連中――が主役である点に尽きます。原典では人間が守るべき八つの徳目を象徴する八犬士たちとはある意味対極の、退治されるべき存在であった彼らが、一転して主役として大暴れするのですから、これは泉下の馬琴先生が知ったら驚くか怒り出すか、その手があったかと感心するか――私もこれまで結構な数の「八犬伝」に触れてきましたが、左母二郎や船虫が原典以上に活躍する作品はあっても、主役になった作品はこれが初めて。まったく空前絶後の物語というほかありません。

さて、前置きが随分長くなってしまいましたが、そのシリーズ第二弾である本書は二話構成。第一話「三人淀屋《よどや》」は、大坂にその人ありと知られた豪商・淀屋辰五郎《たつごろう》にまつわる物語です。淀屋の娘・歌《うた》が、往来で「ふせのたま」と口にしたのを聞いた第三の八犬士・犬飼現八《いぬかいげんぱち》。これこそは伏姫と水晶玉のことに違いないと睨《にら》んだ現八ですが、しかし淀屋にはおいそれと忍び込めません。そこでゝ大法師は、大盗《たいとう》・かもめ小僧の異名を取る並四郎の手を借りようとするのですが――淀屋の金蔵《かねぐら》に唸《うな》る大金に目が眩《くら》んで引き受けた並四郎が目の当たりにしたのは、病に苦しむ淀屋の内儀が「えべっこくさま」の力で快癒し、それに心服した歌が辰五郎に帰依を求めている場面だったのです。

しかしそのえべっこく様なる仏を祀《まつ》る寺というのがいかにも胡散臭《うさんくさ》い。悪党と大金の匂いを嗅ぎつけ、一丁やるかと動き出した左母二郎たちですが、寺の様子を探りに行った並四郎は思わぬ窮地に陥ることに……。

と、並四郎が潜入に変装にと、様々な特技を活《い》かし、並四郎史上最高の活躍を見せるこのエピソード。そして並四郎が動けば、かもめ小僧の捕縛に執念を燃やす盗賊吟味役・滝沢鬼右衛門《たきざわおにえもん》も動き、さらに淀屋も天下の豪商らしい気骨を見せ——と、キャラクター総出で賑《にぎ》やかな大活劇が展開する中で、自分たちを「金で動く、ただの悪党よ」と嘯《うそぶ》きつつも、差し出された金は払いのけ、欲しいものは自分たちの手で奪い取る、左母二郎の天下のワルとしての矜持《きょうじ》が、何とも痛快に感じられます。

そして続く第二話「仇討《あだう》ち前の仇討ち」——実はここで本作は、江戸時代に生まれたもう一つの国民的な「物語」と出会うことになります。本作の舞台である元禄十四年、その三月十四日に江戸城殿中松の廊下で浅野内匠頭《あさのたくみのかみ》が吉良上野介《きらこうずけのすけ》に刃傷《にんじょう》に及んだことから始まる物語——「忠臣蔵《ちゅうしんぐら》」と。

町中で左母二郎に因縁をつけられたことをきっかけに、内職の口を失ってしまった少年浪人・矢頭右衛門七《やとうえもしち》。さすがに気が咎《とが》めて職を世話してやった左母二郎は、赤穂《あこう》浪人だった右衛門七の父が、質に入れた家宝を何故《なぜ》か流してしまい、失意のうちに腹を切ったことを知り、不審を抱きます。一方、伏姫が可愛《かわい》がっていた子犬の八房《やつふさ》とともに大坂にやって来たクソ真面目《まじめ》な第四の犬士・犬川額蔵《いぬかわがくぞう》は、ふとしたことから「水しやう玉八つ」と書かれた質札の切れ端を発見、これこそは水晶玉の数珠の手掛かりと考えて質屋に向かうのですが、それが思わぬ形で左母二郎たちと繋《つな》がることになります。

この赤穂浪士の中で二番目に若い矢頭右衛門七を中心にして展開していく第二話は、サブタイトルどおり、「仇討ち前」の時点を描いているのですが——しかし松の廊下の刃傷に始まり、赤穂浪士の銘々伝を経て吉良邸討ち入り、浪士切腹に終わる「忠臣蔵」という巨大な物語体系の中に含まれるものであることは間違いありません。そして、実は作者にとって「忠臣蔵」はお気に入りの題材。吉良邸討ち入りを密室ミステリに仕立て上げた「忠臣蔵の密室」（『シャーロック・ホームズたちの冒険』所収）以来、『チュウは忠臣蔵のチュウ』と『元禄百妖箱《ひゃくようばこ》』の長編、さらに「忠臣蔵」講談まで、これまで幾つもの「忠臣蔵」を生み出しているのです。それだけに本作も満を持して、という印象ですが、やはり「八犬伝」と「忠臣蔵」という二つの物語をクロスオーバーさせてみせるというのは、これまた空前絶後というほかありません。

　しかし忠義の心などは薬にしたくもないような左母二郎たちにとって、主君の仇討ちのために困窮に耐える赤穂浪士というのは、八犬士以上に水と油の存在です。果たしてそんな組み合わせで物語が成立するのかと心配される向きもいらっしゃるかもしれません。しかし例えば「忠臣蔵」という物語においては、斧定九郎《おのさだくろう》や民谷伊右衛門《たみやいえもん》のような悪党の存在が物語をより陰影に富んだものとしたように、本作は左母二郎たちの目を通じて、仇討ちを巡る人々の姿を、これまでの「忠臣蔵」とは異なる角度から浮き彫りにすることになります。そしてその逆に、浪士の忠義に負けない悪党の矜持もまた……。

そして本作は、実はさらにもう一つの「物語」と対峙《たいじ》する運命にあります。大坂で左母二郎たちが大暴れする一方で、江戸の綱吉を悩ませる恐るべき悪霊――なんとその正体こそは、物語の前年に亡くなった水戸光圀《みとみつくに》。助《すけ》さん格《かく》さんをお供にした世直し旅「水戸黄門《こうもん》漫遊記」という物語の主人公として広く人口に膾炙《かいしゃ》した水戸光圀は、しかし、史実の上では時々「えっ」と思うような激しい行動に出る人物でもあります。その最たるものが、生類憐《しょうるいあわれ》みの令への抗議のために、犬の毛皮を剝いで綱吉に送りつけたという、ちょっと引いてしまう逸話ですが――そんな形で犬と因縁を持つ人物が、まさか光圀が怨霊と化して、一連の事件の陰で糸を引いていたとは！

しかし思えば、印籠という権力の象徴で相手をひれ伏させる「水戸黄門」の物語は、権力を向こうに回し、さもしくとも自分自身の力で生きる左母二郎の物語とは、ある意味対極にあります。天下の豪商を相手に一歩も引かなかった天下のワルが、いずれ対決するであろう天下の副将軍を前に何を見せてくれるのか？「忠臣蔵」の物語もこれからが本番であることを思えば、この先の三つの物語のぶつかり合いに、期待は高まるばかりなのです。

（みた・もんど　文芸評論家）

本書は、「ｗｅｂ集英社文庫」二〇二〇年十二月〜二〇二一年三月に配信された「三人淀屋」と、書き下ろしの「仇討ち前の仇討ち」で編んだオリジナル文庫です。